U0034087

A-BEI FOREST

阿貝森林

兒童電視企劃＆主持人 林加春 著

第一部　黑精靈

第二部　綠信差

阿貝森林 目次

目次 阿貝森林

阿貝森林 目次

第一部 黑精靈

地底下的甦醒

寒風凜冽，冬之神驅趕著他的馬車，呼嘯地踏過每一寸土地。

曠野裡一片白皚皚的冰雪，看不到繽紛的色彩，聽不到熱鬧的喧嘩，偶爾出現一兩條走動的身影，也是低頭疾行，不多停留，厚重的衣著裹住笨拙的身軀，凍徹肌膚的「冷」，是這世界上共同的感覺。

為了表示對冬之神的尊敬，所有的生物，能跑的、能躲的，全都設法藏了起來。地面上是肅靜、冷清的。那些躲不起來的植物、動物，也瑟縮著身子，冰凍著面孔，不敢冒犯了偉大的神。

當然，生命並沒有因此停止活動，地底下，小矮人的家裡就熱熱鬧鬧的。

「你輸了，你先。」孩子們在草墊上猜拳玩疊羅漢。壁爐裡「嗶嗶剝剝」，柴火在唱歌哩。

「咚」「咚」，小矮人也伯聽到了敲門聲。他揮揮手，「唔，你們聽聽，是敲門聲哪。」

屋子裡的小矮人停止動作，安靜下來。

孩子們把耳朵貼著牆，也伯的老爹舉起煙桿頂住天花板，最老的姆姆垂著頭，兩手圈起耳朵。

「蹩蹩蹩蹩」，牆壁裡傳來小石子蹦蹦跳跳的聲音。煙桿上掉落一些煙草屑，老爹伸手接起來。姆姆皺皺的皮膚抽動了，她的耳朵裡有「嘶嘶」的氣流。

「也伯，那些傢伙待不住了，要找你去跑腿啦。」老爹拿回煙桿放進嘴裡。

「嘿嘿」，姆姆沙啞著嗓音笑得躺椅搖啊搖：「蚯蚓真多事，把小種子全搔癢得要跳出去嘍。」

也伯伸伸胳臂，踢踢腿，彎彎腰，「好吧，等我出去看看，總要時候到了才行。」

他看看這個家。

暖烘烘的屋子裡，堆滿一箱箱糧食，姆姆的躺椅釘牢了，老爹的煙草夠他「叭噠叭噠」抽上一整年。三個孩子每人一壁櫥的玩具，還有書本和作業。

「唔，沒什麼要擔心的事啦！」也伯滿意的拍拍手，從工具櫃裡找出黑色氈帽、黑色手套、黑皮靴、黑斗篷，一樣樣一件件仔細穿戴起來。

他把每一個釦子都小心扣好，拉拉手指頭，伸伸腳趾頭，確定不會在趕路時鬆脫，再把耳朵塞進氈帽裡，繫緊帶子。現在，也伯變成一個小黑人啦！

「唔，我出門了，各位保重啊。」也伯邊說邊跳三下。

「慢慢走，快快回來。」屋裡的小矮人一起回答，老爹伸手在也伯頭上拍三下。完成了告辭的儀式，也伯提起他的黑色背包，掀開壁爐前的地板，跨入地道中。地道裡黝黑安靜，也伯稍微站立一會兒再開始前進。通道有些凹凸，路面不是很平整，但也伯的每一步都踩得很踏實，這條路他太熟悉了。

彎曲的地道逐漸向上升，來到一個大轉彎，地道變窄了，直立起來。也伯伸手熟練的找到一條繩子。「唔，老哈拉，你好嗎？」這是千年橡樹的根，也伯每次出遠門，都要請他——老哈拉護送一程。

「嗄，也伯，上來吧，我好得很。」老哈拉沙啞的聲音從高高的上頭傳下來。

攀著樹根，也伯矯捷的爬上去。窄窄的地道剛好容得下他的身軀，黑暗裡，也伯感受到老哈拉均勻有力的呼吸。「嘿，你還是那麼強健。」

「哈哈，放心，你會很安全的。」

可不是嗎？老哈拉穩穩托住也伯的腳，讓他往上，再往上。也伯的兩隻手漸漸握不住樹根，它越來越粗了。

「加油啊！」老哈拉慈祥的望著也伯。對小矮人來說，爬這一趟又長又粗的樹根實在是很困難的任務，雖然一年只要這麼一趟路，但是能夠勝任的只有小矮人也伯……「嗯，不對，應該是小矮人中只有也伯能做這件事……」老哈拉想。

樹根帶著也伯來到一個岔口。「現在，你要靠自己嘍。」老哈拉說：「慢慢走，快快回來。」

「謝謝你，我走了。」也伯跳三下，告別老哈拉，鑽進另一條橫向的地道。

泥土裡有些溼溼的水氣，也伯注意到，不時有塵土掉落下來。老爹說的沒錯，上面那些傢伙都醒啦，躲在地裡冬眠的動物們一定正在伸懶腰。「我得趕快！」也伯放開腳步奔跑。他跑得很快，偶爾會絆到小石子、小種子、小樹根，也伯矮矮的身軀骨碌一翻，爬起來繼續跑。

幽暗的地道不時出現岔路，也伯開始用鼻子聞氣味，尋找一種香香甜甜溼溼的味道，那是去年他回來時留下來的，雖然很淡很淡，可是也伯聞得出來。循著這味道，也伯飛快地穿梭在地底迷宮，他要找到出口，那裡是通往春神之家的路。

小蚯蚓們在泥土裡翻身，覺得一絲涼風吹過。「到了嗎？時候到了嗎？」他們互相詢問、嚷嚷，吵醒了小種子、小樹根，大家一起扭動身體。堅硬的土壤把他們包得很結實，誰說時候到了？土壤都還在睡呢！

也伯抛下蚯蚓們，快速跑過一個又一個洞口。如果臭鼬在這時睜開眼睛，就會看到一個小黑人從他洞口急急跑過，他必定要叫嚷起來：「我看到了！我看到了！傳令的黑精靈出動了，他剛剛跑過去……」

沒錯呀，躲在地裡的生命都是在寒冷的冬天撤退後，才被允許回到地面上，而那宣佈好消息的，正是一身黑色的小矮人也伯。只可惜，臭鼬閉著眼睛呼呼睡，什麼也沒看見。

松鼠的運氣好多了，他正好打完呵欠，推開窗戶，就瞥見一條黑影匆匆閃過。「哇，是他，是他……」松鼠興奮極了。然而他所能說的也只有這樣。地底的動物們經常傳誦、描繪著「黑精靈」的神奇，卻沒有誰清楚看過這黑影的面貌。

小矮人也伯知道「黑精靈」的暱稱，但他沒空停下來跟這些地底的居民打招呼。他的鼻子裡聞出了前進的通道，耳朵也敏銳的聽出土地裡的任何騷動，輕微崩裂的聲音正不斷傳來。「唔，時候差不多了。」也伯抓緊斗篷，開始飛奔。現在，如果地道裡還有誰是睜開眼的，他只能感到眨眼的時候有一陣風吹過，其餘什麼發現也沒有。

淡淡的香甜味道引領也伯飛向一處白白亮亮的小洞，他穿過洞口停住腳。

「別急唷，先閉上你的眼睛。」一個柔美的聲音親切的提醒也伯。

跟往年一樣，也伯聽話的閉上眼靜靜等著。

是有怪物嗎？還是什麼可怕的秘密？為什麼要閉上眼睛？好奇的也伯有一年就偷偷睜開眼睛想看個究竟，可是他只看到一片冰天雪地，就被折射來的強光刺痛雙眼。

「哎呀！」白光在眼睛裡炸開來，也伯低下頭，伸手摀住眼睛，仍然有千萬道金光在腦子裡閃爍。他轉過身，想找地方躲起來。

「閉上眼睛！這裡強烈的光線會讓你從此什麼也看不見！」這個警告的聲音冷峻又威嚴，安定了也伯慌亂驚嚇的情緒。後來，他才知道，警告他的正是冬之神！被強光刺痛，差點連頭都要爆炸的恐怖痛苦經驗，讓也伯從此不再好奇偷看。

閉著眼睛的也伯，聽到強勁的呼嘯聲，風，一陣一陣，冰冰冷冷，像兜頭傾瀉的水一樣打過來，也伯的手指癢癢麻麻，全身不自禁的顫抖，從腳心竄上來的寒氣讓他凍成一座黑雕像。

「就交給你了！」冷峻的聲音低沉的響起。

「你辛苦了，請回去休息吧！」柔美的聲音很溫暖很親切。

呼嘯的聲音小了，遠了，消失了！風，慢慢減弱，慢慢停歇。也伯的胸口暖和起來，寒冷逐漸退出他的身體，抬抬腿，甩甩手，轉轉頭，咦，黑雕像活過來了！

空氣中有「咕嚕嚕」的水流聲，芬芳的花草香飄進也伯的鼻子，呀，不就是地道中那熟悉的香味嗎？

「也伯，該你出發了！」

也伯張開眼，周圍是一片春天，鮮花嫩草，蔚藍潔淨的天空，樹上的枝條正一點一點，一片一片的冒出綠芽新葉……

春神的禮物

嚴寒峻冷的冬神離去後，甦醒了的森林，抖掉身上覆蓋的冰雪，露出蒼翠面貌。

「這裡！」春神柔美的聲音引導也伯看向樹叢深處。

就在那群群叢叢的黝暗樹影中間，透出點點金光，閃閃跳躍著。一把金鑰匙靜靜浮在半空，金色的光逐漸傳透擴散，如霧般飄出。

也伯朝著金鑰匙走過去。

這就是季節之鑰！冬之神用它打開了大地寒冷的冰庫，現在，時候到了，冬之神把季節之鑰交給春之神，在打開生命活泉的同時，冬之神依約關上了冰庫。這是工作！掌管春、夏、秋、冬四季之神，要輪流工作三個月，到大地各處巡視，保持季節該有的特色。這樣，動植物才能得到它們各自需要的生長環境，而大地，也才會多采多姿，展現不同的面貌。

「來，打開你的背包。」金鑰匙飄浮、旋轉，金色光霧中，柔美的聲音召喚小矮人也伯。

放下背包，掀開蓋子，也伯佇立在氤氳的光霧裡，任由金沙般的光點落滿全身。

在輕盈舒暢的感覺中，也伯聆聽春神的叮嚀：「把背包打開，讓生命活泉流入地底！你必須跑遍地底每一條地道；背包很重，雖然你已得到活泉的神力，還是要小心！你要快，越快越好！」

也伯點點頭，彎腰把背包背起來。現在，背包已裝滿金色

光點，香香的，暖暖的。背包很沉重，也伯站穩雙腳，仔細綁好帶子，讓背包牢靠的貼在他背上。

「那麼，出發吧！」

「是。」背上的負荷讓也伯不敢跳，他用腳踏地三下。告辭之後，轉身邁開腳步循著剛才的路線奔跑。穿過先前那個白白亮亮的小洞，他又進入黑暗的地底。

藉著活泉的亮光，地底通道清楚的呈現出來。這些通道，有的是動物們的傑作，有些是植物們的根挖出來的；有的寬大到像山洞，也有小到螞蟻、蟋蟀才鑽得過。只有也伯才有辦法順利進入這些密麻交錯像蜘蛛網的通道，並且不會迷路。

活泉賜給也伯神力，讓他比先前更快地飛掠前進。守候多時的動物們只察覺香暖的空氣飄過，然後他們會在身上找到一顆金光閃閃的珠子，當動物們小心翼翼捧起這顆珠子，亮光裡會先飄出一股香味，然後每一道光芒會變成一滴滴水珠。

「把水喝下去，然後，你就可以出去了。」松鼠爸爸捧著水餵松鼠寶寶喝。香香甜甜的水喝下肚，身體舒服極了，小松鼠高興得向外竄。

「咦，回來。」松鼠媽媽叼住小松鼠：「哪，帶兩顆核桃當點心。」小松鼠聽話的往嘴裡塞兩顆核桃。松鼠爸爸推開松果殼做成的門：「來，從這裡出去。」

跟在松鼠媽媽的後頭，小松鼠很訝異的東張西望。平常松鼠媽媽總是推開臥室門走到廚房，又拉開廚房門出去，拿回來一家人要吃的食物。小松鼠以為那裡就是出去的通道，可是現在爸爸打開客廳的門，媽媽帶他走的是另一條他沒走過的通道！

黑漆漆的通道裡有一點兒濕氣，好像還有一些兒聲響！興奮的小松鼠很快就被一大片亮亮的天空迷住了，哇，香甜清涼的空氣，多新鮮哪！

「嗯，我們好像第一名喔。」松鼠爸爸清理好洞口的落葉，得意的說著。

「嗨，你們好。」野兔跳到松鼠面前，「剛才我在那邊樹下看到螞蟻家族，他們才是冠軍哪。」

原來，從地底下探出身子的，可不只松鼠一家喔。野兔、青蛙、螞蟻、蟋蟀……都收到了黑精靈送來的活泉，那正是春神的通知：可以到地面上活動了！

也伯繼續在地底通道中飛跑。他所帶起的風推開了每一扇門，背包裡的活泉自動奔跳出來，滾到動物們身上。仍然有貪睡過頭的小懶蟲，不理會鄰居們「砰砰」的開門聲，還呼呼作夢呢！直到活泉滾到他們臉上，香香的味道，涼涼的感覺才叫醒他們：黑精靈來過了，可以出去了，春天在等著呢！

住在穿山甲附近的眼鏡蛇先生，盤曲著身子動也不動。這個姿勢太舒服了，他睡得又沉又熟，壓根兒沒聽到穿山甲好心的叫門：「蛇先生，蛇先生，該起來嘍。」

叫過兩趟都沒反應，穿山甲自顧自走了。管他呢，蛇本來就是不愛湊熱鬧的傢伙，即使叫醒了，或許還要被責怪多事，最好別碰這種釘子。

也有一些先跑偷溜的傢伙，等不及黑精靈的出現，早就自己跑出來了。只要那傢伙沒被凍壞，又有什麼關係呢？總是會有人搶先一步嘛，像小矮人族就是。

然而，小矮人也在注意活泉的出現！那是一種訊息：「也伯來過了」，神聖的信差任務沒有延誤地進行著。得到春神信任而被選為傳送活泉的黑精靈，必定也是小矮人族要託付重任的族長人選，如果活泉沒有如期來到，那就代表他們的族長出事了！幸虧到目前為止，也伯一直很健康，從沒有耽擱。

「唉唷！」腳勾到樹根了，也伯慌忙抓緊背帶，踉踉蹌蹌的衝出好幾步才站穩身子。怎會這樣呢？也伯詫異的走回去檢查樹根。

果然，樹根上繫了根細藤。也伯伸手摸摸樹藤，一個大麻花結，「一、二、三、四」，四個球結串在一起，這是小矮人米亞特有的手法。

也伯想起冬天要來前，米亞的老婆肚子已經很大了，會不會是小寶寶出生了呢？有什麼狀況嗎？

拉起樹藤，也伯兩三下纏好，打上結，伸手在地道牆上挖個洞，把打結的樹藤塞進去。「等任務完成，我就去看你。」留下這樣的訊息後，也伯繼續趕路。

重新出發不久，「叩叩」「叩」，「叩叩」「叩」，前面傳來很有節奏的敲木頭聲，是小矮人互相警告的暗號！

停住腳，也伯趴在牆上仔細聽：「有水，改道。」原來如此。返回剛才的樹根，也伯循著樹根往上爬。地道常會淹水，小矮人習慣了，只要把淹水的地道兩頭堵起來，水自然會慢慢被吸乾，不過，裡頭的居民要先搬走，也要有人負責看守、通知大家，這樣才不會發生意外。

找到了另一條路後，也伯不敢再停留，立刻飛奔快跑。剛才的停頓耽誤不少時間，要加緊速度才行。

靠近田鼠家時，意外傳出驚叫聲：「你來做什麼？走開，你出去！」田鼠姑娘在對誰下逐客令呢？

「拜託，給我一些食物，我快餓死了！」很喑啞的聲音，也伯聽出那是臭鼬在哀求。

「你自己不會到地面上找吃的嗎？我的食物也只夠我自己吃飽罷了。你走吧，我沒有多餘的東西可以給你！」

「外面那麼冷，我在餓死之前一定先凍死了，你救救我吧。」臭鼬可憐兮兮的說。

哎呀，他們還沒收到春神的活泉哩！

也伯跑過去，推開田鼠家的門。田鼠瞥見黑影一閃，手上多了顆發光的珠子，是黑精靈送來的通知：可以到地面上去了！

「喂，別說傻話啦，外面已經是暖和的春天，食物好找得很。」田鼠喝下香甜的活泉，精神充沛，心情愉快，講起話來好聽多了。

肚子餓得咕咕叫的臭鼬，猛然發覺手上有一捧水，沙啞的聲音帶著疑惑：「嗄，這，這是……」

「是春神送你的禮物！祂知道你肚子餓了。」田鼠瞅著臭鼬狼狽的樣子，想：我才不要跟你這傢伙一起出去。「喂，我走啦，不准你吃我的東西喔。」

看田鼠姑娘邊走邊說，臭鼬忙嚥下手中這捧水：「喂，等等我啦。」聲音清亮有勁，田鼠詫異的回頭看。哎呀，怎麼一轉身間這傢伙就變得有精神了！

黑精靈是誰

奔跑在地道中的小矮人也伯，背著沉重背包一路發送生命活泉。

起先，地道裡一片沉靜，他必須停住腳用力敲門，才能順利把春神的通知送給冬眠的住戶。隨著時間過去、路程拉遠，漸漸地，也伯能在靠近住家時隱約聽見裡面的聲響，甚至有些動物們早已敞開窗戶門扇，張眼打探鄰居們動靜了。

收到活泉的動物們總揚起一陣驚喜歡呼，「瞧瞧！」「這是什麼！」「春天了，快出去吧！」「可以出去了嗎？」

已經走遠了的也伯沒空聽下去，他忙著叫醒一些還在貪睡的蟲兒：金龜子、鍬形蟲、叩頭蟲……。他們真難找，一個小小的洞就是一戶，有些連門都看不清楚，通道又窄，空氣悶悶臭臭的。也伯不再用鼻子呼吸，黑衣服底下的皮膚開始緊繃，空氣慢慢被每一寸皮膚吸進身體裡。

用皮膚呼吸，是小矮人在地底生活的另一個神秘利器，但是，在這種時候工作格外辛苦，皮膚變得很細很薄，空氣中一點點震動都會使皮膚像刀割般的疼痛！也伯放慢速度，小蟲子翻身蠕動的聲音清楚可聞，雖然這些聲音使他細薄的皮膚感到痛，也伯還是忍著痛楚繼續前進。

每一個生命都期待春天，要在春天裡努力活出美麗和快樂。如果地底還有哪一個生命不知道春天已經到來，因而喪失歡笑的機會，春神會責備也伯，而也伯就更不會原諒自己了。

走完蟲子們居住的那片大雜院，進到另一條更寬敞的通道，也伯重新恢復用鼻子呼吸。衣服下的皮膚放鬆後，疼痛逐漸消失，這次還好，大約有五六處皮膚龜裂，流了些血。傷口會自己癒合增厚，變成皺褶，下次再用皮膚呼吸時，這些皺褶的皮膚絕對不會裂開。也伯想起家裡的姆姆，全身都是皺皺的皮膚，一定經過無數次這種場面吧！

姆姆的模樣帶起也伯想家的念頭，他已經在地道裡穿梭好久好久，該是結束任務回家團聚的時候了。然而，背包裡還有一些閃著金光的珠子，那表示：任務尚未完成。

也伯打起精神，告訴自己：不能急！冷靜考慮一會兒，他從口袋裡掏出一支小小的木笛，開始吹出持續不斷的長音。一縷清亮尖細的聲音，在迂迴的地道裡飄散。動物和人的耳朵都聽不見這聲音，只有小矮人族獨特的肥厚大耳朵，會被這聲音撞得嗡嗡響，而如果這聲音加上旋律，那就像文字或語言一樣，可以傳達訊息。現在，也伯決定召喚族人，幫忙尋找還留在地洞沒有得到活泉的動物。也伯必須親自把活泉送到，但是這些剩下來的少數動物究竟有多少？他們在哪裡？如果能先確定一下，事情就好辦多了。

「請幫忙檢查每一條地道。」「哪些動物還留在地洞裡？」「也伯等候通報。」一個又一個訊息，藉著小木笛的清亮笛音傳送出去。

沒多久，也伯的耳朵察覺到一些聲響，是小矮人用木笛傳音送回來的消息：「蜥蜴還在洞裡。」「法特家附近有鼴鼠。」「青蛙在他的新家睡覺。」……

也伯仔細聽清楚每一件消息，記好位置和動物的名字。雖然分得很散、很遠，不過有了目標，也伯心裡篤定多了。

沒有計算過自己究竟走了多遠，也伯只是拼命趕路。在地道裡折來繞去，有時上坡有時下坡，甚至陡得成直立狀，要攀爬樹根穿過，實在也算不出里程來。感覺上，自己走了很久、很遠，在最靠近地表的一條通道裡，也伯聽見地面上熱鬧的喧嘩，腳步聲紛至沓來，有細碎的沙沙聲，有笨重的砰砰聲，還聽到過雷聲、雨聲。春天，已進行很長一段日子了吧！而那些還沒被通知到的動物，可不要錯過了春天才好！

也伯跑得渾身發熱。背包裡僅存一顆珠子，那是蜥蜴的！他是最後一位了。「但願他不要怪我才好。」也伯想像不出，當蜥蜴發現自己是最後一個出現在地面的動物時，會說些什麼。

推開蜥蜴洞口的石頭，意外的，活泉沒有自動跳出來。也伯進入洞裡，沒發現蜥蜴，也不像住過的樣子，他搬家了！

也伯退出來，沿著地道找尋，鼻子嗅聞著空氣中的味道。轉過一個彎後，鼻子聞出淡淡的腥味，唔，是蜥蜴沒錯。再向前走，也伯的耳朵聽到砂土細微的翻動聲。哈哈，好傢伙，正從新的洞裡爬出來呢！看樣子，他已經準備妥當。也伯飛奔過去，活泉輕巧的跳起來，落在蜥蜴回轉來的臉上。

像一顆火花掉落、熄滅，通道裡隨著這最後一顆活泉的光芒消失而陷入一片漆黑。蜥蜴在光點消失的最後一秒，認出了那正是春神的通知。黑暗當中，他喝下甘泉，興奮的爬行。生物的本能早就催促他要行動了，春神的活泉讓他爬得更快，更理直氣壯。也伯停住腳。背包空了，不再發亮，所有的活泉都已送出去，動物們全收到了春神的通知。又一次，他完成了神聖的信差任務。

當冬眠結束，從地底洞穴重新回到地面上，享受陽光、空氣和鮮美食物、飲水的動物們，他們在重逢後的話題，不約而同都是：「感謝黑精靈！」「當我悶得發慌時，幸好黑精靈送來消息。」「可不是嗎？我們家寶寶快把我吵死了，黑精靈及時出現，讓我把他們都帶出來。瞧，現在我多輕鬆……」說這話的是野兔媽媽。

松鼠最幸運，他看見了黑精靈的身影！「我就知道，春神的通知不久就會出現，果然……」他把推開窗戶時看到黑精靈的巧遇大聲述說。圍在旁邊的聽眾越擠越多，他們急切想知道：黑精靈是誰？長什麼樣子？

「噢，他跑得太快了！」松鼠有些窘困：「全身黑黑的，個子小小的，我……我沒看清楚，他太快了……」

「他用飛的嗎？」「他有沒有翅膀？」不死心的聽眾又問。

能回答這問題的動物可多了，然而，他們的答案也不一致：「他用飛的。」「我看見他用跑的。」「不，他用爬的！」「我沒發現他的翅膀。」田鼠姑娘回憶起幫他解圍的黑影，「但是，我確定他是用飛的。」

「告訴你們，黑精靈是一陣風！」突然出現的聲音讓大家都轉頭去看。說這話的是蜥蜴，他是最後一個離開地底的動物！

「哎呀，你動作真慢！」「到現在才出現！」「蛇先生還比你早一天出來呢！」「你有什麼奇遇嗎？」「我們找你找好幾天了！」

蜥蜴清清喉嚨：「沒錯，我不久前才離開。當時，我打開門在地道裡散步，一陣風吹過我的身體，我眼前出現一個光點，很亮，很亮！」

動物們不再說話，一邊聽一邊回想自己的遭遇──那神奇美妙的一刻：「然後，光熄滅了，四周立刻又被黑暗包圍，我捧在手上的光化作了水，又香又甜，好喝得很哪。沒錯，是那一陣風！把春神的通知送來給我的，正是那一陣風……」蜥蜴說完，開心的親吻泥土：「哇，能回到地面上是多麼舒服的事！天空這麼蔚藍、明亮，又高又遠；空氣這麼香甜、清涼，聞起來我全身筋骨都快活得想跳舞了！」他大聲提議：「各位，我們跳舞吧！感謝春神，感謝黑精靈……」

生命的喜悅

米亞做爸爸了。

深秋一場霜降後，所有動物都躲入溫暖家屋裡準備過冬，老婆斯妮就在這時生下小寶寶。

壁爐的火熊熊燃燒，室內因為興奮忙碌更顯得烘熱。小寶寶像個糯米團柔滑光溜，裹著媽媽斯妮老早預備好的軟厚棉毯大聲哭叫。米亞初起時慌了手腳，只記得要咬斷臍帶、擦淨嬰兒全身，直到斯妮摟著寶寶餵吮母奶，哭聲停止後，米亞才定下神仔細端看自己的兒子。

雙眼緊閉，近似光頭的紅皺皺頭臉，小寶寶貼著斯妮身子酣睡，米亞看得感動又驕傲。母奶是好食物，但還不夠營養，米亞也沖泡果仁粉末給寶寶喝。蘆葦中空的莖稈是最好的滴管，他耐心的一滴一滴把食物滴入寶寶口中，很小心的，不讓滴管碰觸紮劃過寶寶細嫩的唇舌皮膚。

斯妮有些發燒。為了讓孩子順利出生，她熬過很長一段疼痛，堅持不服用姆姆為她調配的藥劑。剛生產完、疲倦乏力的斯妮，餵過寶寶，確定孩子平安後就昏睡著。米亞心疼老婆，卻只能把柴火不斷往壁爐裡添，讓屋子始終光亮溫暖。

盤腿坐在壁爐前地毯上，小寶寶就擱在他大腿彎。米亞輕輕搖晃身體，寶寶偶爾張嘴哈欠，多半時候，小傢伙和米亞晶亮的眼睛對望，然後漸漸瞇眼，熟睡在米亞的注視下。

爐火伸吐著光亮火舌在米亞臉上探索，這個小矮人，此刻想些什麼呢？

族裡很多女人在生產過程中死去，她們都是米亞熟悉的好姐妹，其中有也伯的老婆。也有幾個嬰兒出生後來不及長大就夭折！

「我有了兩個最親密的家人。」米亞腦子裡閃過一些畫面：兒子奔跑在開滿鮮花的森林小路；春暖日麗，斯妮牽著兒子在樹下仰頭，等米亞把早開的火焰花採下來；斯妮做的火焰花醬鮮紅香甜，兒子吃了滿嘴……

春天應該快到了！耳朵裡彷彿聽見溪水淙淙、小鳥兒啁啾聲，他挺直腰背振奮精神，「春神啊，請賜福斯妮和孩子，讓他們都平安。」雙手貼著胸口，米亞向天神請求庇祐。

地道裡沒有白天黑夜，米亞守護著老婆和孩子片刻不敢離開，更不敢瞌睡。有幾次，小寶寶突然全身抽搐扭動，米亞按照姆姆教授的手法，為孩子揉捏手心腳心、按摩胸口、拍背，嬰兒吐出一些食物，哭了幾聲後又回復安靜。

餵孩子喝過幾次果仁粉後，斯妮終於醒了，米亞扶她坐起來，將寶寶放在她懷裡，這時正好嬰兒睜開眼睛，第一次咧嘴笑。呵呵，斯妮慈祥逗弄孩子，開心極了，米亞高興的擁抱老婆和兒子，忍不住踏跳踏跳、翹起屁股扭轉腰，嘿，他竟跳起舞來啦。

是的，跳舞吧！當心中充滿感謝，幸福滿懷時，最好就是唱歌跳舞吧！

每一個小矮人爸爸媽媽都像米亞、斯妮這樣，在自己家裡親手迎接新生命。族人會在生產前給予充分的協助，包括物資和精神的支援鼓勵，關於生產過程可能的狀況、爸爸媽媽各自需要應對處理的事項和方法，種種知識經驗的傳授指導都極充分完備，但神聖的生產過程只能這一家人在場！小矮人族堅信，經過這種考驗，生命會更得到重視，夫妻彼此更親愛、子女手足更友愛，一家人和諧融洽。

當了爸爸的小矮人都會像米亞這樣，為老婆孩子的平安歡喜跳舞；所有族人都要聚會，為新生兒獻上祝賀。春神的特使完成任務後，小矮人們收到也伯的通知，陸續來到米亞家。

站起來沒有人類小腿高的小矮人，即使在冰雪封蓋大地的冬天，照樣活蹦亂跳，偶爾溜到地面上欣賞雪景。神秘的小矮人族，在黑暗中也看得清景物，耳朵能聽出種子裂開的聲音。泥土裡腐爛的是葉子或是花，鼻子一聞就知道；觸覺靈敏，手摸過後就曉得是什麼樹的根。他們健康長壽，在地面上、地底下來去自如，不過他們選擇長住在地底。住在地底是要安全些，起碼沒有那些讓人老化、生病的噪音和煙塵，也不會被當作怪物一般的被觀光、採訪，飽受人類的打擾！

儘管小矮人們都很長壽，但是人口一直不多，因為，孕育新的小生命極困難，危險的生產過程往往使新生命夭折了。

來到米亞家的也伯，受到矮人們的歡迎。他們圍成一圈，背向圓心，「唷哩，唷哩，唷哩……」大聲唱起歌來。每唱完一句「唷哩」，便彎下腰，翹起屁股，扭三下，再直起身，又唱。站在圓圈裡的也伯，當矮人們彎腰時，要趕快躺到大夥兒背上，像在草墊上翻滾般滾動自己的身體。他的動作要快，否則矮人們一直起身，會不客氣地把他摔到地上。他也要注意，輪流躺在圓圈的每一位小矮人背上，如果他遺漏了誰，那麼每一位小矮人都會要他唱一首歌，跳一支舞來助興。

也伯被摔下來好幾次，屁股有點痛，但是，他很高興。

米亞家新出生的小寶寶，臉蛋紅通通，笑嘻嘻的睜著大眼。頭很大，占滿了半個搖籃，四肢小小短短，正是小矮人族的嬰兒特有的健康模樣。

米亞抱起嬰兒，走到圓圈裡。現在，大家轉過來面向嬰兒，也伯一手摸著嬰兒頭頂，一手搭在米亞肩膀，閉眼祈禱。小矮人們手挽著手，也閉上眼，用心為嬰兒祝福：「他會很健康。」「他會平安長大。」「他會有小矮人的一切技術和能力。」「他對生命有無比的愛心。」「他會熱衷學習，勇敢負責。」……

靜默中，也伯說話了：「孩子，你的名字是納可。納可將會是個優秀的小矮人！祝福你，納可。恭喜你，米亞，也恭喜我們大家，又多了一個族人！」

拿起小木笛，也伯把這一個好消息透過笛音吹送出去。這次，他吹得很用力，每個音都吹得很長，這樣，在遠處或地底深處的小矮人都聽得見，也馬上能聽出這是一件重大的好消息。

冬天之前，也伯帶著族人通力合作，收集、儲存了許多松子、栗子、核桃、杏仁、榛子、花生……等果仁，辛辛苦苦磨成粉，作為沖泡給嬰兒吃的食物。還幫忙用樹藤編成搖籃，用樹皮鋪成溫暖舒適的床墊。一整個冬天，也伯和族人都祈禱新生命順利降臨，這不只是米亞的家務事，也是小矮人族的大事喔。姆姆和老爹早已共同為這個小生命取好名字，只等著在慶祝命名的儀式中，由族長也伯來宣佈，而這時，小嬰兒也必然經過了最危險的生產階段，和最初二、三個月的不穩定期，能夠平安順利的成長了。

米亞和老婆搬出水果酒來請大家喝。這是當爸爸的小矮人才可以有的權利和義務：釀造水果酒，在孩子的命名儀式後請大家品嚐。深秋時，米亞到地面上好幾趟，尋找最好的水果來釀酒，又擔心著新生命夭折，沒機會請大家喝酒！現在米亞很開心的邀請大家：「來來，喝喝我自己做的『納可』酒。」

「嘿，好名字！」「敬納可！」「敬米亞！」「敬也伯！」小矮人們握著松果殼雕成的酒杯，紛紛舉杯互敬。

也伯提醒大家：「敬春神！」

可敬的春神，把生命的喜悅賜給地底下的小矮人族。儘管在幽暗的地底迷宮，沒有和煦的春光，沒有溫柔的春風，但小矮人族依然感受到春天的迷人活力。黑暗中的小矮人族，是群快樂、忙碌的精靈，春神託付任務給他們，同時也賜福庇護他們。小矮人們看重春神的信賴，竭盡所能的達成使命，這也使得地底世界成為冬眠動物可靠的棲息住所，能夠溫暖安穩的度過寒冬，也能及時甦醒享受生命。是的，感謝春神，送給他們一個傳奇——黑精靈！

第二部

綠信差

綠信差

每年春天，當斑鳩的「咕咕」聲四處響起，小矮人族「尋求聖蹟」任務也跟著展開。首先，他們離開地底住所，到地面守候「聖鳥」出現。歌聲清遠旋律獨特，一身鮮黃羽毛配上黝黑翼色的黃鸝鳥，是小矮人的守護神。聽見「歐──嘿喃」一長音搭配兩短音的美好唱腔，在山林綠蔭裡工作的小矮人，會雙手貼住胸口，從鼻孔發出「姆──」的長音來回應。黃鸝鳥出現在什麼人眼前，留下一根鮮黃羽毛，他就是這一年的「綠信差」，負責出外尋求族中長輩給小矮人的指示。

昨天清晨，比羅踩著濕軟的泥土，把麥種放入土裡，一邊祈禱種子快快發芽。就在他往口袋掏種子時，一根豔黃羽毛突然飄落在他腳邊。

怎麼回事？

抬起頭，四周茂密墨綠的樹叢沒有任何身影；側耳聽，遠遠近近的鳥鳴都停了，安靜清涼的空氣中有著奇妙的波動。不自覺轉個身，眼前景象讓比羅全身一震。

一隻鳥停在地上，靜靜看著他。鮮豔的金黃羽毛在泥土和樹幹襯托下閃亮耀眼，頸下胸前那一撮毛金黃得接近橙紅，黝黑發光的翅翼鑲著金黃，連尾羽後半也有太陽的印記——金黃光彩。

沒有聲響，沒有動作，鳥兒站在那裡，莊重威嚴，像君臨天下的王。接著好幾秒鐘，比羅看見那金黃羽毛射出光芒，像燃燒的火球吐著光燄。比羅再不敢注視了，閉起眼睛，雙手貼住胸口，覺得有光和熱停在臉上、身上。靜默當中，彷彿從他體內傳來一股震動，衝撞鼻孔。「姆——」雄厚低沉的聲音自鼻孔竄出時，他的心裡升起一個意念：「聖鳥！」

「是聖鳥，沒有錯。」老爹聽完比羅的敘述，又檢查過那根羽毛，很肯定的向大家宣佈：「今年的綠信差就是比羅。」

雖然沒有人聽到聖鳥唱出美妙樂音，但比羅原本烏黑的頭髮出現一圈燒焦捲曲的金黃，讓每個小矮人都相信，這是聖鳥來過的證明。

從不曾停落地上跟小矮人見面的黃鸝鳥，總是棲在高大樹木的頂梢上，過去只有綠信差們曾瞥見牠飛掠而逝的身影，這次聖鳥破例降落地上接近比羅，異常的舉動也讓小矮人相信，今年的任務一定很特別。

「你要去到河坳曲，跟我們的族老見面，他會指示你要做的事情，記牢他的話並且

去完成。」昨天夜晚，老爹和姆姆一同為比羅祝福後，族長也伯告訴他任務的內容。

聽起來似乎不難，比羅笑嘻嘻點點頭。行李很簡單，一個小布袋斜揹，裡面是那根金黃羽毛。

「見到族老後把羽毛交給他，羽毛會跟族

老交談，最後飛向天空回到聖鳥身上。如果羽毛鞭打那個人，就表示你見到的人不是族老，你得再去找尋。」姆姆沙啞著聲音仔細交代。

老爹咬著煙桿，拿出細皮繩把比羅的小木笛捆繞好幾圈，綁牢成項鍊套在他脖子上。「別弄丟木笛，隨時跟我們連絡。」老爹說。

「辛苦你了，加油啊。」也伯在他頭上拍三下，老爹和姆姆手掌相疊，在比羅被燒焦的頭髮上撫摸三圈：「慢慢走，快快回來。」

「好，我出發了。」比羅大聲說完，用力跳三下。

他出門時月亮已經回家休息，趕了一夜的路來到樟樹，聞著香香的樟木味，比羅爬上樹找到熟悉的樹洞，才坐下來貼著樹就闔眼睡去，直到小鳥們叫醒他。哇，這一覺睡得真舒服。

鳥兒們清晨的歌唱，是阿貝森林裡最動人的音樂。

總是在天還灰灰白白，那早起又沉不住氣的鳥兒就開始聒噪：「起床，起床，天亮了。」「快來唱歌，快來唱歌。」「別貪睡啦，蟲都跑了。」

幸好那聲音清脆好聽，響亮的樂音帶著歡喜，其他被吵醒的鳥兒們並不生氣。「唱的是誰呢？」「這又是換了誰來起頭呢？」邊問邊也跟著唱和。

空氣像被攪動的池水，晃蕩波動，鳥兒們紛紛跳上枝頭葉柄，加入這有趣的對話：「他們在說誰？」「剛才有什麼事？」「今天誰最早起？」

輕柔的、響亮的；悠揚的、急促的；短音節、長樂句，不同的腔調音色，就這麼把清晨唱醒在一片活潑熱鬧的歌聲中。

微笑傾聽一會兒，比羅從窩身的樹洞走出來，站上枝椏。天很亮了，他得開始另外一段路程。

「找到樟樹，看往東方，小河急轉彎折向南的那個河坳曲就是了。」這是昨晚老爹的說明。比羅先看向太陽。

往左看，天上飄著幾朵彩雲，往右看，山邊有一點紅光。比羅轉過身朝著太陽露臉的地方看去，沒見到河水。得要太陽昇上來，照亮河水發出光，他才可能見到。

爬下樟樹，比羅向這棵樹皮斑駁的老樹鞠躬：「謝謝柯拉，請多保重，我出發了。」說完，比羅抱抱樹幹，放開手又跳三下。

「慢慢走，快快回來。」樟樹垂下枝葉，在比羅頭頂輕輕拂過三次。

兩顆紫黑的果子從他頭上滑落肩膀，比羅接住它們。得到柯拉贈送的祝福，接下來的工作必定會順利完成！

一陣清香從柯拉身上飄出來，比羅用力深呼吸直到胸部飽漲，才邁開步伐朝東方奔跑。

雖然沒看到河，但鼻子裡聞到了水的濕涼氣味，比羅毫不猶豫的鑽入草堆繼續前進。

春夏的田野有著各種各樣的花草和蝶蛾昆蟲，美麗熱鬧的景象跟冬天的幽黯沉寂大不相同。即便是花草遮去頭頂天空，穿過葉隙、花瓣，無所不在的陽光還是讓比羅看見泥土迸裂，到處都有莖芽冒出頭。

「喂，你迷路了嗎？」一隻田鼠倚著杜鵑花莖叫他。

「你好，我是比羅，我要到河坳曲找——呃，找——」該怎麼說呢？

田鼠吱吱笑起來：「我知道，我知道。」春天一來，所有動物全跑出來找食物、找朋友。「快去吧，祝你好運。」田鼠吱吱唱起歌：「河坳曲是個好地方，好地方……」

比羅原地跳三下，離開田鼠和杜鵑花。腳下的泥土還濕潤清涼，但太陽已經爬向天空，頂著陽光趕路很危險，比羅盡量快跑。

草葉窸窣搖動，像風吹過。葉子分開、倒下，又站起來。這風，一直往東吹去，鷦鷯咻咻衝出草葉，以為風把牠的窩吹壞了，卻沒發覺身穿綠色衣帽的比羅跑過。

即便在奔跑趕路，比羅仍然注意到每一處藏著的鳥巢蟲穴，左閃右躲跨邁跳躍，不去破壞這些生命。

應該接近河邊了。地底下有汩汩流動的水聲，比羅趴在地上聽，水流很平緩，還沒到轉彎的地方。正要再動身，耳朵突然麻麻癢癢，像被細小蟲子叮住不放，他詫異的發現，是有人用木笛在傳遞消息：「河坳曲的土丘崩塌。」「改到河坳曲下游山洞見面。」「等候綠信差。」最後這句話更讓他嚇得跳起來。

族裡吹木笛的高手是也伯和法特，能讓笛音在耳朵上嗡嗡響，跟蚊子一樣；其他族人吹木笛，不是像樹葉嘩嘩聲，就是像打雷轟轟，多半吵雜不清。剛才那木笛音聚成細小尖利的氣流，耳朵只有輕微持續的扎刺感，又比蚊子嗡嗡要高明許多！

這是用木笛吹的嗎？這個人怎麼知道我要去河坳曲？他就是我要見的人嗎？

掏出木笛，比羅試著學法特和也伯，深吸慢吐，把音吹長，集中精神想像自己是音符。「讓靈魂跟著聲音吹出去。」也伯教他吹木笛時這樣說，法特更乾脆：「專心想著你要說的事就對了。」簡單明瞭，可惜都不容易做到。

閉起眼睛不管也伯和法特怎麼吹，比羅撮尖嘴型對著木笛，用自己的方法，一個字一個字吹得很長：「知──道──」「我──在──路──上──」，幸好他的氣很足，那些音符穩穩的送了出去。

相遇在河坳曲

原本一頭烏黑平順的頭髮被聖烏光焰燒灼出一圈金黃捲曲，比羅並不覺得什麼不妥，但昨晚出發前，姆姆和老爹反覆在他頭髮上摩娑，似乎很在意。趕路中的比羅邊跑邊撥弄頭髮，發現它們竟然翹直豎立著，怎麼梳理都沒法平整服貼。啊，他們一定把什麼魔力加在那焦捲的頭髮上。

連身的綠色衣褲和帽子，讓比羅變成一片隨風飄的樹葉。松鼠先生在樹上打盹，看見樹下一片綠葉「咻」地飛過；蝴蝶小姐悠哉的飄移，冷不妨一陣風來，她閃到旁邊，瞥見綠色影子在前面轉彎消失。

太陽已爬到天空正中央，地面上的景物被照得發亮，河水閃著光，在泥土路的另一邊嘩嘩唱歌。

離開泥土路，比羅沿著河奔跑。水流變急了，地面下傳出沙土推擠的震動，腳底有時堅硬有時軟陷，他不太敢靠近河邊。「土丘崩塌」的警訊提醒比羅，自己隨時會跟著泥土滑落水中。

全神貫注在腳下，比羅繞過大彎向南趕路，當嘩嘩水聲消失在背後，他的身體溼了。剛才在河坳曲，河水挖走他踩的那塊土石，又想把他拉進水裡，被他跳開躲過。匆忙間，比羅看出河坳曲的土丘漸漸分開，河水似乎要沖過土丘流向東去。

向南的河灘地滿是石頭，有些比他還要高大，甚至大到比羅以為那也是山。山洞在哪裡？這段路沒有河坳曲危險，卻更加難走，礫石扎腳又會滾動，比羅不敢跑，只能勉強跨大步伐前進。

河，靜靜流淌。剛才衝撞土丘的聲勢把力氣都用光了，現在它要歇緩呼吸，休息調養。「你該找個地方停下來睡一覺。」比羅對河水說。安穩睡一覺，是小矮人回復體力的好方法。

「小夥子，你也想休息了嗎？」河面水紋飄出聲響。

比羅搖搖頭：「我還有事。」自己的任務才剛開始，「你先睡吧，我必須趕去見族老。」比羅像跟老朋友說話般。

「你見到的不是你見到的。」河水睏倦的說。比羅聽不懂，這話暗示什麼嗎？天空突然暗下來，一片陰影遮去陽光，比羅抬頭看，是座山。

河水緩緩流過去，走向山。

「你是說，前面這座山，它不是一座山？」跟著河水前進，比羅繼續問。

疲乏的河水不作聲，流進山壁睡覺去。比羅呆了一會兒，山洞在哪裡呢？離開河，他沿著山壁尋找。

「回來，你想做什麼？」河水粗暴的叫住比羅。

「我要去找山洞，見……」說到這裡，比羅瞪大眼，對著山壁仔細看。

長了青苔的石塊上有兩顆亮晶晶的光點，比羅眨眨眼，嗄，兩顆光點上頭的苔蘚也合起又打開，像是眼睛！

眨個眼再貼近看，石頭眼睛突然亮起兩道銳利的眼神，比羅被這凌厲的注視嚇得心裡一驚：這是個人，不是石頭！

「你見到的不是你見到的，懂了吧？」長著苔蘚的石頭張嘴說話，一邊站起身走出山壁。跟比羅差不多高，頭手身體和腳被連身的帽子衣褲包住，都是墨綠暗黑的石頭顏色，露在外頭的眉毛鬍鬚和皮膚長著青苔蘚藻，因為佝僂駝背，脖子縮得看不見了。這個人，是從山壁剝落下來的石塊！

「告訴我，你叫什麼名字？」石頭人的說話明明就是剛才一路交談的河水聲嘛。

「我叫比羅。」吞吞口水，比羅忍不住好奇：「你就是那條河水？還是這山上的石頭？」

石頭人坐到地上：「都是，也都不是。我的聲音是河水，我的樣子是石頭，但其實，我是個小矮人。你可以叫我族老，不過我更喜歡聽到納伯亞這個名字。」

族老！他就是自己要見的人？「你也會吹木笛？」比羅注意到他胸前掛著一隻小木笛。

全身皺紋的姆姆已經不吹木笛了，這個族老看起來比姆姆更衰弱老邁，剛才高明的木笛音真是他吹的嗎？

「坐下，坐下。」納伯亞不耐煩的伸手：「拿來。」

「什麼？」

「綠信差，你該知道自己要做什麼事！」納伯亞嚴峻的口氣讓比羅有些慌張，還沒想清楚是要拿什麼，腰間的小布袋突然跳動起來。啊呀，是了，比羅掀開布袋口，拿出那根金黃羽毛。

陽光下，羽毛閃著亮眼的金黃，直立起來，脫離比羅的手指，迴旋、上升。

「歐——嘿唷」，羽毛飛到空中，在納伯亞頭頂唱歌。聲音直衝天空，響亮悠遠，好像跟遙遠的那頭呼喝。

「歐——」，咦，納伯亞也開口唱：「歐歐——嘿」。

羽毛繞著納伯亞頭頂飄旋，它唱一句，納伯亞唱一句：

「嘿唷」。

「嘿嘿嘿唷，嘿唷」。

羽毛唱著聖鳥的美麗歌聲，納伯亞的應和低沉蒼老，兩種聲音在水中跳舞。比羅看見河面上噴濺起水珠，一顆比一顆高，在太陽的映照下發出七彩色光。

「歐——嘿唷」「歐——嘿唷」「歐——嘿唷」，一聲緊接一聲，羽毛圍著納伯亞身體繞圈，清亮悠遠的樂音衝上天，飄盪出連綿不斷的回聲。空氣激烈震動，拍打河面沖起一道又一道水柱。

納伯亞閉起眼睛，雙手貼在胸口，專心唱著應和的樂句。「歐歐歐嘿——嘿嘿嘿唷唷——」「歐歐歐嘿——嘿嘿嘿唷唷——」，拉長尾音用力送出的歌聲，像是吟誦詩篇，像是唸述咒語，有一陣子，比羅好像聽見這樣的對話：「很好，你是。」「我是，謝謝。」

羽毛飛繞的速度慢下來了，它的歌聲也改變節奏：「歐——嘿唷」，前一聲更清遠悠揚，後兩聲更短促嘹亮。水柱和水花消失了，河面泛著細微的漣漪。納伯亞睜開眼睛不再唱歌，只是從鼻孔裡發出「姆——」的聲音。

「小夥子，一起來。」納伯亞的眼睛望向比羅。

看懂納伯亞的眼神，比羅也把雙手貼在胸口，跟著發出「姆——」的應和。只是，他的聲音單調顫抖，碰到納伯亞的雄厚聲音後完全聽不見了！

努力穩住呼吸，緩和興奮的情緒，比羅試著讓氣息平順推送，跟隨納伯亞的引導，融入那片嗚吟共鳴內。

羽毛停止繞圈，飄浮在納伯亞和比羅面前，它的歌聲已經收起，空氣中只聽到「姆——」的嗚嗚嗡嗡。

終於，羽毛優雅的旋了三下，直立降落地面，慢慢傾斜，最後平躺在比羅腳邊。河水重新入睡，納伯亞和比羅也安靜下來。

看著羽毛，比羅很困惑。羽毛沒有鞭打納伯亞，證明納伯亞是族老沒有錯，但是羽毛留在這裡，沒有如姆姆所說飛向天空回到聖鳥身上，是什麼地方出了差錯嗎？

「把它收進你的袋子，它要跟著你去下一個地方。」納伯亞銳利的雙眼盯注比羅，一句一句說得很慢、很重：「注意聽，別忘記也別弄錯。」

收好金黃羽毛，比羅跟著納伯亞站起來。即將宣佈的任務好像很複雜，比羅張大眼睛直直迎向納伯亞的瞪視。

「通知族人，收集樹的種子，檢查樹根。森林將有災難，小矮人必須努力種樹，保護森林。」

聽到這裡，比羅忍不住摸摸口袋，柯拉送他的兩顆果實圓滾滾，它們將來也會是高大的樟樹……

「還有，」納伯亞等到比羅回過神才繼續說：「你得去找歐哈兒，拿到葉卷書帶回給莫滋。」

歐哈兒？小矮人族保管神奇藥方的老長輩？比羅聽過族人談論，歐哈兒能治所有族人的病痛，樹木花草、泥土砂石、雨水露珠，都是歐哈兒的藥。為了採集最新鮮獨特的藥，歐哈兒整年都在地面上活動，沒有固定的住所。

「找歐哈兒？」

「去吧，小伙子，祝你好運。」不管比羅的喃喃自語，納伯亞直接在他頭頂叩叩叩敲三下，催促他動身。

看樣子，除了指示任務，納伯亞不會再多說什麼，他甚至連去哪裡找歐哈兒都沒告訴比羅！

恭敬的跳三下，「謝謝納伯亞，我出發了。」雖然這個族老不像姆姆和善慈祥，比羅卻覺得在那銳利的眼神注視下，心中有著說不出的溫暖和平靜。

他決定往東。走了幾步再回頭看，納伯亞已經又坐回山壁上，成為一塊石頭。

享受森林生活

春天一到，小矮人們會陸續熄滅地底家屋壁爐的火，到地面來露營，阿貝森林的樹腳下草叢裡都可能有小矮人家庭。

白天，小矮人們要耕種、採集食物、製作生活用品、照護森林，忙碌的工作。直到太陽喊收工後，才是他們休閒、娛樂、睡眠的時間。工作就是生活也是學習，在森林裡生活要比地底下多采多姿，即使夜晚睡覺，小矮人也不忘享受。睡在草葉上很柔軟又香，現成的樹洞或粗壯的枝椏更是理想的臥鋪，再不然，懸起吊床在晃晃搖搖中聽著蟲聲入眠也很舒服。

小矮人用藺草結合細藤片編成的床，像極大口袋，綁紮袋口就成了行李袋，打開來是隨處可掛的吊床，不只松鼠喜歡這東西，連斑鳩都會直接窩進去下蛋孵出寶寶，遇到這種時候，小矮人只好再編製新的床啦。

聽見比羅傳訊的時刻，也伯跟三個小孩子正坐在地底通道口忙著。

莎兒的吊床被兔子咬去當搖籃了，也伯教她先把傘草莖剝成長條，巴姆和東可把這些長條一橫一直交叉穿套，也伯再用細藤片一上一下紮編拉緊。

他們坐的地方是一個平坦寬闊的地道口，陽光斜斜射落在藤片、草莖上，爬三個台階就能探頭看到地面，一叢昭和草巧妙擋住這出口，只讓新鮮空氣和草香飄進地道裡。

也伯的家，在地道往下直走的第三條岔路左轉路口，有點遠。打算吊床做好就要去「外面」野餐的孩子們，不想留在地底下。「外面有美麗的顏色。」「動物們都在外面活動。」「我要去看看那棵龍眼樹。」莎兒、東可、巴姆都渴望去地面上玩耍。

有什麼不好呢？春夏的山野不只花朵顏色豐富，連草的綠色也深淺不一，空氣中還飄漫著香味，比起地底下的沉悶單調，「外面」更適合孩子們活潑成長的生命。也伯於是帶他們來到這個「離外面很近」的處所工作，孩子們高興極了。

巴姆哼著歌：「兔子寶寶睡搖籃，莎兒寶寶送搖籃。」

膽小的莎兒看見兔子咬她的床，居然不喊不叫，哎呀，爸爸也伯想起來就笑。

「我只是……」莎兒紅著臉。我只是不知道兔子會把吊床咬走，兔子又沒說……

東可哈哈大笑：「兔子應該先跟你報告，對不對？」

就在這時，也伯的耳朵微微震動，他放下藤片注意聽。孩子們也察覺了，全都安靜下來，停住手中的事情。

「比──羅──向──」耳朵裡有嘶嘶的聲音，是小矮人的木笛傳訊。巴姆、東可和莎兒忍不住左看右看，想找那說話的人，這一來耳朵反而聽不清楚聲音了。

也伯很快明白，這是比羅吹出的訊息：「比羅向也伯報告。」「見到族老納伯亞。」「森林將有災難。」

「努力種樹，保護森林。」

木笛音持續很久，一字一字拉得很長，顯然距離相當遙遠。他們又等了些時候，再沒有聽到其他消息，東可、莎兒看看巴姆，又一起看向也伯，可以說話了嗎？

沒回答孩子們，也伯掏出木笛，專心吹出回應：

「也伯知道了。」「隨時聯絡。」

孩子們安靜看著。一支小小木笛就能把小矮人要說的話吹到遠處，而且不會被其他動物聽見，真是神奇！

小矮人要求每個孩子長大後，都要學會吹木笛，這是獨自出外活動的基本能力。孩子要先找到自己想要的木材，向那棵樹木誠敬請求後，樹木會斷裂一根樹枝，送給這孩子製作木笛。木笛做好後就隨身攜帶，讓木笛熟悉主人的聲音，隨著主人吹笛技巧的進步，木笛音也會慢慢轉變成主人說話的聲音。

巴姆的年紀最大，再不久就要開始學吹木笛。他已經看中一棵樹，經常去跟樹說悄悄話了。「我一定要努力練習，吹出很清楚的笛音。」巴姆望著爸爸也伯，崇敬的眼神裡閃亮著夢想：「我會吹得跟爸爸一樣好。」

至於東可和莎兒，他們只是好奇：「爸爸，納伯亞是誰？」「為什麼叫他族老？」

哎呀，這可得請姆姆來說故事了。也伯拿起細藤片：「來吧，繼續加油，做好床才可以去外面玩。」他故意逗孩子們：「有誰想現在就回去聽故事嗎？」

東可笑起來：「我不要。」莎兒也搖頭：「我要先去玩。」巴姆沒說話，眼睛卻往頭上瞄。

床很快完成了，看孩子們歡呼著跑向出口，也伯折返地底家中。他其實急切想跟姆姆和老爹討論納伯亞所給的指示。

聽到「納伯亞」這名字，姆姆沙啞的聲音稍稍提高了些：「呵呵，今年輪到納伯亞了嗎？比羅會遇到不少考驗喔。」

老爹敲敲煙桿：「也伯，比羅傳回來的訊息你聽懂了嗎？看樣子，納伯亞還是喜歡讓人猜不透啊。」

的確，也伯是不明白。「森林會有災難」是指什麼？水災、風災、火災都有可能發生，哪一座森林會有災難？小矮人世代守護山林，可是今年要注意哪個地區呢？

「真希望納伯亞能說清楚些。」也伯喃喃自語，地面上趕路的比羅也同樣這麼想。他無意識的任由腳步往前跨出，沒察覺自己已經走往北邊，還好一大群呼喝的麻雀及時叫住比羅。

「快去找吃的」「快去找吃的」，麻雀飛過他頭上，一顆沾了果醬的榕樹種子正打在比羅鼻頭。

咦，附近有小矮人家庭嗎？

果然，當螢火蟲閃起光在比羅身邊追逐時，他聽到遠處輕微聲響：「唷哩，唷哩……」是族人聚會的歡迎歌聲。從北邊漆黑樹影傳出這樣熟悉的旋律，比羅不由得踏起步，彎腰，翹高屁股扭一扭：「唷哩！」

小矮人古沙一家正在榕樹下乘涼聊天。野莓、黑李、葡萄、桑葚、小櫻桃、核桃片、杏仁球……盛在松果殼裡，堆在椰子葉上。這是小矮人家庭常見的晚餐，鮮甜的香味配上春夏夜晚清涼微風，螢火蟲比小矮人還要快樂，但他們閃爍亮光又比不上泥土草叢裡小動物興奮的叫聲，「嘰嘰」「哩哩」鬧鬧嚷嚷，黑暗夜色因此有燈景還有音樂。

小矮人們也喜歡接待夜間出遊的動物，剛才夜鷹就跟利斯和密瓦兩兄弟窩在樹旁草堆說笑一陣。夜鷹吹著響亮口哨離去時，比羅正要「敲門」。

不管正式拜訪或臨時路過，客人要在幾十步外背對主人家，敲響木頭、牆壁或踩踏地面，發出「叩，叩叩，叩叩叩」的節奏，連續三次後再說出自己名字。除非沒人在家，否則主人一定會回應「唷哩」的歡迎詞，前來接待。

比羅拿起兩顆石頭敲碰，再喊出「比羅」，靜靜等著。

「夥伴！」「兄弟！」利斯先叫起來，古沙連聲喊「唷哩！」「唷哩！」密瓦隨後捧來一碗粥。受到熱情的歡迎後，比羅吃下那一整碗用肉桂醬調理的仙丹花米粥。啊，「好吃！」這濃稠香滑的美味只有古沙家人會做。舔舔舌頭，比羅拍拍肚皮拍拍臉頰，「好吃！」他誠心的又說一次。

古沙知道綠信差的事，「見到族老了嗎？」

「是的，我已經用木笛傳訊給也伯。」

「那麼，可以好好休息啦。」樂於分享的族人是這麼體貼熱情，利斯讓出自己的吊床，邀請比羅留下來睡一晚。

「啊，還不能睡！我還得去找人。」搖著手，比羅老實說。

「現在嗎？我們陪你走一段路吧。」

習慣趁著夜晚趕路的小矮人立刻出發。比羅謝過古沙一家人後繼續趕路，利斯密瓦當作夜遊森林般，嘻嘻哈哈也出門了。

榕樹下空著兩張吊床，出來溜躂的松鼠發現後，立刻毫不猶豫睡躺進去。

杜吉的心聲

離開古沙和密瓦、利斯，比羅沒有停留的向北走。

山林的茂密濃蔭裡，他問過吉丁蟲、蜥蜴、蛇、壁虎、蚱蜢、蚯蚓，沒有誰知道歐哈兒在哪裡。他也拜託螞蟻幫忙打聽，他們樂意到處詢問，可惜還沒有消息。

頭上那撮焦卷金黃的頭髮，被姆姆和老爹的手祝福過後就豎直翹立著，怪的是他每次梳弄時都發現，那髮梢始終彎向北方。

樟樹柯拉送他的兩顆黑紫果實，躺在口袋裡安安靜靜，卻會在他想要轉向，往東往西往南時就咚咚咚跳個不停，只有繼續往北走才沒事。

這裡已經是阿貝森林的邊緣，再往北，地勢向上升高，進入山區，平常小矮人較少到這裡來。雖然頭髮和樟樹果實都叫他要向北，比羅還是很懷疑，會不會選錯方向呢？真希望納伯亞能說清楚些。

樹林裡鳥兒唱得起勁，他們有的告訴比羅：「依舊！依舊！」，繼續走；有的要他「加油加油」。黑枕藍鶲卻一個勁兒響亮的說：「回回回回」，要比羅轉回頭。

鳥兒們不一樣的意見繞著他，喋喋不休，比羅乾脆大聲問：「你們知道歐哈兒在哪裡嗎？」「往北方走對不對？」

嘰喳啾啁的鳥語還沒討論出結果，一串四朵鮮艷鵝黃的風鈴花落在比羅頭上，「叩叩叩叩叩叩」「叩叩叩叩叩叩」，好像敲木頭聲，又好像舌根顫抖滾出長串響聲，從他前方的黃花風鈴木上不斷傳來。啊哈，五色鳥的回答讓比羅放心了。

正要繼續邁腳往北方奔跑，腳底下感覺細微的震動，有什麼物體正在靠近。

「唷哩。」樹幹後走出一個人，背著一簍花草，拄根木杖，灰色袍子，頭髮鬍子又長又亂，滿臉皺紋的老人笑呵呵，看比羅的樣子有點像姆姆。

「唷哩，比羅。」雖然這個人走近了才打招呼，有些突兀冒昧，但看起來很和善，比羅還是禮貌的報出名字。

「唷哩，我是歐哈兒。」老人笑呵呵介紹自己：「很多人請我看病，不知道你是否也需要我服務？」皺皺鼻子聞聞嗅嗅，他問比羅：「為什麼你身上有香味？」「你哪裡有毛病？」

呃，呃，比羅被這個突然現身的老人弄得呆窘發愣，瞪著他的頭髮鬍子，腦袋一時空空，只記住三個字「歐哈兒」，這個人是歐哈兒！

放下背簍，老人自顧翻找那堆花草。「讓我看看，什麼東西可以去掉你這香味？」

那簍子裡的植物真多呀，長著果子的，根部帶泥土的，鋸齒葉的，尖梭花苞的，有球有塊有棍棒，奇怪特異的長相，比羅叫不出它們的名字，阿貝森林沒見過這些東西，這個老人一定是從別的地區過來。

腰間布袋的拍動叫比羅回過神。羽毛有反應了，它見到要找的人了嗎？「請等一下。」喊住老人忙碌的手，比羅從口袋裡拿出金色羽毛遞過去：「納伯亞要我來找歐哈兒。」以為跟上次見到納伯亞一樣，羽毛會自動飛起來唱歌，不料它只是安靜躺在比羅手裡，像個禮物。

「送給我的嗎？」老人接過羽毛，瞇起眼睛仔細瞧：「漂亮的納伯亞，找我有什麼事？」他問羽毛，像跟小孩子說話那麼親切。

金黃羽毛沒反應，老人拿著它輕輕揮動：「漂亮的納伯亞，歐哈兒在這裡，你找我有什麼事？」他的聲音聽起來這麼溫和慈祥，比羅忍不住靠前去。

可是，拍打比羅吵著要出來見歐哈兒的羽毛，被歐哈兒連問兩次都沒回應，比羅很著急。羽毛失去神力了嗎？聖鳥的歌聲為什麼沒有出現？對著老人疑惑的眼神，他只好再說一次：「納伯亞要我帶著它找到歐哈兒。」

「我就是歐哈兒。」老人不高興的大聲說。一道金光閃過，唉喲，老人跟比羅同時驚叫。羽毛突

然亮起光燦金燄，像燒紅的火把懸立在空中，朝歐哈兒身上拍貼，老人又驚又痛跳起來想躲開。

但金紅熱燙的羽毛追著這慘叫哀嚎的老人，一次一次往他身上拍貼。每貼上一次，老人的衣服就燒破一個大洞，空氣中飄散著焦味。甚至，老人的頭髮鬍鬚也被這火把燙得捲曲、斷裂，一綹綹掉落。漸漸的，老人變成了另一種模樣：西瓜皮頭髮，下巴光潔，花褐色短衫短褲，皮膚結實沒有皺紋，手腳被羽毛火焰烙印出紅紅腫腫的條痕。他抱著頭在地上翻滾，痛苦哭喊：「不要打了，不要再打了！」

目瞪口呆的比羅這時候才恍然大悟：「你不是歐哈兒！」難怪羽毛不唱歌不跳舞，對老人的話沒有反應，因為這不是羽毛要找的人。可是他卻自稱歐哈兒，才會被羽毛鞭打教訓。

「別打了，我不是歐哈兒，別打我……」老人哀求著。喔不，他一點也不老，這是個像古沙、也伯那樣年紀的壯年人。

「你是誰？為什麼冒充歐哈兒？」撿起掉落地上的灰袍碎片，比羅問。

「杜吉，我叫杜吉，別再打了，叫它住手。」滾在地上不斷求饒的小矮人，一會兒抱頭一會兒遮腿，滿是紅腫印痕的胳臂讓他疼痛呻吟，完全沒注意到羽毛早已回到比羅手上。

說謊的杜吉，小矮人族提起來就搖頭的人物！愛編造故事騙人，分不清腦海裡哪些是真哪些是假，活在想像虛幻中的杜吉，早早就離開阿貝森林，只留下他讓大家好氣又好笑的一堆謊言。說起來，杜吉也很有名哪，比羅想不到會在這種情況下遇到這個人。

那簍子花草有能治燒傷的嗎？比羅問杜吉：「哪一種可以減輕你的痛苦？」停住掙扎慘叫的杜吉爬起身，滿臉淚水汗水也不擦，丟下簍子木杖轉頭就走，「沒有辦法。」「我的痛苦誰也沒有辦法減輕。」他沮喪跌撞的離開，甚至連告辭的儀式都忘了。

「等一等。」比羅跑過去，在杜吉頭上輕輕拍三下：「慢慢走，快快回來。」拉起杜吉的手，比羅誠心握住：「快快回阿貝森林。」

兩顆紫黑色果實躺在杜吉手裡。帶著樟樹柯拉的祝福，一路伴隨自己的幸運果實，比羅把它們轉送給杜吉，但願這個人的痛苦早點減輕，再回到阿貝森林。

杜吉茫然走著。全身被鞭打燙烙的痛遠不如內心裡多年酸楚煎熬。每次開口就變成另一個人，這夢魘從小就跟隨，讓他不管到哪裡都被責罵恥笑，「騙子」成了他第二個名字，終至得離開族人四處流浪。「我只是想扮演別人！」杜吉握拳對著空氣大喊：「我不是故意說謊！」

直到這時，他才注意到手裡有東西，也才注意到，手臂腳腿的紅腫印痕消失了，再沒有熱辣刺痛感覺。攤開手掌，杜吉認出是樟樹果實，怎麼來的呢？

呆呆想著，他的心逐漸溫暖，記起比羅的祝福，比羅的握手；樟樹的香味在回憶裡飄散，他也記起阿貝森林的豐盛野餐和迎賓歌舞……

「告訴大家，你要說故事。」「你只是在模仿，不是說謊。」「你要正式表演。」「回去，回去阿貝森林。」陽光摩娑他的肌膚，熱情打氣，大樹跟著風鼓掌出主意。杜吉鬆開眉頭揚起嘴角，心裡大聲唱起歌：「不錯，我是個演員，我隨時隨地表演。別叫我騙子，那不是我的工作。」

「你們不必相信我的話，但是請欣賞我的表演。如果有人覺得受騙，那是對我演技的恭維；如果有人願意稱讚幾句，我會萬分感激。當然，為了表演，我會說些故事，你們都知道那只是編造，我無意說謊！」

笑容在杜吉臉上開成花朵，空氣裡有快樂一波一波湧動，找到信心希望的他握緊那兩顆幸運果實。呵呵，「好心的比羅」，杜吉轉身朝剛才的方向大聲喊：「好心的比羅，謝謝你。」

跌跤果

森林中隨處可找到食物，花香更引出比羅飢餓的感覺。風鈴花甜甜香香很好吃，附近還有黑莓、蘑菇、龍葵、野漿果，能吃的食物不少。吸引比羅的還有一種鮮紅圓果，味道像蜂蜜，輕輕吸就有滿口甜液，他摘了四、五個吃下。比羅把自己餵飽，再撿幾顆蘋婆果實放進口袋，繼續朝北前進。

地面鬆軟濕滑，有兩三次，比羅跳過蜥蜴或蝸牛時沒踏穩，跌跤滑行出去，沾了一屁股泥土苔蘚。比羅爬起身檢查路面。地錢和苔蘚被他磨平一條痕跡，循著痕跡找，有根打了幾個結的芒草，看那長度和乾黃的顏色，應該是冬天之前留下的。那幾個結已經乾癟，不太好辨認，反覆看幾遍，比羅勉強認出「找助手」「北山」兩個意思。

冬天之前留下這條訊息的小矮人，現在還需要幫助嗎？既然同個方向，比羅決定去北山看看。把乾草結放入口袋，他往山坡走。

出發到剛才，一直走在平地上。森林和田野、草原交會，有時出現水漥沼澤，矮灌木下頭是一個熱鬧的「都市」，有荊棘和草本植物的遮蔽，很多動物在這裡築巢造窩，地底下有家，地面上有度假別墅、小屋。這些住戶的外表很多都是斑駁暗褐，像泥土枯葉般色彩紋路，那是一種保護，可以不輕易被發現，又方便躲藏。比羅有時也會毫無發現的走過，不知道前方有警覺的眼光，或是旁邊有顆偷偷昂起的頭！

山坡斜斜緩緩，走起來並不費力，但比羅跑不多遠竟然又滑一跤，跌趴在地面。「喔！」這次摔得結結實實，他來不及撐住身體，只能像隻綠色蛞蝓黏在地上。

「喔！」比羅難以置信的爬起來，檢查自己全身。衣褲都沾了腐葉泥土，髒兮兮的，揹袋沒有異狀，小木笛也在，是什麼東西讓他跌倒呢？

「你一定是吃了跌跤果。」筆筒樹邊的說話聲把比羅嚇一跳，眼鏡蛇什麼時候等在那裡？

「我看見你跌倒好幾次。」眼鏡蛇昂起頭，直豎起身體，饑餓的眼睛冒著亮光，想把比羅一口吞下。

比羅全身冰涼，看著蛇脖子高舉、後曲，就要發動攻擊！慌忙中他只能動嘴巴：「歐哈兒在哪裡？」

眼鏡蛇停了一下，「歐哈兒是什麼？」

「誰在北山找助手？」比羅隨口又問別的事。

眼鏡蛇慢慢放下身體，「誰在北山找助手？」他重複比羅的話。

「森林為什麼有災難？」比羅拼命想，把問題一個一個丟給眼鏡蛇。

「森林……為什麼……有……災難？」困惑的蛇伏蜷在地上，漸漸閉起眼睛。

「納伯亞有多老？」「姆姆幾歲了？」比羅繼續大聲問。危險還沒去除，他全身依舊冰涼。

「納……伯……伯……老……姆……幾……歲……」腦筋受到干擾，眼鏡蛇迷迷糊糊，越想越睏，句子記不清楚，話也說不完整，那個「歲」字更直接在他腦子裡下命令：「睡！」蜷成團的眼鏡蛇就盤窩在筆筒樹下，沉睡在春夏溫暖時節。

等了一陣，確定危機解除，比羅很輕很慢的繞過筆筒樹，情緒還沒平靜，他專心走路，什麼也不想。一直走到身體都暖和了，他才停坐大楠木腳下，靠著樹根休息。

在山林田野間活動，小矮人有很多自保求生的技能，最重要的是他們感覺敏銳，可以嗅聞出各種味道，能夠在黑暗中看視，必要時用皮膚代替鼻子呼吸，聽力也超過其他動物，走路無聲奔跑如飛，能爬樹能鑽洞。有這麼多好本事，卻還免不了剛才那樣狼狽驚險，比羅很懊惱，責怪自己不夠專注，沒有察覺到眼鏡蛇窺伺的眼光。

但是，連著幾次跌倒確實都發生在他填飽肚子後，吃下的黑莓、龍葵、蘑菇都沒什麼奇怪，難道那種不知道名字的紅色圓果，真的會讓人吃了就跌跤摔倒？

「跌跤果」，眼鏡蛇怎麼會知道這種果實的名字？那蜂蜜甜液太引誘人了，只吃四五個就跌跌撞撞，再吃多些會有什麼狀況呢？

「唷哩」，左邊斜坡上來兩個人，前面那個戴了頂灰岩石般的帽子，簡單跟比羅招呼。

「唷哩，北山。」咦，第二個人叫做北山，這不是草結上提到的山名嗎？

「唷哩，唷哩，我是比羅。」笑嘻嘻指指北邊，比羅說：「我要去那座山，它也叫北山。」

「不對不對，那裡是小屯岩。」背著大口袋的北山搖手又搖頭。

嘿，弄錯了嗎？掏出口袋裡的乾芒草給兩人看，比羅問：「北山上有人需要幫助，不是嗎？」

「喔，去年秋天我離開小屯岩，在洞口留了這草結，怕他……」矮個子北山的話被同伴打斷了，「我叫老哈。」這個滿臉褐斑的同伴聲音蒼老但眼睛清亮，說出自己名字後又沉默了。

「老哈常邀我一起旅遊。」北山拿著比羅撿到的草結繼續說：「怕他找不到我，才留訊息給他。」

原來如此。老哈顯然沒看到這訊息，鳥兒或是田鼠、兔子們咬走芒草，遺落在路上。「我以為北山是座山。」比羅笑著掏出蘋婆果請兩人分享。

「你跌倒了?」戴帽子的老哈突然開口。

比羅點點頭。身上衣褲已經髒成黑黑褐褐看不出綠顏色,也許該去河裡洗一洗,弄乾淨才好。

「你遇到攻擊了嗎?」北山注意到比羅胸前和屁股都有污漬,恐怕是被突襲,在地上翻滾過,才會這麼狼狽。

哎,這實在是丟臉哪,比羅咧著嘴吞吞吐吐,不知道怎麼說。

「四次!」老哈突然又開口。

什麼?他在說什麼?比羅莫名奇妙,連北山也看著老哈:「什麼四次?」

指著比羅,老哈的手指修長有力,口氣同樣明確肯定:「你跌倒四次。」

「是的。」比羅詫異極了。他是從哪裡看出自己跌倒四次的呢?「我在山下吃了些果子,之後就經常跌倒。地面並沒有障礙,只找到這個草結,剛才在山坡筆筒樹邊又摔第四次。」

「可能是太累了,睡一覺應該就會好。」北山的話有道理,比羅從出發到現在都還沒躺下來睡過哩。

「你們常旅遊,請問有歐哈兒的消息嗎?」住在小屯岩,常在北方活動的北山,或許知道歐哈兒的下落,比羅這樣想。

「你想請歐哈兒治跌倒的毛病？」

北山這話讓比羅跟老哈同時搖起手來。

「你只是吃到跌跤果。」老哈告訴比羅。

紅紅圓圓像蜂蜜味道的跌跤果，吃下後會不停跌跤。前三次一定是仰著摔，第四次趴跌，再摔就會斷手斷腿；慢慢走還不容易跌倒，如果趕路奔跑，跌跤果的威力發作更快。唯一的辦法就是睡覺，讓它的威力散去，醒來就沒事。

「不必找歐哈兒」，老哈搖手說：「睡覺就行了，除非你已經摔斷手或腳。」

「跌跤果！」北山聽得入神：「我第一次聽到。」

後果這麼嚴重？嚇一跳的比羅勉強笑笑：「好吧，等我睡醒再去找歐哈兒。」雖然急著完成任務，可是他也不想跌斷手或腿，倒在路上哀叫。

「到底你找歐哈兒做什麼？」北山猜：「誰生病了嗎？」

不敢透露太多，比羅只能簡單回答：「是族老納伯亞給我的任務。」

「納伯亞！」聽到這個名字，老哈皺皺眉頭，很快又若無其事的說：「好，我帶你去。」

去哪裡？比羅沒聽懂，傻傻看著他。

「不行，我們要先去……」

北山還要說，老哈直接打斷話：「對，我們要先去小屯岩。你在這裡睡覺，等我從小屯岩回來，我帶你去見歐哈兒。」

「走吧。」老哈在地上踏三下，喊了北山一聲，自顧往山上走，連告辭的儀式都省去一半。

咚咚咚，北山跳三下後也急忙追上去，比羅來不及在他們頭頂拍三下，只好大聲喊：「慢慢走，快快回來。」

折下一支姑婆芋蓋住身子，疲倦的比羅躺在楠樹根縫下，「請……像……照……護……」嘴裡還咕咕噥噥著，眼皮已經無力的垂合，沒說完的禱告也沉入睡夢中。

往小屯岩的路上，大塊大塊岩石層疊堆砌，爬過一塊又有一塊，沒有樹枝藤蔓可以攀抓，只能手腳並用的蹬爬。

北山對著老哈沉默的背影大聲問：「你確定嗎？」

「什麼？」

「比羅睡過一覺就不會跌跤了？」北山趕幾步走到老哈身邊。

「沒錯。」

「我從沒見過跌跤果！」北山話裡滿是遺憾，採了幾十年藥草，以為認遍各種植物了，卻不知道有這種東西，難怪他有些情緒。

稍一分神，北山又落在老哈後頭了，加快腳步的同時他又問：「歐哈兒告訴你的嗎？」

話說得沒頭沒腦，但老哈知道是問跌跤果的事，只簡單回答「我遇到過」，卻沒說遇到什麼。北山猜測，應該是醫治過因為吃跌跤果受傷的人吧。

想了想，北山又問：「你確定嗎？」

「什麼？」

「歐哈兒會跟比羅見面？」

「沒錯。」

一隻老鷹在他們身邊滑翔。老哈停下來，抬頭對禿鷹大聲咕噥，禿鷹身子一側，飛高遠去。

「阿皮是好幫手，省了我不少事情。」北山抖抖背包，看著飛遠的黑影：「牠帶回來的果實太珍貴啦。」

禿鷹阿皮是北山和老哈在小屯岩下救起的。那一年寒冬提早來到，深秋時就飄雪，阿皮翅膀受了傷，不能飛行又不讓人靠近，縮成一團拼命發抖。北山用背袋想套住牠，卻反而激怒這傢伙，噗噗跳，鋼喙狠狠啄向北山，嚇得北山收手後退想不管了。一旁的老哈靜靜望著鷹眼，沒有任何動作，直到鷹安靜躺下。人和鳥對望很久，北山都快凍僵了，老哈才慢慢放下手掌，手背朝上握拳，一點點一點點伸向鷹。

「看著牠，跟牠說話。」老哈的方法很簡單，可是北山學不來。每個人天賦不同，有人天生對某些事物有特別的能耐，像老哈就能跟鷹心意相通，所以牠不但走上老哈的手背，也乖乖接受老哈的治療。這已經是一隻成鷹，左翅沒法舉起張開，雖然皮肉傷不嚴重，骨骼斷折卻很難處理，老哈用上各種方法才讓牠的翅膀痊癒。

這一切也還好有北山幫忙。跟歐哈兒學了不少製藥煉藥的技術，北山不僅知道什麼藥材能促進骨頭長合，而且山洞裡正巧就有這些藥；他還知道哪些植物的果實種子可以替代肉類給鷹當做食物，讓牠有足夠的營養和體力可以早點康復。

那一整個冬天，老哈和北山留在小屯岩度過，老鷹「阿皮」被他們成功馴養。老哈試著要阿皮叼種子或果實飛高再投落，原本只是測驗阿皮恢復的情況，卻給了北山一個靈感：「你能教阿皮採果實嗎？」

小屯岩貯存的食物吃光了！

儘管北山平日勤勞的背運乾果糧食來存放，但體型和小矮人差不多大的鷹食量驚人，冬天裡又不能出外找吃的，老哈和北山經常久久才嚼些種子殼或果皮充飢。如果阿皮完全復原而且能聽老哈的指令，那麼食物就不成問題，還可以幫忙尋找珍貴稀有的樹種和植物。

就這樣，阿皮成為他們的助手。很多長在懸崖絕壁上的稀有樹木，不容易找到，更難採集到果實，全靠阿皮去幫忙探查蒐集，並且從高空裡向小屯岩的洞口拋下。對於翱翔天際的鷹來說，這只像是遊戲，卻能提供莫大的協助。

老哈和北山都跟著歐哈兒做事，老哈學了醫療手法，北山專長藥材。每一年，兩人總要一起上山，來小屯岩見見阿皮，檢視牠帶來的果實。

小屯岩其實是一塊超大巨石，高聳矗立像個山頭，正面看光滑直削，什麼地衣苔蘚雜草都不長，沒有半點凹凸的表面，人和鳥都不可能停留。北山鑽進巨石下的一條小縫隙，趴貼蛇行，老哈跟在他後面。巨石底有個洞，他們來到洞口，直起身子向上爬。洞很窄，壁面堅硬粗糙，像極森林的地底隧道。

感覺斜斜往上，最後來到一個大山洞，有微弱的天光和一潭水，空氣冷冽但沒有悶腐的怪味。

放下背包，北山跪在潭邊摸索到一條繩子慢慢拉。潭水「潑拉」幾聲，出現黑呼呼的東西往潭邊過來，是個袋子，小矮人野外露營用的吊床兼行李袋。

濕冷冷滴水的袋子綁紮結實，花了點時間才解開。包在裡頭的是一堆種子，已經泡水發脹，有些還破裂，露出淡白顏色，就快萌芽了。

天光從壁頂進來，老哈爬上去，那裡有一道罅隙通往外面蒼藍天空。他伸手掏挖，指尖碰到許多大小顆粒，抓一把看，全是灰斑花褐深黑的果實。

阿皮丟進洞的果實全堆在這裡，但洞隙深淺不一又都狹窄，加上山壁很多尖銳突出的石塊，撿拾這些果實是大考驗。

北山身軀矮壯，胳臂常卡在岩石縫；瘦高體型、手長腳長的老哈較沒這種困擾，卻仍要小心翼翼。雙腳踏蹬在牢靠的岩壁，穩住身體重心後，老哈伸展腰背盡量拉長手臂，從細縫孔洞裡挾捏起每一顆果實。碰到太深的狹縫，他彎身下腰兩腳微微顫抖，感覺肌肉緊張繃扯。有幾次指頭沒夾穩讓果實滑脫了，平緩的呼吸幫助他很快調整角度，找到那跑掉的「獵物」。

只要看老哈爬下來後，喘噓噓捶腿揉腰的模樣，就能明白這工作多麼累人了。

「你要不要睡一下？」每次北山都擔心老哈再也站不起來，走不出這個山洞。

老哈深呼吸、慢慢挺直身，把果實交給北山：「我沒事。」

請老鷹阿皮找來的果實，有些要泡水，有些要晒乾。這當中，一塊樹皮狀的東西讓北山看了又看：「這是皮杉果嗎？」

正確說，它只是一瓣果鱗，亮著淡微藍黑光澤，果體則是紅褐色，不像經常見到的整顆殼斗或長橢毬果。這究竟是果實成熟裂開飛出來的種子呢？還是某一種稀有植物的果實呢？

老哈也不認識這東西。

曾聽歐哈兒說過，皮杉果的葉子像樹皮，這種樹分枝少，葉子很小，幾乎貼著樹幹

生長，難得結果實。「皮杉果的葉子晒乾磨粉後，敷在傷口上能立刻止痛癒合，比其他各種藥材還神效。」歐哈兒這樣告訴他。

但是皮杉果長在高山深處，數量又少，不但不容易發現，找到了也不敢採太多葉子，「這種樹很難長出果實，我這麼多年也沒找到。」歐哈兒年老了，他可惜這種珍貴藥材太稀少，更擔心這種樹會絕種。「要想辦法種看看啊，找到幼苗或果實最重要。」

對於皮杉果，歐哈兒就只說了這些，老哈無法回答北山的問題，雖然他也覺得「很有可能是」，但他只是說：「我去問歐哈兒。」

把果鱗放進口袋，老哈朝北山點頭：「這裡麻煩你，秋天我再來。」

秋天之前，北山要處理這些果實。歐哈兒教他曝曬、陰乾、研磨、浸泡……種種製作藥材的方法，還告訴他小屯岩這個山洞：「在那裡很安全，不會被打擾。」除了冬天，多半時間北山都留在小屯岩。

過去歐哈兒在小屯岩做實驗、存貯研究資料、調配各種藥水藥粉，這裡原本是他的工作室。但越來越多求助的需求牽絆了他來小屯岩的時間和次數，歐哈兒只好移居別處，交代北山來管理小屯岩。老哈則在歐哈兒住處和小屯岩間來去，既要照看已經種下並發芽成長的樹苗，也要尋找適合的地點種下另一批種子。歐哈兒認為：「醫療，不限於動物，我們也要救救植物，它們也有生命。」不同的地質地形都有合於生長的植物，老哈幫著歐哈兒找到對的地方，種下對的樹種。

「希望有好消息。」北山拍拍老哈頭頂：「慢慢走，快快回。」

踩踩地面，老哈背起那袋泡過水的種子走出洞。種子要種下地，但他得先去找比羅，這個小夥子可以幫上忙，至於比羅要找歐哈兒的事也得趕快。

「納伯亞」三個字已經多少年沒聽到，突然又出現，會是什麼警訊嗎？

姆姆的床邊故事

安穩的睡眠是小矮人健康長壽的方法。

瞧瞧睡在大楠樹下的比羅。「睡吧，好好睡吧。」楠樹抱著比羅低吟哼唱。

再看看睡在地底家中的嬰兒納可。「睡吧，好好睡吧。」米亞抱著五個月大的兒子納可，低吟哼唱。

「睡吧，好好睡吧。」夜神打開夢鄉，把一個一個美夢吹向睏倦的眼睛。

但也有強打著精神抗拒美夢的生命。「不，我還不想睡！」總有精力充沛的小孩兒這樣拒絕，他們眼睛炯炯發亮，等著大人用故事來滿足興奮好奇的心靈。就像莎兒和東可。

睡前聽姆姆說故事是他們最大的期待，今晚姆姆會說什麼呢？

「唔，我想想。杜吉這個人很有趣。」說話聲音沙沙啞啞，聽久了覺得像樹葉沙沙響，姆姆的故事開始啦：

有一次，杜吉慌慌張張跑到裁縫布耶家。「快點快點」，他進門就大喊，把正在縫釘鈕扣的布耶嚇一跳，「什麼事？什麼事？」從工作檯跳下來，布耶以為外頭有人需要幫忙。

「松鼠跟兔子吵架」，杜吉話說得又快又長：「松鼠咬了兔子，兔子耳朵被咬斷，氣得要松鼠把耳朵縫回去。松鼠叼起耳朵丟到樹上，兔子吱吱叫，跳到松鼠尾巴上用力抓，把松鼠尾巴的毛抓光光。松鼠吱吱跳，要兔子賠一條尾巴。現在松鼠和兔子扭在一團，你抓我我抓你，身上的毛越抓越少，兩個都快光溜溜啦。」

布耶聽得眼睛圓鼓鼓，這種事，「我能做什麼？」

「你把兔子耳朵縫回去，把松鼠尾巴的毛接回去，讓他們不要打架。」杜吉拉著布耶就要往外走。布耶想了想，停住身子：「不。你去，把松鼠和兔子都帶來，我這裡有適合他們的衣服。記住啊，把樹上兔子的耳朵也帶過來，我會幫忙縫得漂漂亮亮。」

布耶把杜吉推出門，又補上一句話：「還有，把松鼠尾巴的毛都撿回來給我，我可以接出完美的松鼠尾巴。」

咦，真的嗎？布耶會接合松鼠毛！

「松鼠尾巴都是布耶做出來的嗎？」東可半信半疑。

莎兒笑哈哈：「我知道，布耶故意這樣說，杜吉就沒法子再假裝了。」

姆姆笑起來，孩子亮晶晶的眼珠多麼可愛啊。「快說快說，後來怎樣了？」莎兒催著姆姆繼續講：

杜吉出了布耶家，不久後再跑進來：「不見了。」他比手畫腳：「松鼠跳到樹上找兔子耳朵，可是耳朵不見了，松鼠找不到耳朵，不敢下來見兔子，從樹上跑掉了。」

「兔子也不見了吧！」布耶坐在工作檯上笑嘻嘻問。

「喔，兔子少了一隻耳朵，很傷心，躲起來不跟我見面。」杜吉學兔子跳、搓搓前腳。

「杜吉為什麼要假裝？」東可不明白：「他是騙人的嗎？」

姆姆搖搖手：「唔，不是的。」

阿貝森林最會說故事的人是杜吉，他把自己想出來的故事配上森林裡的人事物，又說又演，很多人把他的話當真，以為確實發生過那樣的事情，弄清楚後都覺得被騙了，但是杜吉一開口，大家又忍不住豎起耳朵聽。

「杜吉呢？」「我們怎麼沒見過他？」莎兒和東可問題真多。

「啊，他去流浪了。」姆姆輕輕嘆口氣。

故事說完了，屋內鋪好了的蓆子等著莎兒、東可像往常那樣，翻滾說笑後再甜甜睡去。可是這回他們坐挺了身子纏著姆姆：「再說一個故事嘛。」「姆姆，說納伯亞的故事嘛。」

搖椅上的姆姆揮揮手：「你們已經聽過了。」

老爹、也伯和巴姆還沒回來。

那天聽到比羅的木笛傳訊後，密瓦和利斯不久也到家裡來，轉述比羅帶回來的訊息。接著的這些天，小矮人族在森林裡採摘樹梢的果實，在地底通道中清除障礙，連巴姆也被派出去檢查樹根，用剛學會的敲擊法傳回報告。

白天，莎兒和東可跟著大家撿拾落在地面的果實，忙碌熱鬧的氣氛把這兩個孩子搔撓得靜不下來，精神好得很。

「再講一次嘛。」東可想起聽到的傳說：「說納伯亞跌斷手的事情嘛，誰要害他？」

「唔，你弄錯啦。」姆姆笑起來：「跌斷手的是哈吉。」

老人家沙啞的聲音像流淌的河水，把時間帶到很久很久以前：

納伯亞跟哈吉是好朋友，兩個人總是在一起遊戲、工作。納伯亞愛開玩笑，常常說些別人聽不懂、猜不透意思的話；哈吉正好相反，話很少，經常都是他被納伯亞的笑話逗得哈哈大笑。

納伯亞愛玩水，哈吉愛爬山，他們到處遊歷探險，有時一兩天，有時半個月一個月，很多神祕危險的地方都被他們踩探過。同樣喜歡刺激又富有挑戰精神，這樣的性格註定他們要離開安穩的森林，去追求不平凡的生活。

可是，誰也沒有想到，這對感情深厚，一同闖蕩犯難的好朋友，竟然會鬧不愉快，傷害對方！

「唔，好朋友終究還是分開了。」搖椅慢慢悠悠的搖，姆姆的嘆息也慢慢悠悠：

那一天，連日大雨剛停，族裡的人都在地面上檢查栽種的豆麥，清理堵塞的水道。多日不見的哈吉和納伯亞一前一後跑過去，沒有人注意他們在做什麼。

「不要再跑了！」納伯亞喊的這句話很多人都聽到，有人看見哈吉往樹上爬，納伯亞追去要拉他下來，結果……

姆姆嘆口氣：「真想不到，哈吉摔下來了。」「大家以為是納伯亞拉住他的腳，才讓他跌下樹！」

莎兒很氣憤的說：「納伯亞故意的，他要害哈吉！」

姆姆驚訝的問莎兒：「你怎麼會這樣想？」

「我們問過古沙，他說一定是這樣子。」東可搶著說完又忍不住問：「納伯亞是不是很壞？」

「唔，錯了錯了。」姆姆搖著手。

古沙那時候還是小小孩，對於這件事並不完全清楚，「他弄錯了。」

「納伯亞不壞，事實上他做事可靠、腦筋聰明，會把經歷過的知識教給族人。小矮人族中只有他能跟水交談，每次河水發脾氣，納伯亞都先通知大家注意，自己再去河邊跟水聊天，耐心傾聽河流的怒罵抱怨，努力說笑話、講故事逗河流開心，平息河水的情緒。納伯亞這麼做不只對小矮人很重要，同時也保護了森林、土地和其他生命。」

姆姆停住搖椅，努力回想很久以前的那些事情：「唔，讓我想想看。」

莎兒和東可盯著姆姆等她再說下去。能聽懂河流說話的納伯亞，把好朋友從樹上拉下來的納伯亞，這到底是個什麼樣的人呢？他後來怎樣了？

「那一次，」姆姆沒看見孩子們的眼神，她只注視著腦海裡的畫面，喃喃自語：很會爬山爬樹的哈吉從樹上跌下來，我們以為他會立刻翻身爬起來，去跟納伯亞笑罵追打，他們總是這麼玩鬧。可是，哈吉躺在地上大叫，淒厲痛苦的叫聲嚇得大家趕過去看。

他頭上冒汗，腳不停踢，納伯亞要拉他起來也被踢開。「不要碰我！」他吼完又忍不住呻吟，好像瘋了一樣。大家忙著找歐哈兒，又讓哈吉喝下昏睡的藥酒，他才安靜睡去。很多人怪納伯亞，說他玩笑開得太過分，納伯亞沒有做任何解釋。哈吉好幾次痛醒，喊著「我的手！」卻不跟納伯亞說話，連看都不看一眼。

兩天後歐哈兒趕回森林來，哈吉跌斷了的雙手在他醫治下接合長好，跟受傷前一樣靈活正常。一直陪在哈吉身旁照顧的納伯亞，知道哈吉已經康復，轉身離開阿貝森林從此沒再出現。

對於這個讓自己受傷的朋友，哈吉絕口不提，只請求歐哈兒收他當助手，跟著去各地採藥，偶爾才回來一次。

「一對好朋友就這麼分散了……」眨眨眼睛挺挺腰背，姆姆回過神，告訴東可：「我相信納伯亞不是故意的。」

好奇的孩子們這回沒作聲，低頭一看，哎呀，他們蜷伏在蓆子上睡著了，眼皮快速顫動，會是夢見自己去探險嗎？

姆姆重新靠回搖椅，「睡吧，好好睡吧。」安穩睡過一覺，就可以再開始新奇驚險的生活。

真的嗎？好好睡一覺就行了嗎？

山坡上種樹

沒有夢見任何徵兆，好像才剛闔上眼不久，閉著眼躺在楠樹根下的比羅突然醒了。意識清楚的察覺楠樹呼吸，聽出蚯蚓蝸牛的爬動，鼻子裡聞嗅到一股蜂蜜香甜的氣味。跌跤果的味道！

比羅睜開眼尋找香味來源。楠樹略略抬開枝葉，喔，太陽白亮的目光讓比羅低下頭，難為情的道歉：「欸，我睡太久了。」清晨鳥兒的歌唱都沒聽到，夜晚貓頭鷹的巡視也沒見到，這一覺究竟睡多久了呢？

坐起身仔細找，蜂蜜香味就在附近，但楠樹周圍並沒有跌跤果或其他結果的矮灌木。順手掀開搭在楠樹根的姑婆綠葉，小小一陣風教比羅聞清楚了，是自己身上發出那種香味。跌跤果的威力會是變成氣味從皮膚散去的嗎？

約好在大楠樹根下碰面的老哈聞過比羅身上香味，又要他奔跑一段路程。比羅感到手腳肌肉的力量，穩當有勁：「我都好了！」

「沒錯。」老哈沒多交談，匆匆走往東邊山腳。

要做的事太多啦。

向陽的緩坡上有不少空地，長滿了雜草，老哈要比羅幫忙拔草挖洞，隔幾大步距離就挖個洞。「要挖多深呢？」比羅找來石塊樹枝當工具，問老哈。

已經動手的老哈沒說話，只把胳臂伸進挖好的洞裡比試。喔，要像胳臂長的深，比羅看懂了，卻又有問題：「挖坑洞做什麼？」

「種樹。」老哈沒抬眼，低頭幹活。比羅不再作聲，專心挖土。熟悉的泥土青草味道使他想起離開時，自己也才翻鬆一塊地正在播下麥種，呵呵，現在好像在家裡跟大夥兒一起工作唷。

起勁拔草挖土，突然間的安靜讓老哈鬆了口氣。他喜歡跟植物樹木作伴，最大好處就是耳根清靜，沒有一堆傷腦筋的問題要回答；就算鳥兒動物們在身旁樹上聒噪，都不會打斷自己的沉思或發呆。

抽空瞄覷，見到比羅笑嘻嘻嘴眼和靈活敏捷身手，老哈稍感詫異，這小夥子隨時都這樣開朗嗎？

坑洞很快挖好，以為接著就是放進種子蓋上土，誰知老哈轉身就走，比羅傻愣愣跟著看著，還要做什麼嗎？

邁大步走在前面，老哈翻過傾倒的斷木，仔細看木頭上鑽爬的蟲蟻。這是一截櫻木，樹心居住著許多白蟻，一隻獨角仙窩在樹皮內不理人。老哈輕輕敲木頭把白蟻趕出來後，挖了些樹心裡的木屑粉，用姑婆芋葉子包裹好。手指頭又在樹幹裡掏掏，撿出幾個蟬殼。他的侵擾引來白蟻抗議：「還來還來，把東西交出來。」

拂下爬到手上的幾隻白蟻，老哈把掏挖到的蟬殼捏碎，跟木屑粉拌和後，教比羅：「再磨細一點。」

比羅小心研磨不讓石頭戳破葉子，直到碎屑磨成粉末，他的疑問還是一大團：這也是種樹用的嗎？

種子埋入土裡時，放入一點點這樣的粉末會更快發芽，擁有強健的生命力。但是，「只能一點點！」老哈說這話時，一邊打開背袋。

泡過水的種子離開小屯岩後有些變化，表皮出現皺摺、裂痕加大，「是時候了。」老哈把種子放在粉末裡，這讓比羅想起野餐時吃血桐果沾糖霜的模樣。

「一定很好吃！」比羅笑起來。

「只能一點點。」老哈小心拍去種子上過多的粉末。

繼續跟著老哈在山坡找尋向陽空地，埋下種子時比羅發現附近有很多樹苗。小樹苗要多久才能長成大樹呢？比羅想起阿貝森林的橡樹哈拉、樟樹柯拉，他們那麼高大強壯，也是這樣從一棵小樹苗開始成長！

「這些都是你種的嗎？」

「沒錯。」老哈把最後一顆種子放進洞裡蓋好土壤。

「我去找水。」上山之前曾走過一處水窪，比羅很快找到它。摘下姑婆芋大葉子摺成水瓢，盛著水再爬上坡。

看著比羅來回幾趟後，老哈掛起吊床睡了。比羅年輕力壯是個好幫手，澆水的事得花點時間，自己正好放心睡一覺讓體力回復。

睡躺在吊床裡，老哈舒服的閉上眼。跟小夥子一起趕路最吃虧，他們喜歡奔跑又多話，去找歐哈兒的這一路上，比羅想必也是問東問西，急得要像風那樣跑才安心。嘿，「爬山可不能急。」進入夢鄉前，老哈跟自己說。

捧著水瓢一趟一趟盛水，比羅把剛種下種子的泥土細心淋濕，看老哈睡得安穩，比羅乾脆連山坡上所有的幼苗也通通澆了溼透。

小矮人靠森林生活。大樹提供安全可靠的住所，供應生活物資，保護小矮人在地面活動時不被發現干擾。種樹是小矮人回報森林的方法，在地底通道，他們檢查樹的根鬚，挖掘病菌害蟲；在地面上，他們清理樹的莖幹，推土覆根、照顧幼苗。老哈種樹，比羅不覺得奇怪，反倒是納伯亞的指示讓他想不明白，「檢查樹根、努力種樹、保護森林」，這些事情本就是小矮人的日常工作，為什麼還要特別指示呢？

納伯亞，這個古怪的族老一定有不平凡的故事。健康長壽卻不想待在阿貝森林的族中長輩聽說不少，他們在外頭生活，找尋各種知識經驗，觀察更多大自然的奧秘，聖鳥每年指派他們其中一人做為族老，要他把自己長時間的研究告訴小矮人族。今年納伯亞預知了什麼訊息呢？

「你見到的不是你見到的！」這句話在暗示比羅的遭遇嗎？還是他的一句口頭禪罷了？不過，正好可以解釋杜吉模仿歐哈兒的行為。想到這裡，比羅忍不住猜，納伯亞也做過這種模仿別人的事吧？

正要把姑婆芋葉子伸進水漥，比羅肥厚的耳朵聽到一種奇異聲響，水漥裡細細波紋發出不明顯的話音，比羅看著水時就聽不到了。他側耳閉起眼睛專心辨認那種聲響，起先只聽出混亂輕微的「波波」，聽了一陣子，發現就是幾個音一再重複，比羅試著說出那幾個音：「ㄅㄑㄩ」「ㄅㄓㄠ」「ㄅㄡ」「ㄅㄏㄚ」「ㄅㄦ」。

什麼東西在水裡說話呢？比羅最先認為是魚。動物都有自己的聲音，這應該是魚的說話聲。睜大眼睛往水漥尋找，沒看見什麼，聲響也聽不到了。比羅又把那幾個音放慢速度說一遍：「ㄅ——ㄑ——ㄩ」「ㄅ——ㄓ——ㄠ」「ㄅ——ㄡ」「ㄅ——ㄏ——ㄚ」「ㄅ——ㄦ」，咦，每個音節都用「波」開頭！

「波唷——波哩——」他好玩的在每個字前面加上「波」：「波唷」、「波哩」、

「波比」、「波羅」。平常招呼用的句子變得滑稽逗趣，還差點兒咬到舌頭！忍著笑，比羅朝水漥又這麼說一遍。

側過耳朵聽，水裡的聲音稍稍大了些：「ㄅㄅㄧㄅㄌㄨㄛㄅㄑㄩㄅㄓㄠㄅㄡㄅㄏㄚㄅㄦ」，嘿，話音加長了，不過聽得很清楚。這應該是回答吧，可惜比羅完全聽不懂也沒空再聊下去，他還要澆水哩。「波再，波見，波我，波走，波了。」舀起水後，他跟魚道別。

天空紅通通，夜幕很快會落下，等這趟澆完後就可叫醒老哈。在清涼安靜的夜晚趕路是小矮人的好習慣。

按照老哈交代的時刻，比羅先搖搖吊床，再戳戳老哈的屁股，朝他腳板心打三下，這才出聲：「唷哩唷，唷哩唷，起床起床了。」

老哈縮縮腳，呼出一口氣後，眼皮眨呀眨，慢慢睜開眼睛。隔這麼久再次聽到族裡叫人起床的歌聲，真親切，就算睡夢還跟眼皮糾纏著，這樣的歌聲也讓人心情愉快。老哈微微一笑，「唷哩唷，唷哩唷」，連哼兩句後翻身下了吊床。

比羅精神抖擻等在一旁，準備隨時開步走。找歐哈兒的任務終於有進展了，這讓他很興奮。

夜闖山洞

總是這樣：安穩的一覺醒來，新奇驚險的生活也跟著開始。

把吊床收成背包後，老哈領頭朝東走向山區。昏暗天色讓一隻青蛙眼花，把老哈當做岩石，跳過來停在他頭上。老哈穩穩走著不作聲，直到四周圍都暗黑了，青蛙還沒離去。

晶亮的北極星指出方向，老哈折往北。樹木漸漸稀少，石礫和縫隙中的小草代替灌木叢和森林，這是從小屯岩山脈延伸過來的地形：突出的懸崖、陡峭的山壁、斷裂的深谷、大大小小的山洞凹穴。

在一片淡灰山壁前，老哈把青蛙抓下來，放進一個凹穴。驚慌嚇醒的青蛙聞到岩石味道，重新迷糊睡去。

踏在堅硬石塊，腳底震動大，比羅走不多久便覺得吃力。試著腳底輕輕慢慢踏，觸地的時候不用力，果然兩腿筋肉鬆緩些了。專心練習腳步的移動，比羅安靜跟在老哈後頭。

黑暗的罅縫是另一個考驗。凹陷下裂的溝壑在夜裡看全都一片深黑，要準確拿捏那深度、寬度和長度較困難，比羅走得險象環生。有時候撞到旁邊突出的岩塊，皮肉痛教他稍微側著身子；有一次他看著腳下一塊墨黑暗影，抬腳跨過去，卻跌入另一個石灰岩洞。

老哈停下來等他爬出洞：「走好」，兩個字，像叮嚀又像責備，比羅點點頭。忍著痛仔細分辨不同暗影，有些是石頭，有些是凹洞，有些是大又深的山谷。他試著往山谷看下去，黑暗裡吹來冷風，這使比羅恍然大悟，除了眼睛看，還要耳朵聽，更要注意皮膚感受的氣流！

深吸一口氣繼續再走，已經不見老哈的身影，比羅趕緊跟上前。哪裡知道彎過去後，迎面一片大山壁擋著，冷風不斷吹上來，他竟然險險的停在懸崖邊，只要多走一步就會掉落山谷。

「往上爬。」老哈的聲音從頭頂上傳來。

雖然黑暗，定睛看仍見到岩壁上許多小孔。比羅手抓腳蹬，攀著這些小孔翻上大岩石。

這是一塊寬闊平坦的巨大岩塊，遠處一團黑漆黝暗，不知是藏著更高的山頭還是更深的斷崖。

「是山洞。」伸手指向比羅瞪視的地方，老哈簡單說明：穿過山洞，出口就是大森林，歐哈兒住在那裡。「我希望天亮時會到達。」老哈問比羅：「你身上有繩子嗎？」

「啊，有！」他解下繫繞木笛的皮繩交給老哈。繩子不長，但堅韌有彈性，是出發前老爹為他綁上的。

老哈用細皮繩在比羅左手臂捆繞成一個古怪的符結，又塞了幾片葉子在那符結底下。皮繩很柔軟，葉子卻剛硬粗糙，皮膚扎刺的感覺讓比羅甩動手臂。

「記住，山洞裡看到的景象都不是真的，別被迷惑。眼睛看我的腳，必要時用皮膚呼吸。」老哈的一長串話讓比羅隱隱覺得不安。

走向那處黝暗山洞，站在巨大黑影裡，有好幾秒鐘，飄浮虛幻的感覺抓著比羅，他以為自己飛進無邊界的黑洞，黑到什麼都看不見，黑到他心裡恐慌，孤單又悲傷的想要掉眼淚。恐慌悲傷的情緒慢慢消退後，他重新看到老哈的身影，就在他前面一隻手的距離，黑呼呼一團，眨眨眼再看，依舊只是模糊的身形。

走進山洞前，老哈又把要領教授一遍：保持安靜，全神貫注找出節奏，跟著老哈就沒事。

試著和老哈的步伐同個節奏後，比羅覺得好像兩個人融合為一，輕鬆的抬腳趕路。這念頭才出現，他的腳步立刻亂掉跌個踉蹌，比羅趕忙回神找到正確的節奏，眼睛看緊老哈的腳，跟著抬起、放下、左腳、右腳。

黑暗中只記得右轉兩次，前面老哈模糊黑暗的一團影子，有時更暗些有時稍稍淡灰。可能看久了，他竟然清楚見到老哈灰岩般帽子上有隻青蛙站著。

怎麼回事？

黑暗裡，一條長長灰色影子從空中靠近老哈，高起的一頭左右搖擺，倏地咬了青蛙一口，是那條在筆筒樹邊遇見的眼鏡蛇！

青蛙和蛇隱入暗影，不一會兒，周微亮起閃電劈開天空噴出火光和轟隆巨響。比羅看見旁邊有老虎，被雷聲吵醒正要站起來；老哈也見到老虎了，招呼比羅躲進右邊一道山壁隙縫。

「看我的腳！」聽見老哈的喝斥，雷電老虎頓時消失，原來是幻覺。眨眨眼睛，老哈那團模糊的黑影停在左前方，比羅差點跟丟了。

空氣中滲出腐臭味道，窒悶的瘴氣刺激嗅覺，鼻孔胸腔被臭味堵壓得昏沉阻塞。他改用皮膚呼吸，衣服下的皮膚繃緊再繃緊，緊到皮膚變細變薄，比羅覺得痛，空氣一絲絲鑽進肉裡，行走的腳步必須緩慢，否則空氣振動會讓皮膚龜裂滲血，比刀割還難受，就算想靠意志力忍受痛苦維持正常行動，也不得不因為皮破肉綻而停下來。

好像走了有一整天那麼久！當四周景物浮現輪廓，濃墨夜色稀釋成淺黑，老哈伸手拍拍帽子。啊，比羅張口大大吐氣，可以恢復正常呼吸了。

山洞裡長長尖尖的石柱倒懸在頭頂，壁面有水流痕跡卻沒有水聲。路，向下斜伸，前方路上矗立著一棵棵樹狀東西，閃爍細細光點。是石柱，散亂的擋住通道，雖然已經能看清楚四周，可是要在這迷宮一樣的石林找到出口卻不容易。很多次，老哈停下來思考要往左或往右，他撫摸粗糙不平的石柱，像在跟它們說話問路，然後就自信的邁步。

瞄見老哈走往右邊一根方柱，比羅從左側繞過那方柱想和老哈會合，誰知道柱子後是兩條路，沒見到老哈。這怎麼辦？

比羅搖頭，就走右邊這條路吧。

右邊走進去是狹長隧道，走了幾十步後聽見水聲，大雷雨般嘩嘩響，洞裡轟轟嗡嗡的回聲，讓他頭皮發緊胸口發脹，腦子也跟著昏亂，恍惚中看出山壁上有個洞口，瀑布從頂處飛衝下來，水噴得四處溼答答。

耳朵裡壅塞悶堵，比羅漸漸頭暈，回轉身向來處走，竟然找不到路！四面山壁岩塊都滲出水流，隧道成了密閉的石室，水流滿一地，慢慢淹過比羅的腳，一點一點漲高，從腳板到腳背到腳踝，慌忙中他攀著山壁往上爬，沒空細想為什麼出口變到頭頂上去。

才爬高一寸，水就升高到他膝蓋處，好像怪獸一樣抓他的腳。比羅嚇得大喊「不要！不要！」又忙爬高一寸。

「ㄅㄛ——ㄕㄜ——ㄅㄛ——ㄇㄛ——」「ㄅㄛ——ㄕㄜ——ㄅㄛ——ㄇㄛ——」巨雷轟響突然停止，換成這種緩慢低沉的聲音。

貼趴在山壁上的比羅記得這種「波波」聲，昨天下午他在水塘邊聽到過。這水裡也有魚嗎？

「波唷，波哩，波比，波羅。」心頭砰砰跳的打完招呼，他又趕快再往上爬。

「ㄅㄛ——ㄕㄨㄟ——ㄅㄛ——ㄕㄨㄟ」

潑水？為什麼要潑水？莫名奇妙的比羅按照魚的指示，空出一隻手把山壁的水往下潑。

水位突然快速上升，巨大雷響又咆哮起來，糟糕，比羅弄錯什麼了？他拼命爬高，嘴裡又喊：「波放，波我，波出，波去！」

「蓬！」大水來勢洶洶，向頭頂出口衝去。霎時噴射的力量打昏比羅，手一鬆，他跌落下來，像河水裡一片綠葉隨水流去。

一陣刺痛喚醒比羅，意識慢慢恢復，岩石和灰泥味兒讓他記起剛才的大水，「我在哪裡？」這一問才發現自己趴在地上。這是他跟老哈分開後闖進來的那條隧道，沒有瀑布大水，頭頂沒有開口，四壁岩石和地面很乾燥，看不出淹過水。

到底，他是在這裡睡覺做夢還是遇見幻影？老哈呢？想吹木笛傳訊，全身摸遍了就是找不到木笛，背袋和羽毛都在，但他的木笛掉了！

只能用敲的啦。撿起小石塊像敲樹根一樣，往山壁打出特殊節奏，「比羅，隧道。」敲了兩三下，他突然看出壁上有些凹陷，是故意刻畫的花紋，這種記號不少，會是老哈留下的路標嗎？

循著記號走，隧道彎曲折繞，光線逐漸明亮，空氣裡有草木香，啊呀，多麼熟悉親切的森林氣息！比羅興奮的加快腳步。

和老哈走散了，獨自困在山洞的比羅好不容易見到陽光，聽見隱約的鳥叫，笑呵呵衝出隧道，瘋了似的朝著高大的樹木群彎腰扭屁股，「唷哩」「唷哩」，大聲叫大聲嚷，用力扭得屁股又圓又翹，樹上歌唱的鳥兒被他騷亂得更加放肆喧囂，吵成一片。

唉，這年輕人真毛躁啊！

等候在洞外的老哈皺起眉頭，嘴角卻又不自覺上揚。誰忍心苛責剛吃過苦頭的孩子這麼些許歡鬧呢？只不過他手臂上流著血，傷口得快做處理。

「唷哩。」趁比羅停下喘氣，老哈沉穩的出聲招呼。

聽到聲音轉過頭，比羅的眼睛亮起光，眉毛舉高嘴巴笑開，臉上寫滿的喜悅讓老哈也跟著微笑。

「我跟丟了。」見到老哈微笑等在洞外，比羅很慚愧，主動認錯。自己一定延誤了不少時間，「我們去見歐哈兒吧。」

「等一下。」抓過比羅左手臂解開細皮繩，老哈小心挑起葉片，這動作痛得比羅嘖嘖哀叫，感覺一層皮被剝掉了。

老哈拿出準備好的藥粉灑在傷口，摘下一片構樹葉包住比羅整隻手臂，再用細皮繩重新綁好固定。

皮肉痛很快消失了，比羅的好奇心這時再也藏不住：「為什麼……」他才開口要問就被老哈打斷：「走吧，路上再告訴你。」

沉默的老哈雖然話不多，要把比羅想知道的事都說清楚，可也滔滔說了一大串：

昨晚穿過的是魔洞山，這座山白天映著陽光很刺眼，讓人睜不開眼睛，只能選擇清晨或傍晚入山，但是洞裡漆黑難辨也不好走。如果是白天來到這裡，比羅絕對會迷路，夜裡這些岩石亮著閃閃螢光，不同色彩的岩塊容易辨認，當然，爬山的難度和危險因為黑暗就也升高了。

山洞裡充滿魔幻，像昨晚走過的魔影洞、毒氣洞、石林洞，另外還有雷音洞、水瀑洞、鏡洞、睡洞、笑洞等等。很多只是幻象，閉起眼睛不看就沒事，但那樣又容易跌跤踩空。

「原來如此。」比羅甩甩頭，想起山洞裡見到的影像，青蛙沒跟著來，蛇更是幾天前在小屯岩山腳下睡覺，憑空冒出的老虎更荒唐，這麼一團黑的漆暗最容易教人胡思亂想了。

「看著腳才不會迷路走丟。」老哈又把話題接下去：有些洞真的有魔力，會讓人失魂落魄、傷害自己或困死在裡面出不來。綁在比羅手上的符結可以化解一部份魔力，剛硬的葉片是歐哈兒特製的，在人昏迷時能刺痛皮膚喚醒意識。

聽到這裡比羅小心抬抬左手，動作沒問題，叫醒他的刺痛感覺竟然是老哈預先做的防護！再仔細看，左手臂細皮繩符結下的幾片葉子陷入皮肉，尖利的葉緣割破肌膚流血了。

「我走進雷音洞？還是水瀑洞？」比羅的問題顯然不重要，因為老哈沒回答，自顧說下去：

「這座山，我跟北山都走過幾次，還在幾個洞內留下記號指示路線。大森林和小屯岩間最短的捷徑就是穿過魔洞山，其他的路都要繞大圈。

至於剛才為你敷的藥，也是歐哈兒特別採製，等一下見到歐哈兒時，傷口應該就長合痊癒不留疤痕了。」

「我跟北山也在裡面迷失過。」老哈用這句話結束他的解說。

引領比羅找到出口的山壁上花紋，果然是老哈留下的路標！多麼奇幻的山洞呀，要不是老哈帶領，想平安走過山洞一定辦不到！比羅如釋重負長長吐出一口氣，暗夜幻影和迷路走丟的事情不再讓他困擾慚愧了。

「你見到的不是你見到的！」比羅脫口說出納伯亞留給他的這句話。

老哈停住腳：「不完全對。」看著四周圍，他補上一句：「在這裡，你見到的就是你見到的。」

一路專注傾聽的比羅隨著老哈視線看向身旁，對著眼前景物說不出心中驚喜和感動。幽靜的森林裡，陽光柔和投洩在枝葉莖幹上，清涼的空氣中飄漫花草蕨蘚的芳香。

這裡的樹比阿貝森林還要高大，受小矮人照料的阿貝森林，美麗健康，而這個大森林不但健美，還多了爽淨開闊，繁複的樹木層次毫不擠擾，就連攀藤植物都姿態優雅，葉片從容伸展。

靜靜眨眼，比羅找不到可以表達的話語，這麼美好真實的世界讓他只想要感謝！忘我的合掌放在胸前，他虔誠發出「姆——」的聲音，一如對聖鳥的致敬。

啊，不，這是召喚！背袋裡的羽毛拍打跳動了。比羅打開背袋捧出羽毛，它立刻迴旋飄升，轉出萬道光芒。

「歐——嘿喃」，一聲緊接一聲，清亮悠揚的聖鳥歌聲在林間迴盪，千千萬萬的光點紛紛落下，同時間，金黃羽毛飛向一棵比千年橡樹老哈拉還要粗壯挺拔的銀杏，繞著樹幹唱歌。

「姆——」，比羅發出的聲音裡多了渾厚的共鳴，是老哈，他雙手貼在胸口也跟著應和。

金黃羽毛旋繞樹幹，歌聲持續，「歐——嘿喲」「歐——嘿喲」，它搖晃顫抖，有時直立、有時歪斜。每當它離開比羅視線轉到銀杏背面時，金光格外強烈耀眼，歌聲顯得溫柔婉轉，並且也停留得更久。而當它再飛進比羅視線內，歌聲就拔高響亮，像述說心中的興奮。

最後一次飛旋，銀杏樹後走出一個人。聖鳥歌聲環繞著他，羽毛飄浮在他頭上，光瀑從他頭頂不斷流洩，讓他站立在一圈光燄中。

感受著聖鳥神力，比羅和老哈專心禮敬。「姆——」兩人的聲音聚合共鳴，在樹林間嗡嗡迴響，迎向羽毛的金光。一陣搖晃後，金黃羽毛乘著他們發出的氣流輕靈飛起，向高入雲端的銀杏樹梢飄去，化成空中的光。

歌聲靜息，嗡嗡聲也收起，光燄消失。被聖鳥羽毛歡欣迎唱，比羅第二件任務要尋找的人——歐哈兒終於出現。

一襲灰色長袍，笑吟吟瞇著眼，滿臉皺紋長髮長鬚，挺直腰背神采奕奕的歐哈兒，看得比羅呆呆愣愣。

杜吉！曾經被羽毛鞭打過的杜吉，他模仿的歐哈兒正是這個樣子。

「年輕人，找我有什麼事？」歐哈兒的口氣親切愉悅卻比杜吉多了穩重，讓比羅感覺安心自在。

他先鞠躬，迎著歐哈兒的注目端詳，說出自己的來意：「我是今年的綠信差，族老納伯亞給我指示：通知族人收集樹的種子，檢查樹根。森林將有災難，小矮人必須努力種樹，保護森林。」

老哈默默點頭，歐哈兒瞇著的眼睛稍稍睜大了些：「是沒有錯。那麼，他希望我做什麼呢？」

「納伯亞要我找到歐哈兒，拿到葉卷書帶回給莫滋。」比羅一字不差的說出納伯亞叮囑的內容。

「啊！」老哈大感意外，這年輕人的要求太特殊了。

歐哈兒沒立刻回答，笑呵呵仔細看著比羅。那眼光慈祥溫和，比羅忍不住也亮起眼，笑意透過眼神眉梢嘴角，一點一點露出來。

「歐哈兒比起姆姆有活力，比納伯亞親切，比老哈隨和。杜吉很會模仿，但他只能學到外表，卻沒法子學到這種神氣。」比羅在心裡偷偷比較。

另一方面，他也期待歐哈兒的應許，這樣，綠信差的任務才能踏上回程，跟族長也伯報告詳細情形。出發前一天種下的麥子應該發芽長高了，族裡收集樹木種子的行動也必定進行中，爬樹的刺激和快樂都要等回到阿貝森林後才能再享受。

「歐哈兒會幫助我完成任務嗎？」咧開嘴憨笑的比羅，眼光裡除了仰慕、尊敬，也閃爍著熱切渴望。

「年輕人，讓我想想；有些事我還沒弄清楚喔。」交會的眼神中，比羅讀出歐哈兒的意思。雖然沒有拒絕，但歐哈兒也沒有答應，老人的眼光和善卻迷惑，不朝別處看只定定望著比羅。

「請相信我，幫助我！」眨眨眼，比羅心中大聲呼喊。

終於，歐哈兒開口了：「來吧，年輕人，到我的樹樓坐坐。哈吉，我們都忘了招待客人啦。」

比羅的身分證明

聽到歐哈兒邀請比羅到樹樓坐坐，老哈微微一笑，指指比羅包紮的手臂：「你最好先看看他的傷口。」

笑呵呵走在前面，歐哈兒帶比羅來到銀杏樹背後。比羅從步伐估測，這棵銀杏恐怕要二十個小矮人手拉手才圍得起來。兩三塊枯木做成的台階通向銀杏樹洞，洞口很寬很亮，看得出來這棵銀杏樹受過傷，樹幹中空的部份很大，但它還活著，並且健康壯挺。

洞裡像個工作室，有大桌子，是竹子編成桌面再鋪上草蓆。有櫥架，用樹枝撐起枯倒木再挖空樹心；有椅凳，是椰子殼削平兩頭做的；架上的杯子盤子碗缽也全是各種果殼做成。

「來，讓我看看。」歐哈兒要比羅伸手擱放在大桌子上。解開細皮繩時，比羅發現歐哈兒的手指頭特別修長，細緻柔軟，碰觸皮膚時如同微風拂過，輕巧又清涼。

掀開構樹葉，原先破皮流血的部位已經完全復原找不到痕跡，連沒清洗的血漬也都不見。但歐哈兒卻盯著傷口位置細心觀察，像讀書一樣喃喃唸著。

「唔，是這樣啊。」「你進入雷音洞了。」「嗯，聖鳥的保護。」「等等，這是水洞！」「咦，你跟水說話？」「水生氣了！」

移開視線後歐哈兒點點頭：「原來如此。」轉身從架上找出一個檳榔小碗，舀起裡面的汁液抹在比羅手臂，透明的黏膠有些微菊花香，很快滲入皮膚。

「傷口雖然長合，可是水的魔力仍在裡面。擦過藥，以後再進入水洞就不怕了。」說這話時的歐哈兒，眼裡精光爍爍，好像能看穿一切邪惡魔術。他說得這麼權威篤定，把比羅心裡潛藏的噩夢都拔除了。

收好藥品，歐哈兒要老哈、比羅都坐下。「現在，年輕人，我想聽聽你的故事，就從你遇見聖鳥說起吧，越詳細越好。」歐哈兒的口氣帶了點命令，雖然他笑呵呵，眼神裡滿是趣味好奇，但比羅卻覺得這是考試，像金黃羽毛跟納伯亞的交談！

他專注認真的述說，沒有漏失任何場景，包括聖鳥現身、遇到納伯亞、找古沙代傳口訊、趕路中不斷跌跤、化解眼鏡蛇攻擊、巧遇老哈和北山、杜吉假冒歐哈兒被羽毛鞭打、嘗試和水塘的魚說話，以及夜晚爬魔洞山的遭遇。

一件又一件經歷，豐富了比羅的表情動作，不自覺瞪大眼、習慣性微笑、下意識握拳；有時搖頭嘆氣、有時拍手擊掌、有時無奈摸頭、有時皺眉擠臉、或噘嘴捏鼻、或弓背聳肩。他的聲音也在情緒帶動下，有時高亢有時平和，有時急促有時輕鬆；說到眼鏡蛇，他的聲音還微微發抖，緊張得吞口水。

始終微笑注視的歐哈兒，和一向沉默傾聽的老哈，會不會覺得他太聒噪囉嗦呀？比羅停住嘴後，看看歐哈兒又看看老哈，靦腆的攤開雙手：「我講完了。」

「你知道葉卷書是什麼東西嗎？」歐哈兒的問題讓比羅搖頭：「不知道。」

這回答顯然在歐哈兒意料中，他示意老哈為比羅解釋。

葉卷書記載各種樹木的種植技術、生長特性和生病治療方法，小矮人族的祖先代代相傳，不但要族人學習，也要隨時修正補充，遇到森林樹木受傷生病時，要盡全力照顧醫治，維護它們的健康。所有的紀錄都用小矮人族特有的葉脈紋形字，寫在一張一張特製的柚木葉，捲成一大捆，叫做葉卷書。

「祖先傳下來的寶貝？」比羅嚇一跳，這麼重要的東西，納伯亞怎麼會叫他來拿取呢？

「沒錯。」老哈平靜的說：「必須能證明自己的資格，否則是沒法拿到葉卷書的。」

資格？要怎麼證明？比羅茫然看著他們：「我身上什麼也沒有。」

「就像聖鳥羽毛證明納伯亞和我的身分，你也必須要有能證明身分的事物。」歐哈兒仍舊安祥溫和：「既然聖鳥選定你做綠信差，必定會給你證明。我們試試看吧。」他一邊說一邊離開座位。

會是什麼樣的試驗呢？看歐哈兒走向櫥架，比羅趕緊跟過去，還以為葉卷書就放在那裡。但老哈卻走出去，下了台階不見人影。

「年輕人，跟我上來。」歐哈兒拉著繩子招呼他。

櫥架邊有條粗藤從上面垂下來，比羅走近後才發現，這個樹洞還有隔層。跟著歐哈兒攀繩上到第二層，又是另一間工作室，巧妙利用啄木鳥敲出的洞做為大窗戶，讓室內更加明亮。這裡沒有櫥架，只在殘留的樹心層縫擺放一包包、一袋袋東西，比羅猜那也是歐哈兒所採集的藥物。

地板中央放有一個大木盆，大到可以坐進四五個小矮人，走近前看，盆裡裝著水。

「看著它，專心想著你來這裡的任務。」歐哈兒收起笑容，嚴肅的指向木盆：「仔細看清楚它給你的提示。」

站在木盆邊，比羅照歐哈兒的說明，專心盯住木盆，默默念著：「唷哩，比羅，我是今年的綠信差。族老納伯亞要我找到歐哈兒，拿到葉卷書帶回給莫滋。」他說了一遍又一遍，當第三遍說完，木盆突然亮起柔和彩光，水中現出影像，是個穿綠色連身衣褲的人，正在掀開帽子。比羅還想看清楚那個人的臉，影像已經消失，盆裡的水在氤氳柔光裡一顆一顆跳起來，兜兜聲跑進比羅耳朵，變成歡迎的歌聲：「唷哩，唷哩。」「唷哩，唷哩。」比羅連忙回應：「唷哩，比羅；唷哩，唷哩。」聽到回答，水滴迸開成煙霧漂浮在木盆上。漣漪消失後，水面又再出現影像，這回是比羅站在大湖邊，清楚看到湖水變成人形，他們在交談。

跟水說話？心裡有個扣搭跳開般，比羅若有所悟，卻一時間沒能抓住那個靈感。剛才是想到什麼了？他還在沉思，眼前一暗，木盆已經回復平靜，身旁是歐哈兒瞇著眼的笑臉。

「走吧，馬上就可以知道了。」歐哈兒不問比羅看到些什麼，只帶著他又回到樓下有大桌子的工作室。

老哈正捧著一顆方石走進來，是個墨灰色石塊，他小心把黑石擺放桌上。

「年輕人」，繞桌子把那塊石頭看過一圈後，歐哈兒要求比羅：「請用你看到的第一個提示，打開它。」

不會吧！比羅以為聽錯了，懷疑的重複一遍：「打開它？這塊石頭？」

「沒錯。」歐哈兒笑咪咪，卻只這麼說。老哈沉默著，眼裡清亮的光也似乎在微笑。他們慈祥和善的神態給比羅莫大鼓勵。

看到的第一個影像是「綠衣人掀開帽子」，比羅站到石頭前面，有股森冷的寒氣透出來，他打了個哆嗦，伸手取下一直戴在頭上的綠色帽子。

既沒有敲砸石頭，也沒有翻轉它，根本連石頭都沒有摸到，只是把自己的帽子脫去，這樣怎麼能打開石頭？比羅很困惑，至少，「我應該跟石頭打打招呼、說說話吧！」

黑色方石安安靜靜，比羅朝它彎腰鞠躬：「唷哩，比羅。」「唷哩，唷哩。」連說幾聲，黑石毫無動靜，比羅尷尬的看向歐哈兒：「我打不開。」

笑得眼睛瞇成柳葉條的歐哈兒，邊笑邊搖頭說：「欸，你還沒試哩。」

這話說得比羅更糊塗了。他又去看老哈，意外發現老哈也咧嘴兒在笑。

被笑得莫名其妙又有些兒不安，比羅重新看向桌上黑石。光滑平整的表面找不到接合痕跡，這能打開嗎？他想了想，伸手試著去移動石頭。

哎呀，好重，可是摸起來溫熱不冰冷，而且就從比羅手指摸到的地方開始出現裂縫，一點點一點點裂成長長一條線，石頭分成上下兩半了！

抱住上半塊石頭用力向上抬，「喔！」隨著比羅的驚呼，那整塊黑色方石被揭開來，是個石箱。

「很好！」「沒錯。」歐哈兒和老哈同時笑出聲，他們早已忍不住要開懷大笑了。

「聖鳥在你頭髮留下證明。」老哈指著比羅額頭：「你脫下帽子時，聖鳥的金光和熱能都已射向石頭，化除上面的鎖印，只等你去打開來。」

是說那撮焦捲金黃的頭髮嗎？

比羅早已忘了頭髮燒焦這回事，聽老哈提起，他伸手摸摸頭，笑了起來。

與水交談

確認過比羅的聖鳥特使身分後，黑色冰冷的石頭被打開了，原來是一個石頭箱子。小心放下石箱蓋，比羅往箱裡瞧，以為會有一部厚厚的大書本，但箱裡只有兩片大葉子。「這就是葉卷書？」「不是說會有一大捆嗎？」他困惑的望向歐哈兒和老哈。

老哈耐心的告訴比羅：石頭箱裡的葉子叫做「綠貝」，是攜帶葉卷書的重要裝備，必須用它們包裹，才能保護葉卷書避開水火侵襲和碰撞撕扯。更重要的是，沒有它們就沒法帶走葉卷書。

這又是為什麼呢？比羅心中多了個疑問。

歐哈兒的書房在另一處隱密的森林小屋內，不能說出它的位置，是為了保護歐哈兒和他收藏保管的珍貴資料，像是特殊藥材的煉製方法，小矮人族的各種神奇藥方，當然，也包含葉卷書，它就擱放在一座矮櫃上。

一張張薄到透光的樹葉，平整堆疊得大約一人高。歐哈兒先放好一片綠貝，老哈再把看似脆弱容易碎裂的整疊樹葉搬到綠貝上，最後再蓋上第二片綠貝。

將近一人高的書頁在綠貝中逐漸縮小尺寸，降低高度，到最後只剩下比羅揹的口袋般大小。歐哈兒小心把綠貝緊密包摺，裹得看不見任何一處缺漏。老哈從矮櫃裡拉出一條繩子，交給歐哈兒綁繞住這一「包」葉卷書。

比羅仔細看著每個步驟，用心記住。珍貴的寶典以後還是要再送回這裡來吧？到時候，這些過程都得同樣再做一次。只不過，歐哈兒綁繩的手法太古怪，顯然加了魔力，比羅根本記不住。

「這個太難了。」指著那繞成菊花紋的繩子，比羅搖頭嘆氣。

「莫滋會教你，別擔心。」歐哈兒打完最後一個結，笑著說。

莫滋？對了，莫滋是誰？比羅想到這件事。住在阿貝森林的小矮人他都認得，沒有叫莫滋的，難道他還有第三件任務——找出莫滋？

老哈把那包書放進比羅的背袋，嘿，剛好。

斜揹起口袋，除去飽滿鼓脹外，比羅覺得它如同先前放進羽毛時一樣輕巧。「拍打碰撞都沒有關係嗎？」不放心的再問一遍，比羅想到路上可能遭遇爬跳翻滾各種狀況，如何讓書本平安回到阿貝森林呢？

「年輕人，除非你心懷惡意，否則它不會帶給你麻煩。」歐哈兒伸手拍打口袋，「你要考慮的，是怎樣盡快回去。」

穿過魔洞山循原路走嗎？比羅很猶豫：「可以避開山區嗎？」他問。

「南邊大湖通往河，沿著大河走會到河坳曲的對岸，通常要兩三天。」老哈清楚路況：「好走，但是要趕路。」

對喜歡奔跑在泥土上的比羅，這是最好的選擇了。

老哈送比羅來到這座南邊大湖，「繞過湖找到大河，沿著河走就對了。」簡單指出方向後拍拍比羅頭頂，他就閉上嘴不再說話。

「謝謝，我走了。」跳三下，跟老哈道別，比羅和老哈同時轉身走往自己的方向。

老哈跟納伯亞一樣，不愛說話，只能從眼睛看出他們的和善。雖然不容易親近，但是跟老哈在一起很安全，他懂得真多！比羅回頭看已經見不到老哈，對了，老哈的腳程也很快。

湖很大，起先岸邊還見到睡蓮、王蓮和荷花，漸漸只剩下一大汪水。比羅走沒多久就放開步伐奔跑，像風一樣飛跑才是他自己習慣的速度，此刻他開心的趕路，覺得風也被他丟在背後了。

什麼都不想的跑，直到轟轟雷聲在天上滾動，比羅察覺風中的雨水味兒，他才慢下來，找尋避雨的處所。

夏天常有大雷雨，把天地遮蓋在濕熱沉悶的雨幕中。姑婆芋大傘下的比羅，聽著雷聲雨聲隆隆嘩嘩，突然記起魔洞山瀑布和水裡的說話聲。

那不是魚的說話！銀杏樹樓中木盆浮現的影像，分明指出是水在和人說話，儘管還聽不懂水究竟在說什麼，但突來的靈感讓比羅有了新發現，他開始回想水塘邊和水洞裡聽到的「水語」。

「ㄅ——ㄑㄩ——ㄅ——ㄓㄠ——ㄅ——ㄡ——ㄅ——ㄏㄚ——ㄅ——ㄦ」；

「ㄅ——ㄅㄧ——ㄅ——ㄌㄨㄛ——ㄅ——ㄑㄩ——ㄅ——ㄓㄠ——ㄅ——ㄡ——ㄅ——ㄏㄚ——ㄅ——ㄦ」。

一字字慢慢唸出聲，雖然音調平板缺少高低變化，但心中彷彿有個溝通器讓他聽出來是：「去找歐哈兒」；「比羅去找歐哈兒」！

難怪比羅在水洞裡潑水會惹麻煩，不知道自己正跟水對話，居然朝水的身體亂潑亂拍，它不生氣才怪。

這麼說來，比羅也應該照木盆的指示去跟湖水交談嘍。

轟隆雷電和傾盆大雨好幾次打斷比羅的沉思，他抱緊背袋窩入旁邊銀葉樹大板根下。姑婆芋葉片正好擋住雨水，只讓它們兜兜敲鼓。隔著葉傘，比羅聽雨滴洶洶匆匆滾落，似乎都在抱怨什麼。他歪過頭想聽清楚些，可惜太吵了，很多種聲音混成一團，很難分辨。

有隻蝦蟆跳到他腳上躲雨，「唷哩」，跟蝦蟆打完招呼，比羅看到蟬正撥開泥土要爬出來，「等一等」，比羅勸牠。雨水滲入泥土淹進了這隻若蟲的隧道，可是鑽出泥土就面臨很多危險和挑戰，雷雨很快會停，天色暗下後，爬往樹上的蟬比較不會被發現。「別急呀」，他看著若蟲棕色大眼低聲說。

雷聲跟雨水都停了後，天邊有片紅霞，頭頂天空青紫藍色。移開姑婆芋傘，嘿，蝦蟆還蹲在他腳背上打瞌睡。比羅動動腳趾：「起床了！」蝦蟆「噗」地跳過板根，嚇跑一隻麻雀。蟬若蟲前腳用力撐，鑽出泥土來。「祝好運，加油。」比羅站起身走往湖邊，他這話說給蟬，也說給自己聽。

「唷哩，比羅。」靜靜站了一會兒，比羅向湖水鞠躬，開口招呼。

如同先前猜想，湖水聽懂他的話，回應很快出現：「ㄅㄋㄧㄅㄏㄠ」應該是「你好」的意思。

「大河有多遠？」比羅故意問問題，好確定他們的交談有沒有效。

「ㄅㄗㄞㄅㄑㄧㄢㄅㄅㄨㄅㄩㄢ」，湖水的聲音得側耳仔細聽，它是說「在前不遠」嗎？

比羅索性跟湖聊天，說他掉了小木笛的事，說吃了跌跤果的事，說歐哈兒很慈祥，也說自己要盡快回到阿貝森林。湖每聽完一件事，總會說「這樣的嗎」「知道了」，比羅似乎看見湖在點頭、微笑。天黑了，湖水映著月光，有波紋盪漾，這一場談話真愉快呀！

「你真好，我喜歡你。」比羅向湖水彎腰鞠躬，誠心道別：「我出發了，多保重」。「ㄅㄏㄠㄅㄉㄜ」，湖水不可能在比羅頭上拍三下，等它說完「好的」後，比羅跳三下，笑嘻嘻邁開步。啊，能夠有聊天說話的朋友真好。

天空晴朗，樹下草叢裡唧唧蟲聲叫得響亮熱鬧，熟悉的森林夜晚振奮比羅的精神，他跑得飛快又輕巧無聲，泥土裡的馬陸、枯葉下的甲蟲，翻身蜷縮睡得安穩，不知道有雙腳從身上踏過。

跟魔洞山的夜晚比起來，今夜實在美妙幸福，不但看得清楚周圍景色，還可以舒服輕鬆的趕路，特別是今夜收穫更多。跟湖水順利交談後不只結識新朋友，也知道許多秘密，湖水來自魔洞山，從地底伏流再冒出來；這個湖剛長出睡蓮，算是青壯年；但是它的範圍不斷擴大，新生的湖區就看不到這些植物了。它的一邊連接大河，照湖水的說法，湖和河如果處得愉快，水就會相通，若是哪一方鬧脾氣，就可能封住通路不再相接。

比羅笑起來，水跟人差不多嘛。幸好它們現在和好，沒爭吵糾紛，要不，水裡的動植物就少了遊玩的去處。

大河之旅

貓頭鷹收崗回去睡覺時，比羅看見湖邊一大叢柳樹群，呀，到了，這就是湖水提到的「記號」，湖和河交會處。

「嘩啦嘩啦」的水聲很響亮，顯然湖跟河的高度有些落差。比羅沿著河往西南方向跑。

接近黎明時刻，大地格外安靜，比羅偶然看往旁邊河水，咦，河裡竟漂著一朵王蓮。

「ㄅㄅㄧㄅㄌㄨㄛ」，河中傳出明快清亮的叫喚，聲音要比湖還年輕些。

「唷哩，比羅。」聽到河水叫名字，比羅忙跟河鞠躬，找我嗎？很高興有可以談話的夥伴喔。

「ㄅㄗㄞㄅㄋㄧ」「ㄅㄗㄨㄛㄅㄕㄤㄅㄌㄞ」，河水把王蓮推到岸邊，要比羅坐上去。

坐船嗎？比羅笑了：「你真好，謝啦。」

河裡這朵王蓮看起來四平八穩，比羅估計，就算躺在上面翻滾也不會掉入水裡，而且，鮮綠顏色和自己的衣褲一樣，飢餓的鷹也不容易發現王蓮上的獵物。

但是河為什麼要載他？坐船會比奔跑還要快嗎？

「ㄅㄏㄨㄅㄧㄠㄅㄍㄟㄅㄋㄧ」，河水推著王蓮，那上頭有個小東西滾來滾去。比羅小心滑坐到王蓮去看那東西，呀，是他的木笛，湖找到他掉落的木笛了。

能告訴我這是怎麼回事嗎？重新用細皮繩綁好木笛掛在脖子上，比羅歡喜的問河水。

年輕的河水話很多，從比羅上了船就滔滔說起：

「湖去跟瀑布打聽消息，找到了你的木笛。他知道你要順著河回到阿貝森林，湖就要我把木笛交給你。我跟湖都清楚，水比人的速度快多了，水只要一天就能抵達，人最快要三天。湖把他的一片王蓮送給你，我負責把你送到阿貝森林。到阿貝森林的這一路上，會有很多急流險灘，只要你坐穩，最好是躺平，我保證你平安無事。」

河說得急又快，那一長串話聽起來只是水流聲，連「ㄅ」都聽不出來。比羅猜想這條河個性一定急躁。

但是河力量大得驚人！它把比羅連船帶人舉得高高，貼著水滑行，一路沖出許多水花，把比羅噴濕了。

河裡石頭多，每塊都像王蓮那麼寬甚至還要大。看到河莽莽撞撞，迎著石塊正面衝去，比羅心跳都快停了。自己會像石塊上的苔蘚，綠綠扁扁一整片貼在那上頭嗎？

河舉著比羅飛到石塊前，滑溜溜一彎就繞過去了，黑影倏地飛來又嘩地消失，比羅從剛開始驚慌、後悔坐上船，到幾次後，發現刺激轉為期待，隨著河的衝浪會喊「加油」「哇呼」「唷哩」。這種熱情鼓譟催動著河的情緒，速度加快不說，掀起的水花更多，發出的聲響也引來動物們的注意。

「你在做什麼？」水裡的魚跳出來看，見到王蓮上坐著小矮人，大為奇怪。河高興大喊：「他是我的客人。」「想要加入我們嗎？」

跟河比賽游泳？魚才游一陣子就認輸。比羅趴在王蓮上吐舌頭，經過這樣左拐右彎高低起伏，他頭昏想睡，坐不住了。

「等一等。」河邊喊邊減速，發生什麼事呢？

王蓮慢下來，停在岸邊一叢綠蔭前面。「摘點葉子遮蓋」，河提醒比羅。

急躁的河卻很細心，有姑婆芋綠葉和蕨葉的保護，比羅躲過很多麻煩。白天的太陽曬得河水發亮，綠葉遮蓋下，比羅免除曬到脫皮焦黑的危險，還舒舒服服睡了一覺。

空中老鷹發現河裡這片高速漂浮的王蓮，跟蹤很久，河用盡最快速度想甩開老鷹，但尖銳的鷹爪始終緊緊貼著王蓮，有一次還抓開綠葉看究竟。比羅睡得動也不動，一身綠衣褲騙過大傢伙，怪叫幾聲飛走了。

被老鷹追著跑，河大喊過癮，興奮得在石頭堆裡轉圈、噴水花，又去挑逗河底的岩鰍。

「來吧，我推你。」急流摩著岩鰍的背部，用力沖擠。「走吧，跟著走吧。」河水大聲嚷。

腹部貼著石頭，吸盤緊緊巴住，岩鰍使勁穩定身體，不被水流沖走。有隻小鱒魚來看熱鬧，冷不防被急流拉進去，奮力游動掙扎就是脫不了身，逐漸流遠去。

鬧哄哄裡，綠簑鷺一嘴啄下去。河趕忙衝過來，撞偏那尖喙，「快躲啊！」水嘩嘩大喊。魚兒們劈劈啪啪藏到石頭下、鑽入底泥內，綠簑鷺撲了空，不甘心的要來戳王蓮葉。

嘿，休想！河再度飛奔，差一些些就卡在險灘裡，王蓮把葉緣向內捲縮，讓河可以順利舉著比羅，穿過磋礎錯落的石頭堆揚長而去。

半空中停著一點寶藍，長嘴喙短身軀鮮豔藍衣的翠鳥倒栽蔥，把頭插進水裡又立刻抬起頭飛走了。一隻虎魚在牠那尖嘴上扭腰，甩落一串水珠，唉，魚哭得唏哩嘩啦。

「可怕喔，差點抓到我。」長臂蝦在翠鳥的嘴戳下當兒，噗的往後蹦，正巧跳到王蓮船上，牠以為跌進河岸綠蔭裡，想跟昆蟲們打招呼，哪裡知道回答牠的是一個大水花蓋頭噴來，長臂蝦本能一跳，又跌回河中，剛才是從什麼地方落下來都沒弄清楚。

精力旺盛的河不曾稍緩片刻，向前猛衝。哎喲，突然的轉彎讓河跌個踉蹌，王蓮葉脫手飛出去，翻了！

落水的那一瞬間，比羅醒了，聽見河在喊叫：「誰做這種事？」「為什麼……」

清楚意識自己在掙扎，心中一片慌亂，離開水面後他大口喘氣，咳嗽嘔吐，耳朵裡厚重悶塞，腦袋嗡嗡卻什麼也不能想。

勉強抬眼觀看，河不見了，周圍是一棵棵枯樹倒木，有的直剖兩半燒成焦黑；有的枝葉乾癟坐化成標本；有的腐蝕蛀空攔腰折斷，但每一棵都樹圍粗大。比羅駭異的問：我淹死了嗎？跟這些樹一樣沒有生命嗎？

閉起眼睛深呼吸，感覺胸口飽脹，空氣在鼻孔進出，比羅安心一些。再度看向四周，他嚇一跳，剛才的枯樹不見了，出現的是一座座石雕像，跟小矮人一般大小，有的跪有的蹲，有的抱頭有的抬腳，每個雕像的臉孔都圓瞪著眼睛、張開嘴巴。比羅困惑的搖搖頭，這是什麼表情？

有晃動的亮光！比羅詫異的看見青翠樹林，枝葉裡吊掛著許多亮晶晶小屋子，發出彩虹光芒，先前的石雕像消失了，是誰在變魔術嗎？

鼓起勇氣走向前，比羅爬上樹去，手腳攀住樹幹，聞到樹身上散發出特殊清香，是真的樹。伸出手指要觸碰那亮亮小屋時，枝葉輕輕搖擺，小屋「啵」「啵」「啵」一個個破掉變成水，流過枝葉流過比羅身體，落入泥土中。樹木跟著閃閃發亮，像太陽映照河面的粼粼波光，像月亮投射山壁的泠泠銀光，像……「水晶森林」！風吹拂，把這個名字送進比羅耳朵。

「水晶森林？」他重複一遍，口中的聲音霎時被風帶走，變成樹林裡的沙沙迴響。

更多的水流下來，匯成一股，抬起比羅身體圍繞這片樹林快速游動。眩目的光讓他頭暈，「喔，不，不要。」「讓我下來。」抱著頭，比羅嘗試站起身，蹬了幾次腳後才發覺，自己還躺在王蓮肥厚大葉子上。「ㄅ——ㄅ——ㄅ——」，河水拍著王蓮叫喚他，在說什麼呢？

坐直身體愣了一陣，相信自己完全清醒，確定周圍景物不再變化後，比羅重新躺下開始大笑。哈哈，「你見到的不是你見到的！」

河乾脆停下不動，等比羅平靜了才又開口：「ㄅㄋㄧㄅㄏㄞㄅㄏㄠㄅㄇㄚ」，王蓮葉輕輕搖晃，像搖籃搖著小寶寶，放慢速度也溫柔了語調。

「謝謝你，我好多了。」比羅用微笑開朗的臉孔回應河水。

重新流淌，河穩穩舉著蓮葉前進，它不再狂飆猛衝，改成平緩謹慎的探查。原本曬著比羅後腦勺發燙的太陽，現在已經來到西邊河道上頭，火紅的光球就在比羅眼前。

「ㄅㄧㄡㄅㄍㄨㄞㄅㄕ」，河壓低聲音告訴比羅，應該順暢直行的流勢剛才突然被一股力量硬是轉了個大彎，王蓮和比羅飛出河道。等那股力量消失，河水找回原來河道後，發現比羅睡在漩渦裡，河用盡力氣才把比羅拉出來。

河很困擾，連河水都不清楚的力量，是要改變什麼或者要警告什麼嗎？

是寶貝還是詛咒

趁著天邊最後一抹紅光，比羅下船踏上土地。

「謝謝你，謝謝，唷哩，唷哩。」翹起屁股扭三下，比羅笑瞇著眼跟河鞠躬。

「歡迎隨時上船。」河把王蓮船停靠在一處雜草叢生的淺水灣，輕輕拍打岸邊。比羅爬下船，踩著水跳三下，轉身往河灘走去。

離阿貝森林還有一段距離，但剛才比羅收到訊息：「莫滋，求助。」顯然就在附近，比羅必須趕快行動！

開闊的河灘上除了雜草、灌木叢、石頭這些常見的東西，還有幾張吊床空蕩蕩攤在地上。比羅大聲招呼：「唷哩，比羅。」等了一會兒沒有回答，吊床的主人不在這附近！

耳朵又聽到那木笛聲：「莫滋，求助。」哼哼濛濛吹得不夠高明，來自右前方一棵龍眼樹。比羅在龍眼樹周圍找了一遍都沒發現，趴下來耳朵貼著樹腳跟，聽到微弱的「鼕鼕」響聲，果然有地底通道。

「唷哩，莫滋。」聲音突然從樹上傳出，比羅趕忙回應：「唷哩，比羅。」仔細瞧，枝椏間有人。

「請到樹上來，我需要幫助。」話聲沙啞顫抖，似乎很痛苦。

比羅手腳俐落爬上樹，一個人在樹洞裡，低頭抱胸蜷縮成一團，比羅蹲在枝條上和他說話：「你就是莫滋？你受傷了嗎？」

「我肚子痛，本來要回地道去，可是從樹頂爬到這裡就走不動了。」那個人勉強抬起頭，看了比羅一眼又垂下頭：「我叫莫滋。」才說完，他「欸喲」「欸喲」呻吟，按著肚子扭動身軀不停發抖。

視線相對的瞬間，比羅有些驚訝但沒空細想，「我揹你下去。」把背袋挪到身前，他要莫滋趴在自己背上，「忍耐一下，手抓緊。」

也許是痛得厲害，莫滋渾身抖顫不斷翻側身體，兩手緊掐著比羅脖子，弄得比羅拚命咳嗽。貼樹幹喘吁吁爬下沒幾步，比羅覺得身上一輕，莫滋整個人滑脫，抓住比羅的背袋扭動，隨即扯斷了背袋跌墜下去。糟糕！

急急溜下樹，比羅慌忙找人，「莫滋！莫滋！」樹底下沒看到人，四處找遍了只有自己的背袋掉在地道口，裡面的葉卷書不見了。

把附近地面仔仔細細找過，每片葉子每個縫隙都翻動檢查，甚至他爬上樹找遍每一處可能夾藏東西的空隙小洞。

沒有，沒有葉卷書！唉！

比羅懊惱沮喪的坐在地道口發愣，拿起背袋茫然翻看，咦，背袋是整個解開，並不是受到拉扯從中斷裂的。

瞪大眼，比羅看了又看，把剛才救人的情景一點一點回想：那個人在背上動個不停；他掐脖子的手很有力；他從樹洞趴到背上來，動作很迅速；他的眼神銳利，還有……那是一對黃眼珠！

比羅霍地跳起來，哎呀，被騙了！

毫不遲疑的跨入地道尋找「黃眼人」，比羅憑著空氣裡留存的綠貝氣味，追蹤到一個大彎洞口。

木頭門自動打開。「進來。」門後傳出聲音。

屋裡有微弱火光，照出幾條人影。「唷哩，比羅。」聽到背後「砰」的關門聲，比羅邊招呼邊警覺的側身看，是個綁紅頭巾的壯碩矮人，沒有半點表情的抱住胳膊斜倚著門。

一個彎駝著背的小矮人，往壁爐裡添加木柴。一陣嗶剝響後，屋裡更明亮了。除去比羅，總共有四個人，卻都沉默著對比羅的招呼沒有回應。

留有一條長辮子的小矮人，咬住髮梢盤腿坐在地上，背後站了個下巴尖、鼻子尖、耳朵尖、頭頂也尖尖突起的小矮人。比羅很快把這四個人看過一遍，他們瞪大著的眼珠全都是鮮豔的黃色！

「唷哩，比羅。」比羅鞠躬說：「我來要回我的東西。」

「你說這個嗎？」添柴火的駝背人拿著一包東西左翻右看，「它也能燒吧？」

火光照亮那包東西上頭一圈菊花紋的繩結，比羅急忙大喊：「不能燒！」跑上前要搶，尖頭人狠狠朝他胸前一推：「回去。」力道又猛又重，比羅一屁股摔坐在壯漢腳邊。

「過去，阿大要問你話。」壯漢伸腳抵住比羅後背，踢石頭一樣把他推到長辮人面前。

擔心葉卷書被燒，比羅又爬起來伸手：「東西還我！」

來不及了！駝背人五指張開，整包葉卷書落進壁爐，火舌暗一下後又興奮的跳動。

使盡力氣衝過尖頭人，比羅趴進壁爐，從火焰裡拿出那包葉卷書緊緊抱住。

「不尬！」「禿卡！」「切魯！」咒罵聲裡，壯漢扭住比羅雙手，尖頭人把書搶去，駝背人嫌惡的拿水潑熄比羅身上的火。

長辮人吭著髮辮不出聲，看著比羅從害怕東西被燒到撲進火堆裡去搶救，慢條斯理伸出手，尖頭人趕忙把葉卷書放到長辮人手中。比羅這時才注意到被稱作「阿大」的這個人。

「這是你的？」阿大問比羅。

點點頭又忙搖頭，比羅老實說：「是納伯亞要我帶回阿貝森林的東西。」

「這寶貝，我正好需要它。」阿大的口氣平和卻冷冷硬硬：「等我用完就還給你。」

把葉卷書放到腿上，阿大伸手去解開繩結。一整朵菊花瓣樣的結，繩頭在哪裡呢？拉拉扯扯都找不到，阿大要尖頭人：「割斷！」

比羅掙不脫壯漢的手掌，只能雙腳猛踢：「你們是誰？」「那不是你的東西，不可以！」

「滾開。」壯漢把他拎起來往門板丟。

比羅撞到門板頭昏眼花跪趴在地上呻吟時，尖頭人手中刀子剛好碰到葉卷書上的繩結，「啊喲！」尖頭人放下刀子捂住眼，淒厲哀號。

駝背人被阿大叫過來：「你，把它撕破。」

「他怎樣了？」駝背人驚疑的看著尖頭人，不敢去碰那包東西。

阿大收起刀子，要壯漢扶尖頭人去壁爐邊取暖。

「把它撕破！」阿大把葉卷書丟給駝背人。

怎麼看，這都只是一包東西，但不能燒又割不斷，分明就有問題，駝背人眼珠亂轉沒膽子動手。

「不尬！」壯漢咒罵一聲，搶走葉卷書用力抓扯那朵菊花結。鷹爪般有力的手指揪住繩結後，壯漢的手突然癱軟無力，整個人像氣球破掉般莫名奇妙洩了氣，垂手彎腰趴在地上。

「你做什麼？」罵了兩聲沒反應，阿大要駝背人把壯漢扶起來。

憋足全身力量想把人扶起來，駝背人沒料到壯漢變得輕飄飄空蕩蕩，像搬個空架子，用力過猛反而讓自己顛顛醉醉差點跌倒。

葉卷書落在地上，還是先前的樣子；壯漢站直身體，看起來也沒問題。「你怎麼搞的？」駝背人問，發現他本來就沒有表情的臉更加呆呆茫茫，少了生氣。

「別管他，把東西給我。」阿大指著身前的葉卷書下命令。

駝背人再忍不住了，「你騙人！」他大聲質疑：「這根本不是寶貝，你只是想害我們。這東西被下了詛咒，你騙人！」

「用點腦筋吧。」阿大的聲音威嚴有力：「若不是寶貝，那傢伙何必拼死拼活要搶回去。」「寶貝自然有神力保護，這不是詛咒。」「相信我，所有的保護都已經撤除了，不會再有狀況啦。」

「你騙人！」壁爐邊的尖頭人瘋狂怒吼，伸長雙手摸索亂揮，「我看不見了，那東西把我的眼睛弄瞎了！」「邪惡！詛咒！噢，我看不見了！」悲傷絕望的他觸摸到一個身體，「這是誰？波阿？尼耶？為什麼不說話？」

「他不會說話了。」駝背人害怕得一邊退後一邊發抖。

「尼耶？你說誰不會說話了？」尖頭人搖著那個身體，「波阿，是你嗎？胳臂這麼粗，波阿，你說話呀！」

「比亞，坐下來，別聽尼耶的。波阿只是嚇呆了，等我打開這寶貝，自然有辦法把你和波阿都治好。」長辮人阿大冷靜又自信：「坐下來，那包東西就在你前面，把它往左邊推過來給我。」

「不要！」看瞎眼的比亞伸手摸到葉卷書要丟給阿大，駝背的尼耶拉住比亞，打落他手上的東西：「不要再傻了，那東西是個詛咒！」

混亂中，葉卷書不知道被誰踢向了阿大。握著刀，一把抓起葉卷書，長辮人阿大朝地「呸」「呸」兩聲，刀鋒迅捷向下刺去……

到阿卡邦灣救人

葉卷書被搶了！

被壯漢重摔在門板，比羅意識模糊，只記得這件事。他忍住痛掙扎著站起身時，正好見到長辮人拿刀朝綠貝刺下。

「不！」「不可以！」比羅撲飛向前。葉卷書不能被破壞，這是他的任務！他從心底呼喚：「葉卷書——」集中意念的全心吶喊，在他頭顱內嗡嗡震盪，「姆——」，他的胸口膨脹眼眶發熱，一股氣從他口中猛然衝出。「呼——」氣流吹向葉卷書，就在刀尖碰觸到綠貝的瞬間，葉卷書被吹開，刀子插在地上，比羅飛撲的身體停不下來，撞開阿大的手後壓在刀子上滑行出去。

「葉卷書——」心底的呼喚透過比羅的眼睛和指尖傳向葉卷書，它輕巧飄移到比羅面前。「噢，葉卷書，你還好嗎？」顫抖著手捧住，比羅憐惜的撫摸繩結和綠貝。「對不起，我沒有保護好，請原諒我。」緊抱著葉卷書，比羅奮力拉開門衝出去。

駝背尼耶沒有阻攔，巴不得這邪惡的詛咒趕快消失！

阿大抓頭搥胸像在哭又像在笑，長長髮辮扯散了，嘴巴在喊什麼呢？

「你說什麼？」尼耶大聲問，可是他連自己的聲音也聽不見！

尖頭比亞著急的連問好幾聲：「發生什麼事？」但阿大胡言亂語，求饒哀告又唱歌歡呼；而旁邊一直喊「你說什麼」的尼耶，顯然也聽不見比亞的說話！

眼盲的比亞終於清楚困境：波阿癡呆，尼耶耳聾，阿大發瘋，自己眼瞎！

「完了，完了，都完了……」全身冰冷看不到任何光明的比亞，悽然頹喪的垮下肩頭。

瞧著比亞消沉的神色，尼耶從驚愕轉為悲傷。最聰明的阿大瘋了，最強壯的波阿呆了，剩下腦筋清醒的自己和比亞，卻是聾子和瞎子，能夠做什麼事？四個人就要這樣困在地底，沒法再回到地面闖天下了嗎？

尼耶，瘦小的駝背人，深刻哀怨全化作淚水，用盡力氣嚎啕痛哭，聲音大到比亞忍不住塞掩耳朵，地道裡全是憤怒淒厲的聲響。

壞人就在後頭追趕！

比羅聽著尖銳叫喊，膽顫心驚往前衝。跑出地道時，他撿回掉落的背袋，裝好葉卷書緊緊綁在腰上。一口氣跑到停靠王蓮船的河灘，他招呼河水：「唷哩，比羅。」「能載我到阿貝森林嗎？」儘管危急，他還是禮貌的詢問河水。

「ㄅㄏㄨㄢㄅㄧㄥ」，河水穩重的推出王蓮船：「上來吧，不要多久你就會見到阿貝森林。」

坐上王蓮葉，比羅先用木笛吹出訊息：「比羅」、「求助」、「河邊」。

壞人不可能追到河裡來，但是他們知道比羅要回阿貝森林，很可能在河邊或岸上突襲。「絕不能讓葉卷書再被搶走！」比羅明白自己需要協助。

已經過了半夜，他只能期待睡夢中的族人，有誰正好翻身或結束一個夢境，聽見他的木笛訊息。

風把夜晚的歌聲吹送出去，淅哩哩的蟲兒歡唱裡夾雜了一縷發抖細顫的嘶嘶聲，那是比羅吹出的木笛音。

夏夜的阿貝森林，隨處都可找到小矮人。睡神乘著夜風逐一探視他們。密瓦窩在樹洞裡，手枕著頭呼呼沉睡；利斯把吊床掛在枝頭，睡得像搖籃裡的娃娃微微笑。睡夢中的米亞正在和兒子納可玩捉迷藏，快樂得停不下來；法特趴睡在柔軟草叢上一動也不動。巴姆挪挪屁股側過身子，呼口氣又繼續睡；東可咂咂嘴巴唔哼兩聲後靜靜酣睡。

有一個短短片刻，莎兒好像醒了，聽見「嘰哩哩」「嘰哩哩」的蟲兒唱歌，吊床搖啊搖，她覺得自己飄浮飛行，迷迷糊糊進入一個幽暗藍光的世界。哎，睡神又送給莎兒另外一個夢啦。

地面上的小矮人全睡得安穩深沉，沒有人察覺耳朵的震動。比羅吹出的木笛音穿過空氣敲撞每一片肥厚耳垂，但沒有叫醒任何人！

地底通道裡，也伯家的姆姆睡在搖椅上，皺皺的耳朵軟軟貼靠肩頭，鬆垂的眼皮閉合著，但仔細看，那眼皮眨動了一下，緊跟著又連續眨動。呀，她醒了。

「咿呀」，搖椅晃動出聲，幾乎掩蓋了姆姆沙啞微弱的嗓音：「也伯，快起來！」「也伯，醒醒。」

睡在墊蓆上的也伯一骨碌坐起身：「姆姆，會冷嗎？我拿毯子給你。」

「不」，姆姆抬抬手：「你得去河邊看看。」搖椅又「咿呀」晃起來，姆姆把身體坐直了些：「是比羅求助，他遇到麻煩了。」

比羅回來了嗎？

匆匆出門的也伯離開地道後心裡疑問著。在地面上過夜的族人都還沒醒，顯然沒聽到比羅的訊息，姆姆會不會弄錯了？

穿過森林到河邊，天色漸漸褪去黑墨，暗濛濛的林子裡昆蟲嘰嘰吱吱報平安。彎過欒木哥拉時，也伯遇到第一個招呼。「唷哩，唷哩。」早起的裁縫布耶主動出聲，也伯正好邀他一起到河邊來。

「邦卡」，是小矮人給這條河取的名字。邦卡長又寬，流過阿貝森林之後向西南走，從森林流出去的小水流最後都跟邦卡會合。它的源頭傳說是在北邊大山，小矮人從最高的楠樹歐拉頂梢瞭望，那座大山閃著奇怪幻異的各色亮光，看不清楚外貌，只在清晨或傍晚陽光微弱時，能隱約見到它高聳直削的山壁。小矮人們相信，從那裡流出來的大河邦卡，有著大山授予的強大力量，連河中的魚蝦生物都特別稀有少見，不可以侵犯。

「確定是在河邊嗎？」布耶到處找過卻沒有什麼發現，他問也伯。

「再找找看。」也伯其實沒把握。兩人小心攀住河邊雜草叢，貼近水面細細看。河裡沒東西，他們乾脆一左一右分頭在樹林草叢裡搜尋。天更灰亮了，鳥兒啁啾議論著，這兩人在找什麼呢？

再碰頭，布耶和也伯同時想到：「阿卡邦灣！」

藏在高大桃花心木群後的阿卡邦灣，是老天送給阿貝森林的珍貴禮物。幾大塊石頭座落河床，恰好圍成一個小灣澳，河水流進來後安安靜靜沒了脾氣。岸邊的桃花心木群下被小矮人整理出一塊平坦寬闊的淺灘，是夏秋收成時聚會歡唱的處所。

如果順著河岸線找都沒發現，那就只剩這一塊地方啦。

「叩叩叩叩叩叩」，「叩叩叩叩叩叩」，五色鳥突然在頭頂上高聲唱歌，似乎歡呼著：「沒有錯，沒有錯。」「快去找，快去找！」

也伯和布耶跨大步跑向桃花心木。穿過林子，遠遠見到一朵大王蓮停在淺灘上。

「唷哩，唷哩。」「唷哩，布耶。」布耶大聲招呼：「比羅，是你嗎？」

厚實的王蓮上躺了個人，綠色衣褲，一撮金色頭髮，「沒錯，是比羅。」也伯隔著兩三棵樹已經認出來。

「比羅——」「比羅——」，連聲呼喚沒有得到任何回應，比羅動也不動。

乍看沒有異狀，閉著眼側躺的比羅像沉睡一般，但空氣裡有種令人不安的味道。也伯機警的攔住布耶：「別動他。」綠綠蓮盤上一處又一處暗褐汙漬，刺眼極了。

「到阿卡邦灣救人」，也伯迅速用木笛傳出訊息。這回，他吹出的是短促尖銳特殊節奏，族長在召喚族人時專用的旋律。受傷流血的比羅，身上衣服燒破多處，皮膚有水泡和焦黑發紅的傷口，腿部有道長長切口，血凝成一條紅線，「刀子劃的。」布耶皺緊眉頭仔細觀察。

謝天謝地，全部傷口都已乾凝不再流血，只是不知道比羅還有沒有其他傷處，而且，這樣沒有知覺的昏睡是危險徵兆，比呻吟喊痛還令人擔憂。

「你怎樣了？」

「比羅！」「醒醒，比羅！」

也伯和布耶不斷叫喚。兩人彷彿聽到比羅低沉應了一聲，又好像看到比羅動了一下身體，但，都不是，那是水輕輕晃動、拍打王蓮。

「ㄅㄓㄨㄣㄈㄨㄣㄋㄧ」。看著小矮人們陸續跑來，合力抬起大王蓮小心翼翼走回森林，邦卡為比羅高興，悄悄退出阿卡邦灣。

綠信差任務完成

水靜靜流淌，散發千萬個細小光點，跳躍在水面上。光點漸漸凝聚，現出一個人形，飄在空中、漂在河上。這是大河邦卡的記憶：朋友比羅。陪他奔流一整天，看過全條河道上的風光；比羅，好夥伴，什麼時候再來衝浪呢？什麼時候再來？什麼時候？

「ㄅㄉㄙㄅㄨㄛㄅㄉㄙㄅㄨㄛ」，光點散去，大河逐漸消失，只留下「ㄅ——」在虛無裡迴響。水呢？水怎麼都不見了？「ㄅㄅㄧㄝㄅㄗㄡ」「ㄅㄉㄙㄅㄨㄛ」，從光點中落下的人形爬起身，舉手呼喊：「ㄅㄉㄙㄅㄉㄙ……」

「醒來，比羅。」沙啞聲音像水的低沉叫喚：「比羅，醒醒。」像水面漂浮的輕柔撫觸傳過，比羅睜開眼想著河的問話：「什麼時候再來？」

溫暖的碰觸是水嗎？比羅感覺著那碰觸的力道，嘴角一點一點上揚；眼裡的影像從模糊而清晰，像樟樹柯拉的樹皮，像老哈清亮的眼睛，像歐哈兒的笑容，像……

一雙澄澈眼睛對著他，熟悉的眼神挑起比羅記憶，看著那張爬滿皺紋安祥慈藹的臉，比羅笑開嘴：「姆姆！」

意識重新進入腦海：這是姆姆，我回到阿貝森林了。河用王蓮船送我回來；歐哈兒和老哈在樹樓；我遇見杜吉；有一種跌跤果；我見到納伯亞；聖鳥的羽毛跳舞唱歌……

……松鼠站在樹上「喀喀喀」笑我：小矮人不是最會走路奔跑嗎，跌跤？太丟臉了！

……陽光透過層層葉片熱情問候我：「小矮人，你還好吧？」

……

許多影像交織成混亂的畫面，在比羅腦子裡糾纏，讓他窒悶難受，頭像要炸開來了！

「噢——」頭好痛呀！比羅不舒服的扭動，低低呻吟著。

額頭被溫暖撫摸，全身上下被輕柔按捏，「放輕鬆，放輕鬆，腦子放空，你在家中，安全的家中。唷哩唷，唷哩唷，微風帶來好夢，把痛苦全部吹空。」耳朵裡有樹葉沙沙哼吟的歌聲，比羅安靜下來，腦中紛亂影像一個一個暗滅，沉重緊繃的頭殼逐漸輕脫鬆解。

阿貝森林的歌，低低緩緩，「阿貝的孩子，身體強壯，阿貝的孩子，聲音嘹亮，阿貝的孩子笑呵呵。回到阿貝家中，孩子比羅，唷哩唷，孩子比羅，醒醒唷。」

有香味搔撓，比羅下意識吸氣，清涼舒適的感覺沁入體內。「比羅，醒醒。」沙啞的呼喚叫開比羅的眼皮，這回他確實醒了，看見身邊許多臉孔，「姆姆」「老爹」「也伯」「布耶」「古沙」「法特」「密瓦」「利斯」……每一個被他說出名字的族人都笑望著比羅。

「歡迎回來！」也伯右手貼胸，左手撫摸比羅額頭，嘴裡發出厚沉的吟唱：「唷——」密瓦和利斯小心扶起比羅讓他貼靠兩人身體坐著，屋裡擠滿了族人，一手搭別人的肩一手貼自己的胸，同時吟唱小矮人族的祝歌：「唷——」雄渾歌聲匯聚了眾人祝福，一個接一個傳到法特再傳到也伯，比羅感覺額頭上也伯的手掌不斷發熱，熱力讓比羅全身放鬆，閉起眼，他聆聽這和諧歌聲。

當也伯帶眾人唱出另一個更沉的「哩——」音，所有共鳴轉成天地間平靜安詳的無聲，彷如輕風彷如流水，彷如陽光彷如月光。沉靜中比羅跟隨大家專注合一的哼吟，喉嚨的共鳴進入頭顱，胸口的振動落入腹部，聲音被意念引導持續發出，比羅清楚感受到力量也在體內源源湧現！

歌聲早已停歇，大家靜立著，等待空氣中的共鳴平息，也等待另一個聲音出現。當笑嘻嘻、眼神清亮的比羅用宏亮嗓門說：「唷哩，唷哩，謝謝你們。」啊，更多更大聲更歡愉的「唷哩」讓比羅紅了臉頰笑不攏嘴，回家真好！

「你再不醒來，我們就只好去找歐哈兒了。」布耶對著比羅嚷：「小夥子，你省下我一趟路啦。」

噢，歐哈兒！想起自己還有未完成的任務，顧不得眾人還在笑，比羅看向也伯：「我從歐哈兒的住所一路趕回來。」摸摸腰間，咦，背袋呢？葉卷書沒有跟著自己回到阿貝森林嗎？「我的背袋呢？」他的臉色瞬間變成灰白。

「別急，先躺下來。」要密瓦和利斯扶比羅慢慢躺平，也伯示意大家都先回去工作。知道剛清醒回復意識的比羅不適合這麼興奮熱鬧的場面，每個族人點地板三下，欣慰的離開。比羅會有許多故事要說，但，過幾天吧，等康復了再跟大家歡聚說笑吧。

比羅看著笑嘻嘻的族人一個一個走出去，視線越過也伯投向搖椅上的姆姆和咬著煙桿的老爹。接觸到老爹炯亮目光時，比羅腦中「喀噔」跳出一件事，「不行，事情很重要！」比羅又掙扎要坐起來說話。

「孩子」，老爹的聲音有種威嚴：「你躺著休息別亂動。」

關上門，也伯搬出一個箱子放在姆姆的搖椅邊，自己卻坐到比羅身旁。現在，屋裡只有姆姆、老爹、也伯和比羅。

「比羅，你要說的話越簡單越好。」檢查了比羅的傷口後，也伯冷靜開口：「節省體力，我們需要你趕快康復。」

安靜之後，比羅覺得頭暈全身疼痛，也伯說得沒錯，自己還沒好。

「納伯亞要我找到歐哈兒，拿到葉卷書帶回給莫滋。」說到這裡，比羅停下來忍過一陣頭暈，「誰是莫滋？我的背袋呢？」不舒服的暈眩讓他連說話都喘，但葉卷書太重要了，他要先弄清楚這兩件事！

「我就是莫滋。」搖椅咿呀回答：「在我年輕像你這般大時，歐哈兒、納伯亞和哈吉，他們都用莫滋這個名字來稱呼我。」熟悉的沙啞聲音如同阿貝森林的風，如同邦卡大河的水，清涼又低沉，比羅眼裡亮起一點光采，「哦，姆姆！」這意外的答案讓比羅笑了。

打開木箱，姆姆拿起比羅的背袋，捧出一包東西：「它在這裡。」

「葉卷書——」又一陣頭暈打斷比羅的說話，閉起眼睛，他努力忍住呻吟。

「噢！」葉卷書離開姆姆的手掌，飛到比羅面前，輕輕貼著他的臉頰。姆姆老爹和也伯驚訝的看著，比羅能呼喚葉卷書嗎？

撫摸著菊花紋繩結，沒有缺損汙漬，和歐哈兒交給自己時一個樣子，啊，葉卷書，「你安全了！」比羅虔敬神聖的親吻繩結和綠貝，笑容無聲的爬上他蒼白面頰，任務終於完成，可以交差了。

勉強把葉卷書遞給也伯後，他又落入可怕的劇烈暈眩中，眼皮沉重眼眶酸澀，頭殼悶脹全身虛軟。

「睡吧，孩子。」老爹伸手撫摸比羅額頭，姆姆哼起樹葉沙沙的歌聲：「放輕鬆，放輕鬆，阿貝的孩子，你已安全回到家中。」

握住比羅的手，那涼涼冷冷的顫抖讓也伯擔心極了，「綠信差比羅，感謝你圓滿完成任務，現在好好休息睡一覺吧。」他鄭重宣布。

可以睡了嗎？啊不，還有一件事！重新睜開眼，無神的眼睛看著也伯，比羅用盡所有力氣張開嘴：「有四個黃眼珠的小矮人要搶葉卷書。一個長辮子，一個駝背，一個尖頭，一個壯漢。」長串話說得比羅不斷喘氣，覺得眼前模糊身子往下墜落，睏倦襲來。

「睡吧睡吧，阿貝的孩子睡覺啦。微風吹來好夢，阿貝的孩子安穩睡……」森林的歌低低緩緩，姆姆和老爹垂下頭，哼吟出小矮人族療傷聖歌。渾厚共鳴從地底樹根傳向森林，每一棵樹木都輕輕搖擺枝葉，「阿貝的孩子身體強壯，阿貝的孩子聲音嘹亮，睡吧睡吧……」森林的歌迴盪繚繞，每一個小矮人都聽到了，他們合掌貼胸，低下頭哼唱：「阿貝的孩子，比羅，安穩的睡吧，陽光為你照亮世界，邦卡為你流過森林，阿貝的比羅好好睡吧。」

和諧歌聲融入空氣中，傳進地道也伯家，敷貼著比羅每一寸肌膚。毫無意識的比羅手腳慢慢溫暖，沉沉睡去。

第三部

水晶兒

等待比羅清醒

蓊鬱蒼翠的阿貝森林中，細心的小矮人覺察到一些異狀。

今年春天，森林裡各種樹木按時開花，但蜜蜂蝴蝶明顯減少，樹上的花又大量掉落長不出果。到現在夏天了，樹上看不見以往結實纍纍的盛況，別說秋冬要儲備的糧食無法再依賴樹木果實，連育苗培種的上選種子也收集不到多少。

地底下，樹的根系也沒有太大伸展。照理說，健康茁壯的樹，主根會每年加粗並向地層下探，而支根也會增加，向旁側延伸，同時長出眾多細小根鬚，它們有些會自然淘汰、萎縮，有些會長粗成為往後新的支根。小矮人在地底隧道清理積水和障礙物時注意到，今年樹木的支根數量少，很多小細根已經枯萎或爛掉，有些樹甚至連主根也出現萎皺，樹生病了！

親切撫著樹皮，娜娃趴在樹枝上詢問樹木：「你們的花兒掉滿地，是什麼原因呢？」「有種奇怪的東西，總在夜裡爬出來咬掉我們的花穗或花莖、花苞，看吧，我們的花不是整朵墜落便是整串斷掉，有些還來不及綻開就離我們而去。」娜娃很意外，會是蟲蟻還是蛾蝶蜜蜂嗎？「都不是，阿貝森林沒見過。」樹木搖著樹葉抱怨：「他們白天不知躲在哪裡，總是深夜出來，我們好害怕！」

蜷縮在地下通道，馬里握著松樹梭拉的主根，那上面有些小突起的白點，也有不少破皮皺縮，不對勁！「梭拉，你還好嗎？」馬里直接把耳朵貼在樹幹上，問候梭拉。

「不好呀。」梭拉重重嘆氣，無力的說：「最近我老覺得站不穩，似乎這隻腳不太管用了。」

類似情形很多，地底下的主根受傷害，這可要比花朵掉落不結果對樹木生長影響更大！

德妮負責採摘桃子李子梅子和其他果子做醃醬，今年果子產量少，品質也不好，她嘮叨好幾次了：「籽大肉少，今年的果子難吃噢。」「怎麼一個比一個小，會不會是兔子老鼠先吃掉了？」小櫻桃甜滋滋的香味也淡了，吃在嘴裡皮厚汁少，德妮把頭搖得每個人心揪成一團，嘴裡澀澀苦苦的。

這些問題很緊急，小矮人的植栽寶典「葉卷書」上必定有解決改善的辦法，大家等著姆姆打開葉卷書，好盡快解決問題。

本名莫滋的姆姆卻遭到葉卷書的異常回應。依照正確步驟，姆姆用自己的繩子在綠貝上先打好莫滋專屬的火焰繩結，之後，隱藏的菊花紋繩結線頭便會顯現，撤除火焰繩結後就可解開菊花紋繩結。但是姆姆打好火焰繩結後，歐哈兒的繩結線頭並未如預期出現！重新試過一次仍然如此，姆姆警覺的停住手，繩結的魔力沒有解除，意味著它需要第二種驗證，那會是什麼？

「比羅！」老爹敲敲煙桿：「能夠呼喚葉卷書的人，自然也能夠通過它的驗證。」老爹說得很肯定。

完成任務把葉卷書帶回阿貝森林的綠信差，受重傷的比羅仍昏睡著。已經沒有躁動呻吟，臉色恢復正常，眉頭舒展，有時還能看到他唇角浮現笑容，身上所有傷口在姆姆調製青草泥抹過後也癒合了，姆姆告訴也伯：「他隨時都會醒來。」

要詢問比羅的事情很多，在他甦醒之前，保護阿貝森林的措施越周密越好：對每一棵樹木從根部到樹幹、枝葉、花苞、果實都要仔細檢視。小矮人們穿梭在地底通道，爬躍在樹木枝椏，耕種糧食和採集果實種子的事也同時進行。

也伯偕同古沙、布耶、法特仔細探查阿貝森林的邊界，他們先後在不同時間聽到古怪聲響。最先聽到的古沙起了一身疙瘩，布耶隨後也聽到了，「是山裡動物的叫聲吧。」兩個人這樣猜。也伯聽見沉悶雜亂的碰撞聲，找不出節奏，應該不是什麼訊息。法特最後也聽到了，他說得很肯定：「有個東西拖行在地上。」總之是聽了讓人感覺不安的聲音，來自東北邊遠處，那兒鄰接荒山草坡。

回到森林，也伯把探查結果告訴老爹和姆姆。各種跡象顯示，「森林的大災難」似乎正在逼近，但阿貝人毫無頭緒，唯一能提供線索的就是比羅。那麼，是要叫醒比羅，打開葉卷書上的繩結和包封，趕快找到對策採取行動嗎？

「要叫醒他嗎？」也伯問。

老爹沒有立刻回答，這是個困難的選擇題。

傷勢已經好轉，昏迷許久的比羅隨時都會清醒。一旦他自己睜開眼回復意識，就表示完全康復，心智和筋骨的活動都沒問題。若提前將他喚醒，自體療傷的進程萬一在緊要關頭中斷，比羅可能再度昏迷永遠醒不來。要冒這個危險嗎？

姆姆摸摸葉卷書。她滿是皺褶皮紋的手，像極了阿貝森林老橡樹哈拉斑駁龜裂的樹皮，唔，看著這雙手，姆姆彷彿聽到老哈拉說話：「時間到了就會這樣。」「順其自然吧，別煩惱。」

呵呵，姆姆沙啞笑聲如同老哈拉：「順其自然吧。」時候到了地下的種子自會破土抽芽；生命甦醒的時刻，自然也蘊蓄了充沛能量。不用叫，自己清醒的比羅才會是健康強壯，有能力解決問題的小矮人。

迎向也伯詢問的眼光，姆姆笑呵呵：「不用叫，時候到了他就會醒來。」她臉上皺紋笑成無數小河，生命的智慧流淌其間。

「來吧，做好我們該做的事情。」姆姆伸出雙手，老爹和也伯同時間也伸出手，擊掌似的貼住彼此手心，三人合上眼，低低哼吟著小矮人族的族長祭語：「嗡—嗯——」「嗡—啊——」「嗡—呃——」。

這幾個字要很正確的發音是很難說清楚的，除了鼻腔和腦門的共鳴，下顎和舌根、咽喉的動作也要微妙配合。每個音節從一拍、兩拍逐漸拉長到十拍或二十拍，聲音慢慢化入空氣中，人也跟著忘我，拋開意識和形軀，變成空間裡流動的氣，直到所有振動全部靜止，每個人都回復意識睜開眼睛放下手，祭語才結束。這是祈禱，也是訓練，更是族長向天地神靈請求增長智慧體能的儀式。

睜開眼後，也伯感到手心流竄著熱氣，他把雙手貼上胸口，讓熱氣化解在心跳律動中。老爹摩娑臉頰按摩頭皮、眼睛、耳朵，姆姆重新把手掌放在葉卷書上，繼續冥想。每一次祭語結束，他們都得花些時間把全身肌肉放鬆，讓體內的氣動被感官吸納、平復。

葉卷書的菊花紋繩結突然動了一下，姆姆警覺的看向葉卷書，繩結花瓣變軟了，竟然變成一朵微笑的菊花！

這是什麼預兆呢？姆姆困惑的神情引起老爹和也伯的注意，三人盯著微笑的菊花繩結，猜不透是怎麼回事。

「唷哩！」熟悉愉快的聲音給出答案，比羅醒了！坐起身打招呼，嘴角上揚、開心歡喜的笑臉，哎呀，跟菊花繩結的表情一模一樣。

微笑，是此刻最適切的話語。也伯笑了，老爹呵呵點頭，姆姆無聲的咧開嘴；是歡迎，是讚許，是安慰。望著比羅，交會的眼神傳達最簡單的問候：好孩子，你醒啦！

站起來後，比羅摸著肚子：「我好餓。」顧不得禮貌，比羅直率問也伯：「有水嗎？我好渴啊。」

填飽肚子是生命的大事，經歷過一番大掙扎的重生，飢餓和索取正是新生命的序曲。但比羅昏睡期間腸胃完全停擺，現在可不能就大吃大喝。

椰子殼盛滿澄明清涼的水，比羅喝下一大口，眼裡亮耀著光彩：「這不是椰子水！」咂咂嘴舌，他又喝一口，喉嚨有香味，舌根感覺甘甜，是什麼呢？他沒喝過這東西！

「再吃下這個就不餓了。」也伯拿來一盤焦黃香軟的薯泥，比羅舀起一勺嚼嚥，發現自己猜錯了，這可不是馬鈴薯，甜糯綿細的果泥帶著焦香，居然是烤香蕉，他大口大口很快吃光這盤美味。

蓮藕汁和烤香蕉，是老爹早就想好要給比羅醒來吃下的第一餐。

「不能吃太多，要好消化，有營養。」老爹咬著煙桿：「吃了就能立刻幹活兒的才行。」

葉卷書的指示

從昏睡中清醒，吃過老爹調配的餐點，比羅滿足的笑開嘴，踢踢腿伸伸胳膊。看見身上紅黑交錯的疤痕時，他停下來，笑容僵在嘴邊，想起之前受傷的事。呃，糟糕，自己睡多久啦？黃眼人的事有沒有跟也伯說過呀？

「有四個黃眼珠的人……」

「你說過了。」也伯的話讓比羅鬆口氣：「雖然綠信差的任務已經結束，但是，我們還需要你的幫助。」

「要去找那四個人嗎？」儘管有過可怕的遭遇，比羅仍然勇氣十足：「我可以帶路。」

搖搖頭，也伯剛要開口，沙啞的聲音先一步響起：「孩子，你來。」姆姆把葉卷書交給比羅，「你會解開繩結吧？」

菊花紋結像一張微笑的臉，歐哈兒的繩子摸起來像柔軟的肌膚，比羅開心笑，很高興看到這些，但是他不明白為什麼姆姆這樣問。歐哈兒和納伯亞只說把葉卷書帶回給莫滋，並沒有教他如何打開葉卷書。

「我想，一定有什麼新的東西被葉卷書納入記憶，現在，除了我，還要有第二種驗證才能打開歐哈兒的繩結。」姆姆拿出自己專用的瓊麻繩：「你能夠呼喚葉卷書，顯然你就是它要的第二種驗證，你是怎麼做到的？」

呼喚葉卷書？比羅閉上眼，再度回憶起地下通道裡火光閃晃的密室。那四個黃眼人要傷害葉卷書，他們用火燒，用手撕，用刀割，最後，長辮人阿大拿刀刺向葉卷書！「不！」比羅全身一震，下意識抱起葉卷書貼上胸口大聲喊。

「孩子」「比羅」，老爹和也伯的招呼讓他回到現實。

回過神後，比羅眨眨眼。那一次，自己是在情急之下呼喊葉卷書的，現在情況不同了，還會有回應嗎？「對不起，讓我再試試看。」他靦腆的鞠躬道歉。

老爹沉穩著聲調說：「孩子，仔細看姆姆的動作，也許要由你打出繩結後才解得開書上的魔力。」

是這樣嗎？比羅捧著葉卷書，看姆姆把她的瓊麻繩繞在綠貝上頭，扭折轉綁，不時拉提扯緊，一朵火焰很快立起來。姆姆那乾癟手指頭出奇靈活，動作快到比羅無法分神看繩子的變化，等姆姆手腕往上一抬，食指繞彎猛的一揪再鬆開手，五道高低不一的火舌分向前後左右噴吐的立體繩結已經完成。

「就是這樣。」姆姆的眼光澄澈晶亮，像極了比羅走出魔洞山時見到的天空。

啊，比羅彷彿回到那座美妙的大森林，有那麼幾秒間，他感覺歐哈兒就在身旁。喔，不，歐哈兒出現在姆姆眼裡，他們一同看著比羅。接下來的瞬間，比羅強烈意識到歐哈兒和姆姆握著他的手，他的身體也是歐哈兒的、姆姆的軀體！手上一陣細微震顫，驚慌駭異的比羅不由自主看向葉卷書。

包覆葉卷書的綠貝正漸漸捲縮乾皺，不再光滑柔軟。「葉卷書，你怎麼了？」比羅急了，腦海裡嗡嗡迴響著「葉卷書」三個字，意念集中定神細看著綠貝上的繩結。

火焰下的菊花瓣正慢慢鬆脫，露出一截繩頭，比羅很自然的伸出指頭捏住它。碰觸到繩子的同時，如樹蔭涼風吹襲的清爽傳遍比羅全身，跟歐哈兒和姆姆合體的幻覺瞬間消失。他抬起眼，姆姆蒼老皺縮的臉上有著深深笑意：「沒錯，就是這樣。」葉卷書選擇比羅作為雙重保護，想要打開閱讀是更不容易了，但也相對更加安全。

顫巍巍的從搖椅站起身，姆姆把搖椅挪轉半圈，「跟著來，孩子。」

老爹扶著姆姆走向壁爐，一邊對比羅說：「你要學的事很多。」

也伯搬起搖椅朝比羅點頭：「一起來，比羅，你需要學習葉卷書上的文字和知識。」

葉脈紋形字，像極了我們日常見到的樹葉紋脈，小矮人的祖先就地取材，利用各種不同葉脈形狀創造了這種獨特文字，學習起來格外親切有趣。只是，沒有書寫需要的小矮人，多半只認得有限的幾個常用字，還因為生活裡見到太多葉子而弄混了原先學會的字，真正能讀能寫葉脈紋形字的小矮人一代比一代少。

葉卷書是分開單張的記載，也伯和老爹忙著閱讀，翻找想要的解說。阿貝森林最近出現的問題有些不尋常，幸好葉卷書上寫有他們想要了解的資料。仔細看清楚後，也伯和老爹匆匆離開，留下比羅跟姆姆。

這裡是壁爐裡的密室，有著跟歐哈兒書房裡一樣的矮櫃和墨灰色方石。綠貝已經藏入方石封存，被翻讀過的書葉放在矮櫃上頭，其他都收進櫃子了。特別的是，一片銀白色書葉被姆姆挑出來，單獨放在方石上面。「認真學習這些文字」，姆姆收起慈祥笑容，鄭重的告訴比羅：「它將考驗你學習的結果。」

第一次看見姆姆這樣嚴肅的表情，比羅不敢問「為什麼」，連「我可以讀葉卷書」的喜悅和榮耀都忘了。啊呀，這可不像聽姆姆講故事，當姆姆寫出一個字要比羅讀它並說明時，她眼光銳利冷峻，嚴厲又不留情，瞪得比羅心慌臉紅。所幸，葉脈紋形字設計得有趣，從橫豎斜叉的線條中，比羅很快抓到要領，一個又一個看來很相像的符碼，逐漸有了清晰的區隔。

「這一葉寫些什麼？」姆姆要比羅拿起方石上的銀白書葉，「唸出來。」嗓音沙啞話語簡單，卻讓比羅沒來由的緊張。

「阿貝小矮人，要盡全部心力保護森林，讓所有生命都能在森林裡自由快樂的成長，絕不容許傷害森林的事情發生。」內容不多，全是他熟悉的句子，比羅大聲的一口氣唸完。

儘管早已聽慣這些叮嚀，當它們以古老字跡出現在薄脆透光的柚木葉時，卻更有感動比羅的力量。「啊，是的，我一定會記住，努力做到。」他在心裡虔誠回答。

注視這眼神熱切、亮發光彩的臉龐，姆姆停了好一陣才開口：「你確定都唸完了嗎？」

難道不是？比羅再看一遍，是這些字沒錯，只不過，書葉的邊緣另有一行小字，剛才沒看到。他一字一字唸出來：「水晶兒請舉天神奧瑪的指環發誓」，咦，比羅傻傻的再唸一遍，這句話好像是在回應他剛才內心的承諾唷。

「孩子，你剛才答應了什麼事？」姆姆驚訝極了。初次閱讀葉卷書的小矮人，總是在讀完首頁這段序文後，很自然的點點頭，或是脫口說出「我一定做到」。聽到聲音或看到動作後，書葉跟著會浮現另一行指示，要這個人從某一張書葉先閱讀。當然也有例外，古沙讀完序言就放下書葉，結果得到「先種下十棵木棉，一年後再來學習」的指示；也伯唸得結結巴巴，卻感動到紅著眼眶說不出話，書葉上顯現「冷靜一點，照顧自己」的句子。帶有魔力的首頁通常依照閱讀者心性做回應，可是這回的指示實在古怪，不僅「天神奧瑪的指環」極為神聖，而且從來沒有小矮人被叫做「水晶兒」，比羅怎麼會被要求慎重發誓呢？

比羅倒不在乎。發誓保護自己的家園，這會有什麼困難呢？他毫不懷疑自己的決心和能力。這張書葉的精靈古怪引起他莫大興趣，句子裡顯然有他不知曉的精彩傳說，好奇心在眼睛裡藏不住，大喇喇從嘴巴裡跑出來：「什麼是『天神奧瑪的指環』？」

若空中的太陽從火紅金球變成一圈完美金環，那就是天神奧瑪的指環。小矮人不敢直呼這尊貴名字，都稱作「伊亞雷旺」。阿貝小矮人相信，看到伊亞雷旺的人，只要對著祂祈禱許願都能夠實現。但大家也知道，這機會可能一輩子都碰不到。

「沒有發誓，我就不能讀葉卷書了嗎？」比羅從小聽著「伊亞雷旺」傳說長大，很清楚這個要求困難又奇特，難道，自己根本不被允許閱讀這本寶貴典籍？

「你一定要試試看。」姆姆了解這孩子的失望。她雖然驚奇比羅得到的指示，想不透為什麼這樣，但意外並非代表做不到，「你已經讀了葉卷書，這就是你學的第一課。」

榕樹巴拉有麻煩

四周漆暗，星星在天空交談，嘰哩哩的歌聲從地面發出來，比羅還在黑夜回到地面。離開地底重新聞到森林草葉氣息，肌肉筋骨覺得強健有力，這些讓比羅又有了開朗笑容。

「你一定要試試看。」坐在老榕樹巴拉粗大胳臂上，比羅想著姆姆的話。

每個小矮人都有閱讀葉卷書的機會，在他得知「葉卷書」這名字和意義後，學習文字並閱讀的時機也就到了。德妮很會做果醬，那是葉卷書教她的。裁縫布耶曉得拔摘野桔莖上的刺，做成獨門縫衣針，是葉卷書要他閱讀某一葉記載後學到的。

有人只讀一兩葉，有人被要求多些，有人不但看完全部內容，從書上學習技能，還加入自己新的發現，甚至寫成新的書葉內容，供族人學習，像歐哈兒……

「好吧，我就試試看。」雖然不知道伊亞雷旺何時何處能見到，但「我只要朝天上看，留意太陽的形狀就對了。」比羅笑嘻嘻躺平身體，一派樂觀。

閉眼胡思亂想，腦中全是葉脈紋形字，根本睡不著，他又坐起來。周圍灰濛濛，天有些發白了，老榕樹垂下鬍子招呼比羅：「孩子，早啊。」

「巴拉，你還是這麼強壯，真好。」

「哎呀，要是你能幫我搔搔頭頂，趕跑那討厭的傢伙，我就更沒有問題啦。」擺擺枝葉，巴拉輕嘆。

唔，會是什麼來打擾巴拉呢？俐落的爬上樹梢，比羅仔細檢視每一根樹枝和每一片樹葉，連葉柄也沒漏掉。有不少蟲寶寶捲裹著樹葉睡大覺，巴拉應該不是說這個。樹枝掛著幾張蜘蛛網，比羅找到網子主人，看不出他們有什麼奇怪。

比羅手掌不停移動，撫摸樹幹的每一處樹皮，偶爾還輕輕拍打樹身，耳朵貼上去聽聽樹幹發出的聲響。在最高處的杈縫裡，比羅摸到個東西，堅硬滑溜的觸感像是石頭。

「巴拉，是這東西嗎？」比羅邊問邊掏捏，拿出來後才發現是像蝸牛殼的東西，但裡頭空了。杈縫裡還有一堆濕濕黏黏、蠕動不停的小圓球。

「唉！」榕樹巴拉低低嘆氣，枝條細碎顫抖搖出窸窣聲，「它們讓我難受啊。」

黏答答的小圓球都牽拖著細長黏液，碰到什麼就黏上去，而且隔不多久就再鼓出另一個小圓球來。比羅想把它們挖乾淨，卻弄得雙手全是這怪東西，榕樹枝幹更沾得到處是，越清理越糟。情急下，比羅脫掉上衣，小心把它們兜進衣服包起來，再把樹身擦乾淨。

忙過這一陣慌亂，比羅抬起頭，呀，太陽光射進眼裡，天早大亮了。巴拉頭頂這些葉片在陽光下沒有翠綠顏色反而黑得黯沉，還好下方的枝條樹葉都仍正常。「你覺得好點了嗎？」他拍拍巴拉身體，耳朵貼上去傾聽，是一般飽滿結實的回聲，但榕樹還是嘆氣：「把頂部砍斷吧，阻斷壞傢伙……」

把染病的枝條斷去，避免蔓延到其他健康的部份或鄰近樹木，是照顧森林的一種方法。比羅點點頭，抓著衣服骨碌碌溜下樹，「我去找人來幫忙。」他在巴拉腳邊跳三下，行完禮後跑向大刺桐基拉。

基拉是棵美麗的斑葉刺桐，昨晚比羅要離開時，也伯告訴他，德吉和卡里最近都在基拉這兒抓蟲。

阿貝森林最近出現很多蠕蟲，鑽進樹皮層裡啃蝕，不少樹木的枝條漸漸乾枯，有一兩棵連主幹都遭殃。族裡正忙著全面檢查森林的植物，把受侵襲的樹木做出標記。

比羅跑出一身汗。陽光隔著樹葉照落在赤裸的身軀，疤痕緊繃皮膚刺癢，不過這樣跑實在舒服，剛開始腳腿還有點虛軟，步子硬梆梆，流出汗後他感到肌肉結實，腳掌的彈性回來了，每一步都在掌控中穩穩邁出。

「唷哩！」「唷哩！」沿路都有族人招呼，見到是比羅，大家驚喜叫喚他：「比羅，阿貝祝福你。」「好小子，你跑得真快。」「比羅，都好了嗎？」「小伙子，快來工作吧。」各式各樣歡迎和活力充沛的笑鬧刺激比羅：啊，沒錯，我回到家了！

跑進基拉的綠傘蓋，比羅仰頭朝樹上喊：「唷哩，比羅。」

「刷拉」，頭上黃綠斑葉被掀開一角，細長手指身材小巧的德吉露出臉瞧下來，正對上比羅的視線。「哇，比羅，兄弟，你好了嗎？上來上來，給我瞧瞧。你睡得可真久，我準備要請你吃的血桐軟糖都化成糖水了，哈哈。」

劈哩啪啦一串話說完，德吉已經溜下樹來，跳到比羅面前。拳頭敲敲比羅胸膛，手指捏捏比羅臂膀，他裝模作樣搖著頭：「嘖嘖，這棵樹……嗯，沒問題。」逗笑了比羅。

「卡里呢？我找到這些東西不知道怎麼辦。」攤開手上衣服，比羅讓德吉看那些黏疙瘩的小圓球。它們依然動個不停，黏液濕透衣服，大白天更能清楚看見每個圓球都有細黑點。

德吉打個冷顫。他皺起眉頭，這是什麼古怪東西？只有壞的蟲會讓他身體發出警告，比羅哪裡找到它們的？

「小心，別去碰。」看德吉撿根葉柄要撥弄，比羅趕快制止。「今天大清早我在巴拉頭頂部摸到，它們很黏，一碰到樹皮就長出新的，怎麼都清不乾淨，我只好拿衣服包起來。」

聽到這些話，德吉又再打個更大的冷顫。沒錯，這絕對是個大麻煩。

伸手在基拉身上扣敲，德吉傳訊息給卡里：「樹下，快來。」

德吉和卡里都對樹木病蟲害有研究，德吉很會抓蟲，不但自己設計挑蟲鉤子，可以迅速插進樹皮層把蟲鉤出來，他還能準確找到蟲子的躲藏處。依著他的工具和方法，這次的樹木大檢查，族人都當起了啄木鳥，爬在樹上叩叩敲。

啄木鳥抓到蟲子就吃下肚，德吉抓到蟲子都交給卡里，他們合作很久了。卡里愛實驗，把各種蟲子的形狀習性摸得一清二楚，「蟲也有好處，森林要有些蟲才好。」卡里的怪理論起先被很多族人嘲笑，不怕蟲太多把樹葉啃光把樹咬死了嗎？「我就讓牠們不產卵，少生些蟲。」話說得讓大家佩服，他也確實做得有效果，所以這回阿貝森林出現奇怪的蟲害，族裡把抓到的蟲全送來給卡里，交由他去研究處理。

「嗨，比羅。」低沉磁性的聲音跟著樹葉搖晃聲傳出來，曬得臉通紅、壯碩身材的卡里，見面就給比羅一段歡迎舞：背過身、彎腰、翹起屁股、大力扭三下，再轉回來對著比羅吼三聲「哈」「哈」「哈」。嘿，他連歡迎的見面禮都要獨創一式哩。

比羅也跳舞，嘴裡「哇」「哇」大喊。受到歡迎不回禮是很不禮貌的。

「小夥子，你看起來需要修補皮膚喔。」卡里搓弄比羅頭髮：「我新調製的厚皮粉能長出厚皮層，你也許用得著。」玩笑話卻說得煞有其事，比羅笑著捶他一拳：「你先抹了讓我看看。」

咦，這話提醒德吉：「卡里，你拿這些古怪去試驗厚皮粉的功效吧。」

看著地上那堆指甲大小的圓球，卡里楞一下：這什麼？綠信差帶回來的禮物嗎？

「剛才我在巴拉頭上找到的，它難受得很，要我砍斷頂枝。」比羅邊說邊盯著卡里，怕他伸手就摸。

卡里湊近前朝一顆圓球試著吹氣，古怪東西本來動不停，氣流讓它們都縮住，黏液更硬成一條線，沒法沾黏了。

「怕風吹嗎？」卡里自言自語：「它們一定有什麼蓋住，才不會硬掉。」

「是有個像蝸牛殼的東西在它們上頭」，比羅回想一下，「被我隨手扔了，那裡頭空的。」

「走吧，去檢查巴拉，我要看看那個空殼。」卡里把怪怪圓球兜住站起身，發現包裹的衣服破了，有腥臭味飄出來，怪東西還在地上。

咦，還會咬食衣服纖維嗎？卡里重新審視這些硬化了的東西，只見它們的細黑點亮晶晶活靈靈，讓人覺得那裡有秘密！

「德吉，你認為這是什麼？」他抬頭問，正好見到德吉打冷顫，這是身體第三次給出警訊了，德吉搖搖頭：「肯定是壞東西，而且是大麻煩。」

奧瑪的指環

陽光下，榕樹巴拉成排的支柱根像牆一般，長長鬍鬚在微風裡飄，壯碩的樹胳臂向四面伸展。

卡里跟比羅爬上樹頂，這才看清楚全身綠裝的巴拉，樹冠層黑掉了，像頂黑帽蓋在頭上，德吉也被喊上來，三個人合力截斷這些壞了的枝葉。

巴拉輕微哼出聲：「唉，這些怪東西實在難受啊。」

鋸開的樹幹空了一圈，樹木最重要的維生管路被破壞，不知是蛀蝕或啃嚙或燒灼的手法，但就只針對這些輸送層下手，如果這種破壞是發生在樹根，那麼整棵樹很快就死去！先前馬里探查地底樹根時，曾聽到松樹梭拉抱怨腳站不穩，會不會就是這問題？

為了確保榕樹巴拉的健康，卡里再往下多鋸掉些枝條。德吉從截斷的樹幹裡又發現不少「大麻煩」，他決定把樹幹拉回去給也伯看。比羅爬下樹尋找先前丟掉的蝸牛殼，「那東西一定有用。」他想。

估算位置，比羅很快就在附近的「山洞石」上看到這空殼，緊緊卡在縫隙裡，得爬進去從內向外頂出來。

山洞石約兩三個小矮人高，有很多孔洞，小的可以伸進手指頭，大的洞口能讓人在裡面鑽爬，小孩子像東可、莎兒經常在裡面「探險」找新路徑，玩得不亦樂乎。

比羅躺進洞裡左挪右移，找到卡住的蝸牛殼推推轉轉，讓它鬆脫離開縫隙。洞裡原本透光，很亮，這時卻突然就暗下來。他詫異的往旁邊其他洞口看，外面一片陰暗，陽光微弱，空氣也突然變冷，是要下雨了嗎？

再往縫隙看，蝸牛殼推開了，見到天空，一個怪異景象讓比羅心跳陡地加快。太陽被遮住，只剩下周圍一環細圓光圈，一塊雲，恰恰好就飄到太陽前面，擋住那四射炫目的強光，太陽變成一個發光的小圓圈。比羅下意識伸手，想撥走那塊雲，手指頭舉到眼前，「指環」兩個字突然在腦子裡浮現，「伊亞雷旺」！這就是天神的指環嗎？心跳狂亂手指微抖，比羅大聲對著手指尖的光環說：「我，比羅發誓，盡全部心力保護森林，讓生命在森林成長，不許傷害森林的事情發生。」

興奮匆促間，他身子一挺，手指向前伸去正好套進光環，「噢」，比羅痛得大叫。

這個洞很窄小，只能爬或躺，他這麼一挺起身立刻碰到牆壁，額頭撞痛了，天神指環也消失了。比羅羞紅臉，自己怎麼會以為見到「伊亞雷旺」呢？退出洞外，天上大太陽照得亮晃晃要瞇著眼，剛才應該是那個縫隙造成的一次巧合。

默默撿起蝸牛殼，他回榕樹找卡里和德吉。

截斷的樹幹被德吉用小石子塞住兩頭，那些古怪害蟲都裝進中空的樹皮層，「它們不可能吃掉石頭。」德吉要比羅幫著扛，因為卡里的心思都在蝸牛殼上，「讓

他好好研究吧。」德吉說。

他倆對於天上太陽一字未提，比羅更加確定是自己弄錯了，還好，那時沒有別人在場。

老爹和也伯知道葉卷書給比羅的指示，見到他跟著德吉、卡里一起出現有些訝異。但榕樹巴拉的遭遇，新的古怪害蟲，和卡里對蝸牛殼作的推論，一樣比一樣更讓他們驚奇。

「不是蝸牛殼」，卡里把那個空殼拿給老爹、也伯、德吉、比羅輪流看。「這個摔不破，敲起來聲音悶實，用力搓一搓就變軟，跟蝸牛殼不一樣。」照他說的試著敲彈、搓摩，果然聽出聲音像打在泥土上，殼也凹陷下去。比羅很慚愧，自己只會看看摸摸，不知道做比較和仔細檢查。

「到底是什麼？」德吉抓過很多蟲，觀察的方法和經驗都豐富，又跟卡里長時間合作，卻也想不出這殼和害蟲會有什麼關係。

「我猜，是某種樹的汁液煉製的一種容器，葉卷書裡有提過。」卡里指著樹幹裡的蟲：「應該是要盛放這些古怪東西，可是……」他敲敲頭：「我要再看看葉卷書。」

也伯想一下：「這些新害蟲暫時就叫『麻煩』吧。」如果這些東西不會爬不會飛，它們怎能到巴拉頭上去？問題很棘手，他立刻做出決定：比羅和卡里去找姆姆，「查葉卷書上的資料」；德吉以榕樹巴拉為中心，擴大檢查範圍，「看看鄰近的樹木還有沒有麻煩」。

「我去地道看梭拉，但願它不是遇到這種……」也伯轉開話題，請老爹幫忙通知族人，晚上來開會，「讀過葉卷書的人都要參加。」

「那我呢？」比羅雖然學會葉脈紋形字，但也只讀了那段序言，別的內容還沒讀到哩。

老爹和也伯同時用「說傻話」的眼神看他，「你當然要出席。」老爹拔下咬著的煙桿。也伯拍拍比羅：「比羅，大家都期待綠信差的報告，我們很想知道你的遭遇，這也是今晚開會的重點。」

他們分頭做自己的事。比羅和卡里見到姆姆，很快的，卡里埋頭在葉卷書繁多的書頁記載，他看得很快，有些書葉只看一兩行就放到旁邊，有些則整葉看完，但只用了比羅眨兩三次眼的時間。

「好像不用認字，他都記熟內容了嗎？」比羅羨慕又佩服，幫著把翻讀過的書葉整理好，重新疊落。他安靜做事怕打擾卡里，但腦子裡胡思亂想，沒留意姆姆走近身邊。當他的右手被姆姆拉住時，比羅著實嚇一跳。

「啊，姆姆，什麼事？」

老人家把比羅右手掌拉到眼前湊著臉看，再翻過來看掌心，還摩挲他的手指骨。

「唔」，姆姆放開比羅右手掌，嘴裡不知咕噥什麼。比羅看看自己手掌，再看看姆姆。

她正從一整堆書葉裡翻找出一張，原本疊落好的葉卷書此刻又散亂在桌上。

「孩子，跟我來。」拿著挑出來的這張書葉，姆姆帶比羅到另一個房間。

「喏，你再讀看看。」是那張銀白色寫著序言的首頁，比羅莫名奇妙接住姆姆遞過來的書葉。

「阿貝……」以為是自己已經讀過了的序言，比羅才唸兩個字就停住。咦，書葉上只有更少的幾個字。

「水晶兒請先讀奧蒙皮書給族人聽」，他仔仔細細讀出來，卻完全不懂意思。得到時間之河賜給智慧的姆姆，能夠說明的也不多。

「水晶兒」應該是指比羅，之前序言的指示就這樣寫。「奧蒙皮書」由老爹保管，是小矮人祖先留傳下來的一大張樹皮，雖然說是奧蒙皮「書」，上頭卻空無一字。

「今晚聚會，你要把奧蒙皮書的內容唸出來！」姆姆很興奮。奧蒙皮書是個謎，大家試過各種辦法，最終也沒能見著樹皮上任何記載，連博學多聞的歐哈兒都找不到解讀奧蒙皮書的方法，至於那裡面藏著什麼秘密就更無從猜測了。

可是，「葉卷書弄錯了！」比羅提醒姆姆：「我還沒找到神聖指環，還沒發誓……」

「我正要問你。」姆姆笑呵呵，拉起比羅右手掌，「你不但見到指環，發了誓，還留下見證，究竟怎麼回事呢？」

哪有？撿蝸牛殼的時候嗎？那不能算，只不過陽光照入縫隙的巧合；而且，自己雖然舉手發誓，根本沒有別人知道。

一五一十把山洞石裡的糗事說出來，比羅摸摸額頭，還痛著呢，「這個能證明嗎？」

姆姆看他額頭，是有片瘀青發腫，用力碰撞就會這樣。「果然沒錯，你見到天神奧瑪的指環。看這裡，」姆姆指著比羅右食指的指根，「指環做了記號！」

他的食指根處泛著細細一圈紅，像纏著紅線，很淡很細不痛不癢，摸起來沒感覺也擦不掉痕跡。「也許被山洞石縫隙割劃的。」比羅搖著頭。太陽的變化卡里和德吉都沒見到，森林裡那麼多族人，也沒聽說今天的天空有奇蹟，姆姆一定弄錯了。

「把你的手放到書葉上。」老人家耐著性子說。

右手拿起那張書葉後，比羅看見自己食指根處的那圈紅印痕隱約亮著光，手離開書葉，光也消失。

多麼不可思議。比羅呆呆盯著手掌，又呆呆望著姆姆。沒有任何道理可以解釋這一圈亮光，只有伊亞雷旺！

宣讀奧蒙皮書

地底的也伯家中，阿貝族人聚會，大家笑嘻嘻，等著比羅開口。

臉脹紅、頭皮發麻，比羅做個深呼吸：「葉卷書……要我讀奧蒙皮書給族人聽。」

喧鬧笑聲一下子收住。「奧蒙皮書？」「讀給我們聽？」「奧蒙皮書寫些什麼？」

「比羅知道怎麼讀那塊樹皮？」各種疑問寫在每一張驚奇的表情上。

也伯同樣意外：「你知道奧蒙皮書的內容？」

「不知道」，比羅搖頭，他不但沒見過奧蒙皮書，甚至沒把握能找到樹皮上的字。

「孩子，來吧。」老爹沉穩的聲音讓比羅稍稍安心。

捲成一條長棒形的黑褐色樹皮在眾人面前慢慢攤開，老爹先把樹皮交給也伯。檢視過皮書兩面，也伯舉起皮書向大家展示。

在場每個人都曾見過這塊樹皮，是的，除了樹皮的錯縱紋路外，上面沒有任何記號，此刻再看還是一樣。祖先的記載會是藏在樹皮紋路下嗎？也許剝開它的哪一小片，就能開啟文件？還是，要把樹皮浸泡在什麼藥水、汁液，其中的文字才會浮現？瞪大眼睛看比羅的時候，大家的腦海這麼猜測著。

「來吧，比羅，歡迎你來解開皮書之謎。」也伯把奧蒙皮書放在比羅伸出的雙手上。

斑駁的樹皮裂紋深又密，看著是很粗糙脆硬，稍稍碰就會脫落散離，但入手後才知道，它很柔韌細緻，一點也不扎刺，像塊黑色格子紋布，還飄出淡淡香氣。

捧著奧蒙皮書，比羅下意識鞠躬：「唷哩，比羅。」因為沒有字，不知道要如何看見內容，他只好恭敬的說明一遍：「葉卷書指示我比羅，水晶兒，讀奧蒙皮書給族人聽。請允許我的請求。」說完又再鞠躬。

聽見這番話，所有人驚訝極了。「水晶兒」這名字怎麼來的？阿貝森林不曾流傳過這名字啊！成熟莊重的口氣使比羅在大家眼裡變得既熟悉又陌生。

也伯注意到比羅右手食指閃現一圈光芒；卡里碰碰身旁德吉，指著比羅手指上的光；法特挺直身子往前傾，想看得更確定些。

比羅專注望著奧蒙皮書，縱橫錯裂的溝紋漸漸金亮發光！是亮著光的字。黑色格紋上，一個又一個金光寫成的葉脈紋形字接連浮現，像飄忽的雲般，不停駐在皮書上而是游移在空氣中。「水晶兒，指環的主人將賜給你光。」比羅大聲唸出來。

突然間，整塊奧蒙樹皮浮現一層光霧，比羅的身影隔著光暈朦朧模糊，像是水中倒影一般看不真切，只聽見他清亮有力的聲音：

「阿貝族小矮人，樹精的後代，你們當中必要有人繼承水晶兒的工作。過去，森林裡的每一棵大樹，都有一個守護神——樹精，護衛著大樹，讓它不受蟲害、雷殛，年復一年的加粗、長高。

通常，樹精們在樹下挖個洞做屋子，有時他們會搬到樹上築個窩巢來住。不過，水晶森林的樹精們不一樣，他們收集天上落下的雨珠織綴成屋子搭在樹枝上，發出彩虹光芒，整座森林就像一大塊水晶石般，亮閃閃的！其他森林的樹精們因此稱他們是『水晶兒』。

本來，水晶兒也跟所有的樹精一樣，只是守護樹木，沒有別的工作。他們仔細檢查每一片葉子，敲打每一吋樹幹，讓病蟲害無法躲藏在樹上作怪。他們唱歌催促樹木長大，不斷讚美樹木健壯的英姿。在他們照顧下，森林青蔥蓊鬱，散出芳香的空氣。

有一年，天神大奧瑪漫遊人間，看到這座森林長滿蒼勁挺拔的樹木，高興得連聲稱讚，祂摘下手上的指套和衣服上的梭針，送給這森林的樹精們作為獎勵。

可是，當大奧瑪來到另一處森林，看到的卻是枯萎傾倒的斷木，瀰漫著陰溼腐壞的臭味。大奧瑪痛心的問其中死去的樹木：『為什麼這樣？為什麼這樣？你們沒有樹精保護嗎？』

『唉！』老樹的靈魂哀嘆著：『他們跑去湖邊遊玩了。當雷電降臨時，我渾身起火，好痛呀！』『他們從不唱歌給我們聽，我們的心靈匱乏，營養不足，擋不住病蟲害的侵襲。』斷成兩截的大樹憤怒指控：『樹精們只顧玩耍，從沒替我檢查身體，我是被毒蟻咬死的！』

天神大奧瑪為這些樹木難過，祂生氣的揮動袍袖，抓住四處逃散的樹精，大聲唸起咒語，把他們變成石頭塑像。『你們這群懶惰不負責的傢伙！我要讓你們受到懲罰！』那些塑像臉上流露著驚恐、懼怕、哀傷、憂愁；有些跪地求饒，有些拔腳要跑，有些扭腰掙扎，看了令人不忍。

大奧瑪把塑像分送到每一座森林，提醒樹精們：『記住天神的魔咒！把你們的工作做好！若是你們照顧的樹死了，那麼你們也得跟著死去！』

大奧瑪指著石像吼叫：『就像他們！』聲音震動了樹精的魂魄：『永遠沒有靈魂，任由風吹日曬、雨打雷劈、化作塵土，永遠沒有靈魂！』

天神的懲罰讓樹精們大驚失色，殘酷魔咒更讓他們絕望的抱著樹木落淚，直到月神來安慰他們：『別哭了，我已經請求大奧瑪改變心意，只要你們能用雨水織成屋子，就可以解開大奧瑪的魔咒。』

樹精們於是認真的收集雨水，然而，樹葉上的雨珠一碰就破，一灘灘的雨水怎麼也拿不起來，怎麼辦呢？

月神再一次提示他們：『好好利用大奧瑪的寶物！』

果然戴上天神的指套後，雨珠一顆顆輕易的被拿在手上，而神奇的梭針穿過雨珠後，透明晶亮的雨珠就被織串起來。只是，一雙指套一根梭針，做起來實在很慢；好不容易搭建成一間屋子，也只能幫一個樹精解除魔咒。怎麼辦呢？

這回，月神也無能為力了：『你們得靠自己才行。』

樹精們明白：把樹照顧好，他們才有機會等到魔咒解除。水晶兒們索性把搭建水晶屋當作美麗的藝術創作，他們輪流使用指套和梭針，織綴出一個個款式不同、造型新奇的房子。這樣的工作使他們快樂，歌唱得更加大聲熱情，樹木也因為雨水的滋潤越發高大粗壯。

喜愛美麗事物的天神大奧瑪，欣賞水晶森林這些精緻藝術品的同時，已經悄悄解除了魔咒，只是，水晶兒不知道，樹精們也都不知道。他們專心投入工作，讓森林欣欣向榮，成為所有動物、植物、所有生命的快樂住所。」

唸過的字即刻暗滅消失，跟著亮起下一行字。比羅沒有多餘時間思索，隨著皮書文字的出現，不敢停擱，直唸到這裡才出現短暫的空白。漂浮在他四周的光這時暗了去，只有皮書上仍閃爍著光點。

鞠躬，正要結束誦讀，金亮光燦的文字再度出現，比羅忙要開口，它們卻一個個站立起來，轉向面對所有的人！

「生命，要互相創造；尊重生命，才能化解詛咒，消弭仇恨。奧瑪。」

清楚看見這段文字，噢，場中一片驚訝。這難道是天神奧瑪留給小矮人的神蹟？也伯和老爹不約而同雙手貼胸，虔誠發出禮讚：「嗡——」渾厚低沉的共鳴帶領大家一起向神蹟回應。

金光閃耀的葉脈紋形字飛出樹皮，飄浮在大家眼前，彷彿天神奧瑪在探視檢閱，也彷彿祂正賜福庇祐，小矮人們被莊嚴聖靈的光輝感動得眼眶含淚。禮讚聲綿密持續，金色光帶的神蹟隨著屋裡的共鳴飛快繞過每個人，最後捲繞比羅全身，再一個字一個字沒入皮書的溝紋，光也暗去。

「水晶兒，回到你的森林，繼續工作。」嗡嗡的共鳴中，奧蒙皮書另有一種聲音召喚著比羅，是氣流激盪著他胸口、腦門，留在他體內的迴音。當奧瑪神蹟隱沒在皮書後，他覺得掌心一陣灼熱，有輕微刺痛從手心傳來，比羅仔細覺察這些，不敢亂動，靜靜守候一切現象消失，看著那黑格紋的光逐漸暗去，回復到原來的錯縱黑褐紋路。

這是阿貝小矮人從沒聽聞過的故事，奧蒙皮書竟然記載著祖先來歷和天神諭示，跟葉卷書同樣珍貴神聖！

天神的懲罰

在也伯家的聚會，成為阿貝人說給孩子們聽的最好床邊故事。

撇去會議前的歌唱吟誦不提，大人們直接就把比羅的綠信差任務中，驚險刺激的遭遇分成許多精采段落：眼鏡蛇和趺跤果，族老納伯亞，杜吉，北山和老哈，魔洞山，歐哈兒和樹樓，邦卡和王蓮船，四個黃眼人攻擊等等，一再一再的重複述說。

就算他們臉上沒有比羅那種生動的表情，就算他們的敘述少了比羅那種豐富的轉折，但複雜的情節已足夠孩子們目瞪口呆、安靜入神的聆聽，開啟他們腦海中豐富夢幻的想像世界。更何況比羅的遭遇，真實中也有些魔幻神奇，連大人們都被比羅的故事深深吸引。

還有奧蒙皮書，揭露了阿貝族人的神奇來歷，那更是從來都沒聽到過的大秘密！被神蹟光帶環繞庇祐的阿貝人，忘不了那種心神的震撼與感動，他們只能相信、深摯的感謝這一切。

停止禮讚，從感動興奮情緒中回過神的小矮人們，再度把眼光看向比羅。知道他甦醒的消息，大家原本開心歡喜要來熱鬧慶祝；聽了他連串歷險的故事後，大家又驚嘆佩服準備大大誇讚；等比羅解開皮書的謎還讓神蹟顯現，此刻，小矮人們得重新看待這個小夥子了。

比羅捧著皮書呆呆站立。那上頭已經不再出現字，樹皮不再有異樣，可以確定要比羅唸的內容都唸完了，但他的腦海裡依然不斷浮現聲音和影像。「水晶兒的工作」？比羅回想皮書故事裡的敘述，水晶兒用指套、梭針織綴雨水成為房屋，可以解開大奧瑪的魔咒；但魔咒不是已經解除了嗎？

不管如何，自己都該先確定阿貝森林沒有危險後再去尋找水晶森林。「大河邦卡應該願意幫我。」而織造水晶屋的指套、梭針「也應該就在水晶森林裡。」樂觀思考幫助他很快撇開煩惱。

理出頭緒的比羅，恭敬捧著皮書鞠躬道謝：「謝謝，唷哩。」翹起屁股扭三下，小心把皮書捲好，打算再還給老爹。

老爹、姆姆正和也伯小聲交談著，其他人全瞪大眼，亮晶晶眼神朝他看。嗄，比羅嚇一跳，全身猛地一震，那訝異神態、滑稽的一跳，把他爽朗率真的族人們逗得開懷，再也不介意比羅特殊的身分。

布耶最先來拍他頭：「好傢伙，你真了不起。」法特拉起比羅的手，要看仔細那個金指環。古沙問起杜吉的情況，利斯、密瓦倒是對老哈帽子上睡著一隻青蛙無比好奇：

「是不是老哈把牠催眠了？」費瓦喜歡那朵大王蓮，他時常在河邊巡守，從沒想過坐在王蓮葉上游河。卡里和德吉聽比羅描述歐哈兒的樹樓，嚮往得很，兩人也想在阿貝森林營建一座，比羅詳細為他們說明時，米亞不斷來打岔，魔洞山的奇幻太吸引他了。

連娜娃、德妮、歐茉這些女人也圍著比羅。她們要弄清楚歐哈兒招待比羅吃的三色塔是怎麼做的，德妮興致高昂想學做來嚐嚐。老哈種下種子前先調了粉末，沾裹後才埋入土裡，「他用了哪些東西調出營養劑？」歐茉問這個，她打算這次研磨麥子、玉米的過冬存糧時，也磨製一些供大家用。跌跤果這東西真有那麼致命的魅力嗎？「我要查查葉卷書。」娜娃喃喃自語。

要不是也伯阻斷他們的談話，大家都忘了這原本是嚴肅的會議。

首先得找出那四個黃眼人的下落。法特提醒也伯：「別忘了，他們冒充莫滋來騙取比羅信任，搶走葉卷書，可能不只有四個黃眼人！」

也伯決定和比羅回到那個可疑的河灘，進入地道搜尋。

新發現的「麻煩」在聚會裡被傳視，卡里的實驗還沒開始，大家只能先找出這種「麻煩」。「用小石片掏挖，別被黏上了。」德吉示範的動作有點誇張，但大家因此看得更清楚。

松樹梭拉情況不妙，也伯下午檢查時跟梭拉談很久，「它願意環切培芽，保住生命，這工作請布耶負責，越快動手越好。」裁縫布耶有雙巧手，接枝、扦插或環切沒有失敗過。

古沙、密瓦、利斯負責黑夜裡偵伺獵捕行動，他們和夜鷹很熟絡，「請夜鷹協助，設法找到深夜裡破壞花苞果實的怪東西。」

明天起，小矮人家庭都到地面上生活，「分散開，守護所有樹木。」嬰兒納可可以送來給姆姆照顧，但小孩子一定要跟著大人，學習森林的各種生活知識。

地底通道由米亞和馬里帶少年們全面檢查、修護，「封閉的路段若積水已退就打開來，舊的繩結訊息也要清理乾淨。」

費瓦、帕里、伯耶負責警戒、守護邦卡河道和河岸。「必要時可以用樹橋，安全最重要。」抓著粗大樹藤吊掛飛躍，或攀住樹梢盪晃，從空中跨越是另一種交通方式，但愛護樹木的小矮人平時不被允許這麼做。

種子、果實的採集和挑選、儲存要再加強，葉卷書由姆姆保管，需要用的人可隨時來查閱。

各家的過冬糧食和衣物也同時要開始儲備了，娜娃、德妮、歐茱請搭好棚架，紡織跟編結、釀造、醃漬、研磨，都改在地面上進行。

其他族人由法特分配，輪流出任務、巡邏警戒阿貝森林的外圍。

「我回來之前，族裡事情由老爹處理決定，大家隨時用木笛傳訊。」討論完所有工作內容，也伯深吸一口氣，向老爹微微點個頭。

「各位，早點回去準備吧，明天起，我們都要到地面上生活。大家都有工作，別忘了皮書裡的故事，別忘了神蹟的訓示。」也伯帶領族人完成散會前的祈禱後，又一次叮嚀大家。

比羅被留下來。

也伯和老爹、姆姆交換過意見，決定把烏莫的故事告訴比羅：「阿貝族最神秘古老的傳說裡，曾提到黃眼小矮人……」

久遠的從前，阿貝森林裡有一位小矮人觸犯了天神奧瑪，祂用手中寶鏡照著這小矮人，命令這個人遠離森林：「去跟沙漠生活！你只配跟風沙作伴。」

犯錯的小矮人烏莫被奧瑪趕出阿貝森林，他哀傷求告：「請讓我帶走一棵樹，我會想家！」但奧瑪拒絕這樣的請求，烏莫絕望的哭喊：「我會回來，我要回來！」

「休想！你的容貌將永遠被指認出來。」奧瑪口氣森冷嚴厲，小矮人們驚駭發現，烏莫的眼珠竟然變成了黃色，跟大家的黑眼珠完全不同。

奧瑪宣判了烏莫不再是阿貝小矮人族，並且連一棵樹一棵植物也不准擁有，這讓烏莫由哀傷絕望轉為憤怒，他收起淚水止住求饒，在奧瑪面前用口水唾地三次發下重誓：「我將消滅阿貝森林，毀掉所有樹木。」那陰冷邪惡的話語嚇壞所有阿貝小矮人。

烏莫後來去了哪裡？沒有人知道。阿貝森林流傳許多猜測：烏莫死在沙漠；烏莫的後代在沙漠建立王國；烏莫族人仇視森林；烏莫族所到之處都會變成沙漠……

「阿貝族收起這一段往事，不再讓後代陷入古老傳說的恐懼中。」姆姆的聲音如同樹葉沙沙，比羅晶亮眼光裡有著訝異：「天神的懲罰！」

「是的」，姆姆繼續說：「只有在族長交接時，天神奧瑪懲罰烏莫的故事才被長老提起。新的族長不但聽到故事也接下責任：阻止烏莫族人進入阿貝森林。除了族長和少數幾位長老，其他小矮人們對黃眼小矮人的來歷毫無所悉。」

「烏莫！黃眼小矮人，是阿貝森林的叛徒。」老爹敲著煙桿歎氣。

每一代，阿貝族總會撞見幾個烏莫族人，在森林邊緣，在北方山區，在河坳曲；他們砍樹，拔起樹苗，放火想燒掉森林。有一年邦卡河道被堵塞，洪水流進森林中沖倒很多樹木，邦卡告訴納伯亞，它的道路被黃眼睛的小矮人用石頭封閉了。

天神奧瑪不肯原諒烏莫，但是懲罰並未改變這一族人殘害生命的天性，也不能阻止他們對阿貝森林的搔擾，會有什麼力量來改變烏莫人的命運，化解他們心中那股邪惡的意念呢？

重回河灘地

許久以前，天神奧瑪懲罰烏莫和他的跟隨者，把他們趕入沙漠，不准擁有植物。憤怒的烏莫發出詛咒和誓言：「我將消滅阿貝森林，毀掉所有樹木。」

聽到這故事，比羅忍不住顫慄，那四個黃眼烏莫族人搶葉卷書的用意很明顯，他們依照誓言要來毀滅阿貝森林了！但是，「我也向伊亞雷旺發誓，會盡全部心力保護森林。」比羅挺挺腰桿，眼裡精光閃閃：「我絕不許傷害森林的事情發生。」

仇恨要設法消解！也伯拍拍比羅繃緊聳起的肩頭，「想想奧瑪的神蹟；祂要我們互相創造，不是互相抵抗敵對。」也伯意味深長的說：「既然魔咒可以解除，只要用對方法，黃眼小矮人應該可以擺脫烏莫毒誓，改變他們的命運。」

「這是烏莫族人要努力的。」比羅接口，親眼見過那四個人邪惡嘴臉，他很懷疑烏莫族改變的可能性。

唔，老爹敲敲煙桿，「我們都要努力」，他的話簡潔明快：「阿貝人和烏莫人都要給出機會。」

比羅似懂非懂。姆姆安靜看著他，爬滿皺紋的臉上雖然慈祥微笑，眼光卻深沉又哀傷，沙啞的嗓音如風吹過樹葉：「孩子，謝謝你做的這些事。」摸摸比羅胳臂，撥弄比羅頭髮，無聲的嘆息在姆姆心中：「阿貝森林感謝你！」

踏地跳三下，「我們出發了。」也伯和比羅在星光閃爍的深夜走向東北方。離開前，老爹拍也伯頭頂三下說：「慢慢走，快快回來。」接著老爹和姆姆手掌交疊，按在比羅頭頂上祝福：「加油啊！辛苦你了，祝你一切順利。」

夜風清涼。昨晚這時候，比羅正走向榕樹巴拉；而更早的幾週前，比羅同樣在月光下走向樟樹柯拉，綠信差的任務就從那裡開始。也就從那一個晚上起，比羅離開家沒再回去過，種的麥子長怎樣了？「能繞去看一下嗎？」他問也伯。

「你去吧，貝坎星消失前我們在歐拉腳下會合。」也伯指指東北方天空一顆特別明亮的星。貝坎，阿貝小矮人當作計時的星，總在黑夜和黎明交接之際，最先消失在天空，其他星星才跟著隱去光芒。

比羅笑嘻嘻，跑向他的「窩」。從會說話、有記憶，他就沒了父母。族人在一次大水淹沒森林時找到比羅，他還是個嬰兒，躺在棕櫚葉提籃中睡得很香，「有人說是老鷹把提籃放在歐拉樹上」，姆姆這樣告訴他。比羅，就是提籃的意思。

那一回，族裡失去了四位族人，比羅的父母也在其中。族人們愛護這個孩子，教他一切技能，天生快樂的比羅早早就獨立，樹上樹下隨處都能住，跟著大家採果實種食物，他是阿貝最受疼愛的孩子。

腳輕巧踩踏，不發出些許震動，比羅來到茄苳樹下的樹洞。今年春天，離開地底住處後，他在這裡佈置一個舒服的「窩」，每晚都有小動物來跟他聊天，借宿這裡。雖說只有一個人，用不著多餘東西，他仍然把樹洞整理乾淨，編了張蓆子鋪上，採了鮮紅雞心豆黏成一隻鳥，放在棕櫚葉提籃內。每天，他摘一束花來陪伴鳥兒，開開心心過日子。

爬進窩，躺在蓆子上，比羅抱住提籃，滿足的「哈」出長長一口氣。捧起鳥兒，比羅閉上眼，「啊，老鷹，謝謝你陪我的日子，不能帶著你出門，請照顧好自己。」靜靜躺了一會兒，他睜開眼坐起身，黑暗中鳥兒的鮮紅色一清二楚，看看雙手，掌心也紅紅亮亮，右食指根微微閃出金光。

放好「老鷹」和提籃，輕輕拍三下蓆子，比羅爬出樹洞，轉身跑向麥田。

阿貝小矮人的種麥場集中在向陽開闊的森林東邊，比羅在最靠近樹叢的南邊播了一片田，黑夜裡只能大略看見這兒麥秧有他高度。試著用手摸摸，已經結出穗了，想像著金黃搖曳的收成時，磨麥粉的歡樂笑容，比羅深深吻一下麥秧，「好好長大唷。」他向麥田鞠躬，又用頭頂觸碰麥秧三次，這才沿著樹叢往楠樹歐拉跑去。

貝坎星亮晶晶，為他喊加油。比羅跑得像風一樣又輕又快，身體內流動著一股熱，讓他更加享受奔速的清涼。

也伯在歐拉腳根靜坐。從葉卷書繩結解開後，這幾天他忙進忙出沒什麼睡眠，短暫的歇息格外重要。聽見「唷哩，比羅。」的招呼時，也伯有點驚訝，小夥子不但腳程快，跑步還都沒動靜呢！

比羅帶路，跑向他被黃眼人騙上岸的那處河灘。天發白時他們已經出了阿貝森林，進入一大片草叢蔓生的野地，比羅憑感覺找路，經過兩處空曠地，頭一處離河太遠，另一處空地太小，都不是。

「鼠麴草垂到水邊，和藿香薊挨靠著，王蓮船就停在另一叢辣子草下面，我走上岸時還踩倒一棵山萵苣。」一邊回想一邊觀察，比羅有時會停下來聽聽水聲，確定自己沒有離河太遠。

太陽快到頭頂了，一隻鶺鴒「咻咻咻咻」在草葉尖上唱歌，也伯注意著牠的動作：尾羽翹高高，唱了幾句就跳往別的草尖再唱，但頭始終朝北方，歌聲特別急促，又不停換位置，這隻鳥為什麼不安呢？還要再看下去，跑在前面的比羅忽然沒了身影，人呢？

也伯警覺的蹲下，慢慢靠近前。有「潑喇」水聲，悄悄撥開草葉看，喔，長長密密的雜草下方竟然就是河水，比羅滾到水裡去了，站在水中呆呆愣愣看著。

「上來吧。」也伯伸手要拉他，比羅反倒笑起來：「就是這裡，沒錯，我記得這個灣。」他走往另一邊，那兒水拍著岸，黃花紫花笑燦燦一整片，山萵苣、辣子草順著長過去，接上了剛才讓他落水的鬼針草和滿天星。

也伯繞過這處草叢，眼前很寬廣一塊空地，除了幾棵灌木、幾簇雜草、碎石礫和兩三塊石頭，這兒，大得足夠阿貝小矮人歡聚歌舞，有點像阿卡邦灣，只是少了些安詳寧靜。陽光照在地面亮得刺眼，比羅沒找到那幾張吊床，不過他確定這裡就是大河邦卡讓他上岸的地方，「往裡面走，找到那棵龍眼樹就是了。」

龍眼樹很快出現在眼前，比羅指著第三個樹杈：「冒充莫滋的黃眼人，就躲在那上面。」

抬頭打量時，也伯想到一件事：「有誰知道你要把葉卷書交給莫滋？」

啊，這個問題有點意外，比羅想一下：納伯亞給他這個任務；見到歐哈兒說明任務時，老哈在場；一共就這三個人，也許歐哈兒大森林裡的動物們聽見了，不過他沒有注意；坐上王蓮船後，他並沒有和邦卡談起這件事。

不管黃眼人是用什麼名字做假稱，聽到求助的木笛訊息後，比羅一定會前來關心，但為什麼會用「莫滋」的名字呢？單純只是巧合嗎？或者他們知道比羅要找莫滋這個人？

另一個問題也跳進比羅的思考裡：他從樹上揹下來的黃眼人，真是地道內那四個人之一嗎？當時沒仔細弄清楚，現在才發覺關係重大；法特懷疑黃眼人不只四個，的確有道理。

芒草上鶺鴒不安的「咻咻咻」猛叫，爬上樹杈找線索的也伯，再一次望向這隻鳥，牠還是朝著北方焦躁跳躍，卻又不飛走。喔，牠前面一大片野地黃菊叢動來搖去的，有東西在裡面鑽竄。

樹洞沒什麼發現，也伯迅速下到地面，「跟我來。」他招呼比羅。

如果也伯的行動再早一點就好了。趕到這一大片野菊叢時，騷動已經結束，只看見鶺鴒的空巢，沒有蛋或幼鳥；大石頭旁的野茼蒿被拔起好幾棵，土塊碎散，留下幾個指頭大小的洞，土裡有什麼東西跑出來或被挖走了！

而如果也伯能和鶺鴒聊聊，他將會知道究竟發生了什麼事，可惜，鶺鴒不見了，現場留下的狀況沒法確定和他們要找的黃眼人有無關係。

當然，如果也伯能拔起幾棵野茼蒿，看看那野茼蒿根下泥土裡有些什麼，他就有機會揭穿烏莫族的陰謀，只是阿貝小矮人並不隨便侵擾土地，也伯沒想到這麼做。

草叢裡的慘叫

也伯和比羅發現草叢裡有動靜，趕來查看卻慢了一步。野菊叢靜悄悄，鵪鶉不再作聲，四處找也沒其他線索，兩個阿貝小矮人只好再轉回龍眼樹下。

進入地道前比羅和也伯先貼耳在地上聽，裡面一片安靜。

安靜，反而顯得奇怪。地底通道總會有些微聲響：氣流嘶嘶聲、蟲子蠕動啃囓聲、樹根鑽穿泥土聲、地底住戶活動聲……但沒有任何聲響，就讓人不免懷疑緊張了。

沒錯，安靜有時更為可怕，對尼耶來說，聽不到聲音意謂著危機四伏。

駝背的烏莫人尼耶耳朵裡一片安靜，他聾了，聽不到任何聲響。草尖上鵪鶉對他抗議，他不知道，只忙著用鳥蛋引誘土裡的厤蛀蜥。比羅落水聲、也伯說話聲、兩人對談，這些聲音尼耶完全聽不到，只專注在野茼蒿叢裡搜尋那隻劇毒的怪蟲。能避過也伯和比羅純粹是僥倖，他不經意的抬起頭，正好看見爬上樹的也伯轉身望向自己這邊，尼耶情急趴倒吃了滿口泥土，才發現鵪鶉對著他張嘴振翅翹屁股，像在指點方向通知人家快來抓！

尼耶嚇到慌，丟了鳥蛋，使出鑽地本領，把身體窩進茼蒿根下偽裝成一塊石頭。鷦鶯飛衝來，尼耶聽不見那啾啾哮叫，卻看懂忿忿表情，怎麼辦呢？他伸手抓住鳥兒壓到身體下。

就算他動作再快，也還要靠點運氣！墨綠色像蜈蚣又像蜥蜴的毒蟲痲蛀蜥，爬出洞前「嗤嗤卡卡」磨牙聲尼耶聽不見，只看到牠甩動尾巴捲走那兩三顆蛋沒入土裡，位置和他相隔一個人長，就是剛才自己蹲的地方！而兩個阿貝小矮人緊接著出現，他們的手撥開每一株草，鷹一般銳利眼睛盯住尼耶身前的野菊；伸張的手指隨時會揪住、拉起這些草！

隔著泥土、草葉，他清楚看見壯碩的阿貝人眼裡閃耀晶亮光芒。尼耶瞇著眼捂著嘴，害怕胸口的砰砰狂跳會震落身上遮掩的泥土，擔心眼睛的黃色瞳仁會亮出光點，更怕嘴巴的喘氣會吹動草葉。

看兩個敵人轉身離開，尼耶張大眼放開手依舊維持石頭模樣，久久沒有移動。聽不見聲音讓他處境險惡，還好運氣落在他這邊，既沒被毒蟲咬到也沒被敵人發現，瘦小又駝背原本是尼耶自卑怨嘆的缺陷，想不到反而幫他成功偽裝騙過敵人。

那兩個阿貝人，其中一個尼耶認得，叫什麼來著？比羅？對了，就是這個名字。從阿大刀子下逃出去，現在又帶著人來；阿貝人想做什麼？找到我們？驅趕我們？說「森林不歡迎烏莫人」？哼哼，休想！老妖魔奧瑪說得好，「休想！」阿貝人只會種樹，烏莫人卻會利用動物，沙漠裡的玩意兒又小又毒，只要在阿貝森林放幾隻麻蛀蜥，管教阿貝人抱著枯樹痛哭，誰還敢要烏莫人離開！

泥土草根裡頭兩顆鮮黃珠子滴溜溜轉，尼耶確定沒有風吹草動了才猛地站起來。身子下那隻鶚鷲已僵扁喑啞，勉強動了動翅膀，尼耶把牠當作阿貝人狠狠踩進更深的土裡，「討厭的傢伙！」

才這麼啐一聲，另一隻腳的後跟突然被咬，尼耶驚恐的看見麻蛀蜥尖利前牙就插在自己左腳上！「不要！」他甩開毒蟲卻甩不開慌亂恐懼，腳掌漸漸冰冷。「跑！快跑！不停的跑！」「別讓血液凍結！」腦子給他的命令卻變成無法控制的大聲吼叫：「哇！」「喔！」「啊！」

「跑！快跑！動你的腳，不要停……」「你中毒了，血液會結冰；趕快跑，活動全身血液。」腦子裡急慌慌的聲音讓尼耶精神恍惚，慢慢抬起腳，跨出去。

「跑！跑啊！跑才有救啊！」腦子緊張的催促幾乎要炸開他頭殼：「跑啊！」

一步、二步，尼耶腳步蹣跚跌撞，跑得歪歪斜斜，草叢窸窣起伏，蚱蜢蝗蟲噗噗飛，跟他的心情一樣亂糟糟，跟他的吼叫一樣無法控制。

尼耶不知道自己在喊叫，他聽不到聲音，但也伯和比羅聽得很清楚，淒厲狂喊讓他們收回踏入地道的腳，並且立刻折返來查看。倉皇離開的駝背身形被草叢遮掩，只有狂亂叫喊漸漸遠離，比羅要追過去，也伯一把拉住他。

「小心！」

一隻沒見過的怪蟲橫霸土堆，比羅的腳差點踩上了。

看起來比人的腳掌大，尾巴跟身體等長的墨綠色怪蟲，頭埋在鵪鶉身上，尾巴左甩右甩打著地，似乎很快樂。鵪鶉僵直不動，也伯仔細看，鳥兒身體一點一點薄扁下去，那怪蟲正在吸咬鳥兒的血和肉。

比羅起一身疙瘩。多麼邪惡的蟲，牠腳上那些利刺恐怕也有毒！

「找石頭，砸死牠。」也伯果斷的說。

剛才這裡有一塊石頭蠻大的，現在卻不見了，兩個人沒空多想，匆忙撿起土塊砸向怪蟲的頭。土塊有重量卻不夠硬，連續幾塊沒能砸死蟲，那怪物受驚嚇，「嗤嗤」「卡卡」怪叫著鑽向地裡。

抓扯下一大把野茼蒿護著手，也伯撲向前按住怪蟲的頭，使勁捶。比羅趕忙也跟著按住蟲尾巴，覺得手掌心沒來由燥熱又不敢鬆手，只能把全身重量都放在手上，壓著那蟲動彈不得。

捶到拳頭發軟，也伯聞到燒焦味，即時放開手拉著比羅往旁邊跳，兩人大口喘氣看那怪蟲，尾巴黑墨墨沒了光澤，飄出焦臭。

「你拿火燒牠？」也伯難以置信，比羅也很迷惑，反覆看著自己雙手和地上怪蟲：「我只用力壓住牠尾巴。」搖搖頭，指著怪蟲頭部問：「牠死了嗎？」

一大團草被捶爛成泥蓋住頭，這隻蟲沒死也昏了吧？也伯不敢大意，找了根枯枝撥開草泥，那顆尖細牙齒先露出來，然後是模糊看不出形狀的頭。枯枝挑了挑蟲身，將牠翻轉肚皮朝天，看到蟲肚皮鼓脹，肚子下方一個小孔正流出黏稠液體。

「喔！」比羅注意到有兩三顆透明晶亮小圓球在那黏液中，很像榕樹巴拉身上發現的「麻煩」，只是現在這些小圓球沒有細黑小點也不蠕動。他學卡里的方法朝小圓球吹氣，它們立刻白霧狀不再透明，黏液也硬化凝固。是麻煩沒錯！

「送回去，給德吉和卡里研究。」也伯掏出木笛吹送訊息：「也伯，支援，東邊，碎石地。」

那個離去的身影須要找到。聽那種叫聲，一定是被蟲咬到的痛苦或驚嚇，是誰呢？眼前這隻蟲必得要妥善處理，然後才可能去搜尋那個人。

蟲的頭尾確定是不會作怪了，但肚裡的卵卻可能還是活的，暫時不能讓它們流出來，肚皮朝上吹風，可以把它們封存在肚子裡。

比羅年輕、也伯強壯，腳底下同樣迅速敏捷，但比羅踩過的草少有倒仆，也伯心裡忍不住喝采，這年輕人，跑得好！比羅偷瞄身旁，也伯步伐大又穩，沒任何聲響，實在厲害！

「唷哩」「唷哩」，跑到碎石地，已經有人來了，是茲瓦和巴納，巡邏隊分成十幾區，他倆負責東邊河岸這一帶。「有什麼狀況嗎？」茲瓦問。看族長也伯慎重其事舉著一條腳掌大的蟲，他的詫異全在話語中。

簡要說一遍重點：這蟲很危險，會躲入地裡；吸咬動物血肉，可能有毒；肚裡的卵還活著，吹風就凝固。「告訴德吉和卡里，這是麻煩的成體。」也伯最後叮囑茲瓦和巴納：「一定要平舉、平放，別讓孩子們靠近，隨時搧風把卵封存住，直到卡里想出對付的法子。」

踏地、拍拍頭，他們互相告辭各自轉身，也伯和比羅要趕快找到那個慘叫離去的人。

出現怪蟲的現場，草叢斷折倒伏，禿了一片。比羅用泥土蓋住鶺鴒，「啃哩，請好好休息。」這個小生命曾經用快樂歌聲豐富了世界，卻遇上可怕的事情，痛苦結束生命，比羅低下頭，拍拍泥土，心中一陣難過。

在附近仔細找，也伯對於偌大一塊石頭憑空消失感到納悶，從草莖和根折損情形看，離去的人腳步很重，走得蹣跚吃力，他抱著石頭嗎？還是被怪蟲攻擊受傷了？

駝背聾子尼耶

查探烏莫人蹤跡的也伯和比羅，清楚聽見草叢裡有人淒厲慘叫，他們循著草叢倒伏的痕跡，向草叢深處走去。

高過人的雜草越來越密集，有些草莖幾乎要木質化，太陽光從西邊斜照，看出他們走的方向忽東忽西，有時又兜回頭向南，很難抓準路線。能確定的是這人步伐較小，前後兩處草莖倒折的距離，只比也伯的半步多一些。

夏日夕陽把天空照紅了，比羅想起坐王蓮船和河聊天的情景，被騙上岸前，也是同樣金光紅霞的天色，他跟邦卡看著金紅河面跳躍的波光……

分神想事情，比羅差點撞上也伯。

「唷哩，唷哩。」也伯停住身大聲往左前方喊。

沒有回應，「唷哩，也伯。」更大聲的報出名字，仍然沒有得到任何回答，也伯示意比羅蹲下身子準備應變。

草叢騷動傳過來，左前方飛跳出蚊虻蚱蜢，驚亂逃竄。人影出現了，隔著幾棵草經過他們身旁朝北方跑。瘦小，駝背！

「啊—」，見到那彎駝的背，比羅忍不住叫出聲，是他，四個黃眼人中的駝背人。確定再沒有人跟來，也伯站起身跨大步奔跑，沒幾步就搭住駝背人肩膀。

「唷哩，停下來。」

肢體的碰觸嚇著尼耶，「哇噢！」怪叫轉頭，一個阿貝壯漢兩眼瞪著他！尼耶差點昏了，掙扎扭過身要跑，肩膀被抓住，尼耶站不穩倒在地上，沒力氣動彈，只能用黃眼珠惡狠狠瞪住也伯，那怨毒的眼神讓眼珠黃得更是鮮豔。

也伯暗暗吃驚，頭一回近距離看烏莫人，果然充滿邪惡！「你叫什麼名字？你的同伴呢？」

呸，誰要回答你！就算聽不到聲音，尼耶仍看出阿貝壯漢在問話。下巴抬高閉緊嘴，冷冷的眼神陰陰的哼聲，我烏莫人仇視阿貝族，休想叫我回答，休想。

冰凍的感覺從腳底向上蔓伸，小腿很快僵硬了。尼耶乾脆閉起眼睛，麻蛀蜥的冰毒凍住血液，阿貝壯漢不可能放人，而自己也累得跑不動，就等死吧。寒氣在身體裡流竄，背脊發麻酸癢，冷到尼耶忍不住發抖，抖到牙齒喀喀相碰，嘴唇閉不起來，胸口脹悶拼命吸氣。

「你怎麼了？」看駝背人嘴臉扭曲，也伯驚詫的拍他臉頰，被他口鼻呼出來的冷颼颼氣息嚇一跳。

比羅按住尼耶抖動的膝蓋，才發現他冰硬癱直，「你會冷嗎？」夏天裡，這人的腳卻如寒冬冰柱。比羅連忙揉捏駝背人的腿，「他要變成冰人了！」邊告訴也伯邊張開手掌用力按摩。

「你很怕冷嗎？我知道蛇也很怕冷，冬天都要凍成一團睡覺，可是蛇在夏天還是能夠到處爬……」比羅怕駝背人像蛇那樣凍成一團，不斷說話給他打氣，手掌更沒停過按摩揉捏的動作，忘了這個駝背人曾和同伴凶狠傷害自己。

被敵人搬弄著身體，尼耶氣惱得想抬腳踢掉比羅的頭！笨蛋阿貝人，你以為搓搓哈哈噴點熱氣就治得好冰毒嗎？

牙齒喀喀打顫，舌頭硬直呆鈍，尼耶罵不了人只能把話憋在心裡生悶氣。一直到身體不再哆嗦，骨頭血液不再透沁寒凍，呼吸順暢，膝蓋可以活動，甚至感覺到肌肉被捏被按的壓痛和灼熱。

也伯再詳細檢查駝背人。呼吸裡已經沒有冷氣，上半身體溫都正常，大腿也溫暖，膝蓋可以彎曲了，左小腿稍微冷冷的，腳踝以下又是硬梆梆冷冰冰。右小腿還在比羅手掌裡握著，年輕人忙得沒空抬頭看也伯，連話也不說了，專心按摩那隻瘦小的腿。

尼耶驚奇注視比羅的動作和那雙手。比羅的雙手灼熱像火，貼在皮膚上很燙，但皮膚表層下的冰凍漸漸消退，僵硬的肌肉也跟著鬆軟暖和，麻蛀蜥的冰毒顯然被熱化解了。

「阿貝人會治麻蛀蜥的毒？」尼耶喃喃自語，喔，他的舌頭牙齒和嘴唇又能靈活運用啦。

也伯蹲跪在尼耶旁邊靜靜觀察。尼耶仇恨的表情換成驚疑時，那對黃眼珠定定向前望，沒有凶光煞氣，眼珠的黃彩也褪淡許多。看到尼耶開口說話，也伯趁勢問：「你是不是被那隻像蜈蚣又像蜥蜴的怪蟲咬到了？」

尼耶沒反應，搖頭點頭都沒有，不答話也不移開視線，眼珠不轉、眉毛不挑揚，嘴角肌肉沒任何牽動。也伯看得真切，尼耶那臉上連一絲絲情緒波動都沒有。

這個人聽不見聲音嗎？懷著疑問，也伯故意提高嗓門問比羅：「你用什麼藥方給他擦？」一邊注意尼耶的神色。

「這不是什麼藥方，只是按摩搓熱不讓他變成冰，看起來還真有效。」比羅熱到滿頭汗沒空擦，笑嘻嘻問尼耶：「怎麼樣？好一點沒？」

尼耶還是那副表情，對兩人說話無感覺，直到被比羅看一眼，尼耶狠狠瞪回去，戒備的眼神重新出現。也伯這才敢確定駝背人是聾子。

汗珠滴落尼耶腳踝，怪事發生了。

「你看這裡。」比羅抬起尼耶左腳丫，淡淡煙氣從左腳踝飄出來，沾到煙氣的草葉立刻結成冰。

「別碰它！」也伯大聲急吼，比羅原本要伸手試探，及時收回手指頭。尼耶瞪大眼，看到腳踝冒煙和兩個阿貝人緊張模樣，翻身一骨碌爬起來就跑。

「喂，回來，你做什麼……」比羅的話被也伯打斷：「他聽不見。」

再度追蹤駝背人，尼耶儘管用力跑，發出的蘇蘇嗦嗦聲音大又響，兜不到半圈就被也伯抓住胳臂壓在地上。

「笨蛋阿貝人，不要碰我。」咦，這回尼耶不再冰冷發抖了，躺在地上破口大罵還踢腿蹬腳，像一頭發狂的野牛。

任由尼耶叫喊，也伯要比羅找來樹藤，把尼耶的手反綁，兩隻小腿一起用藤蔓纏裹起來。

「老妖魔的爪牙，等著看，麻蛀蜥會吃掉森林。」「笨蛋才會抱著樹痛哭，爪牙都沒有好下場。」手腳都被綁，看不清楚敵人在哪裡，尼耶氣咻咻亂罵一通：「懲罰他們！那個帶著邪惡詛咒出現的混蛋。」「呸，害得阿大發瘋的詛咒，我要叫麻蛀蜥把他變成冰。」

「切魯！」「布尬！」罵人的粗話一句接一句。

也伯和比羅坐在不遠處草叢裡，靜靜聽尼耶說的話。

「痲蛀蜥」無疑是指那隻怪蟲，「老妖魔」又是指什麼？

「烏莫人仇視一切對天神奧瑪效忠的生命。」也伯很技巧回答了這個問題。

自己尊敬的神竟被蔑視醜化為「妖魔」，比羅心頭發冷，強烈感受烏莫族輕謾粗暴的性格。他失望、自責，剛才為這個駝背烏莫人按摩究竟是對或錯呢？

「祖先要阿貝人尊重生命，葉卷書這麼說，奧瑪也這麼說。你沒做錯。」也伯中肯的提醒比羅：「別因為這個人沒感激你就沮喪。」

看比羅低頭沒作聲，也伯轉開話題：「我猜，『邪惡的詛咒』應該是指葉卷書。」

「我就是帶著葉卷書出現的『那個混蛋』！」比羅脫口而出。咳，自己果真是混蛋，居然去幫忙這種人。

「害阿大發瘋」，聽見這句話，比羅打起精神來。阿大就是那個長辮人，駝背人、尖頭人和壯漢都聽阿大的命令，他為什麼會發瘋？

從憤怒咆哮到粗魯咒罵，駝背尼耶現在低頭垂肩、嗚咽啜泣：「聾子尼耶、瞎子比亞、呆子波阿、瘋子阿大，嗚……邪惡詛咒毀了烏莫！」「毀了，沒希望……回不去了……」

「聾子尼耶」是這個駝背人的名字，那麼「瞎子比亞」和「呆子波阿」哪個是尖頭人哪個是壯漢呢？聽起來好像四個黃眼人都出意外了。

頹然歪倒，尼耶在地上蜷縮身子喃喃低語：「嗚……那不是神奇藥方，阿大弄錯了，那不是歐哈兒的藥方，錯了，那不是……」

咦，烏莫人也知道歐哈兒和神奇藥方？也伯比羅豎起耳朵越聽越驚奇。

暗夜裡，尼耶鮮黃眼珠子燿燿發光，邪惡念頭在他心裡蠕蠕扒搔。「哈哈哈，去死吧，阿貝森林。麻蛀蜥，咬啊，不管什麼都咬下去，什麼也別放過。」怒睜著眼陡地坐起身，尼耶亢奮狂笑，彷彿千軍萬馬正在他眼前接受號令，準備要進行一場屠殺！

尖頭瞎子比亞

駝背黃眼人尼耶嗚哩哇啦，咒罵詆毀阿貝人的話語中，透露了烏莫人攻擊阿貝森林的計畫，也伯聽得心頭一驚。

用毒蟲攻擊阿貝森林，不只傷害樹，阿貝人也難逃攻擊！不可免的災禍讓也伯心頭沉重。

猙獰狂笑的尼耶重新站起來，儘管被併綁著小腿，他依然一步一步蹦跳，朝向東北方「走」。

貝坎星晶亮閃耀，也伯、比羅跟在尼耶後面。反綁著手僵直跳躍很吃力，但尼耶用堅定有節奏的步伐，跳出草叢往高高黑黑的暗影前進。

貝坎星收起光芒休息時，尼耶已經跳到一棵柳葉木旁。大口喘著氣，他靠著樹幹慢慢坐下來。跟蹤的也伯、比羅忙分往兩旁樹腳躲，仔細看，尼耶閉眼喘氣，胸口明顯起伏。

四隻眼睛瞪住尼耶，直到他睡了。胸口不再起伏，呼吸已經平緩，曲膝倚樹的坐姿看起來也很輕鬆自然，頭側靠著樹幹閉眼不動，睡了。天色轉灰白，尼耶睡得很熟，沒換過姿勢。

早起的小灰蝶飛來停在柳葉木，翅膀一開一合才要吸葉汁，突然又拍翅，繞著尼耶頭頂兩三圈飛走了。比羅眨眨眼，唔，小灰蝶大概覺得尼耶很可怕。

一隻土蜂飛來停在柳葉木，爬行兩三步想往牠的洞裡鑽，卻猛地飛開。比羅看著奇怪，有什麼驚嚇土蜂了？

視線移往尼耶背後。高鼓的背團擠在後腦勺下，反綁背後的雙手恰好就兜起那團肉。尼耶的手，咦，在敲打樹幹！

比羅揉揉眼再看仔細，啊呀，尼耶果真是蜷握手指，用關節叩擊樹幹，這是在傳遞訊息，小矮人都會的手法。不得了，他一定是跟同伴連絡，烏莫人絕對就在這附近。

完全沒料到尼耶用這一招，也伯心裡暗叫糟糕，人趕快趴下身，耳朵貼地聽那「扣扣」聲。距離稍遠了些，勉強可以聽出尼耶的訊息：「刀……」「開門……」「……號口」，至於回應的訊息就聽不到了。

可是，尼耶聽不到聲音，他如何接收訊息呢？

比羅這一問提醒也伯。定睛觀察，尼耶的臉頰始終側轉貼在樹幹上，越看越可疑。也伯搓搓臉頰，腦袋「咚」閃過念頭：是了，皮膚會感覺震動，就這麼回事。尼耶敲打柳葉木送出訊息，再靠臉頰皮膚感覺柳葉木傳來的回應……

還推想著，尼耶緩緩擺正頭，張開眼先左右前後看一遍。雖然背著光，他的黃色眼珠子照樣鮮黃得可怕。打量完四周圍，稍稍挪動屁股，尼耶歪倒身，臉貼地，像要啃泥土。也伯耳朵裡聽見地底下有細碎聲響，什麼東西在移動般。聲響持續，漸漸聽得出是在靠近，地面輕微的震動傳入皮膚，來了，那個東西相當靠近了。

尼耶扭動身體，抬起被綁的腳重重踢柳葉木，一下、兩下，停住。柳葉木枝葉嗶嗶叫，樹身晃晃搖搖。尼耶又再踢三次，停住，等柳葉木哀叫呻吟都平息了，接著再用腳後跟點叩一下。

比羅皺起眉頭，不喜歡尼耶粗魯對待樹。看吧，樹腳跟的泥土都裂散開，尼耶若再多踢幾下，柳葉木恐怕就歪倒站不直了。

踢樹的震動傳到地面雖然明顯但很快就靜止，不過尼耶屁股邊的泥土草葉突然往下陷，黑咚咚一個大窟窿出現在也伯比羅眼前。把這兩個人嚇更大一跳的，是黑窟窿裡爬出一個人，頭頂尖尖、耳朵尖尖、尖鼻子、尖下巴、眼珠子黃卻霧濛濛沒有光。這個人才探出一顆頭，尼耶就喊：「喂，比亞，快點，快上來。」

叫他快，尖頭人比亞反而慢慢摸。頭探出來後左轉右轉，聽到尼耶喊，一隻手掌跟著伸出，先摸摸地面，然後左手臂伸長朝空中抓。「尼耶，是你嗎？搞什麼鬼？不從一號門進來，叫我老遠跑到這邊。」一抓空了的左手在地上搜找，人就是不出來。

「喂，比亞，刀子呢？不是叫你帶刀子來嗎？」尼耶等得不耐煩，開始嘰哩咕嚕抱怨：「你等著，我過來了。」他把自己轉個向，被綁的腳伸到比亞鼻子前：「摸摸看，我的腳就在你前面。」

「布尬！」比亞脫口罵粗話。竟然不伸手拉我反而伸腳要我摸！「什麼東西，敢叫我摸你的腳。」他臉色沉下來，收回手，人也往下準備回地道。

「喂，喂，等等。」尼耶不知道比亞說什麼，看他要回去，急得喊：「我被綁住了，快幫我砍斷繩子。」

聽這話，比亞重新站起上半身，雙手往前觸探，把尼耶小腿上的藤索仔仔細細摸很久。從腳踝到膝蓋密密纏了好幾圈，一股味道讓比亞起疑心，尖鼻子嗅嗅聞聞。「你身上有麻蛀蜥？」「誰綁你的？」比亞厲聲問，一邊比畫手勢。

猜到比亞會問什麼，尼耶小心回答：「麻蛀蜥跑掉了。」「我正要抓，有兩個阿貝人把牠嚇跑了，其中一個就是比羅，你記得吧，那個帶來詛咒的混蛋。」「我跑給他們追，被抓到了，把我兩腳綁在一起，手也反綁在背後。」「他們丟下我走了，去找麻蛀蜥，我才可以跳回來。」

略去自己中麻蛀蜥冰毒，被比羅救回一命的事，尼耶自覺說得天衣無縫。比亞陰沉著臉聽完這些，再度收回雙手，尼耶以為他又要離開，慌忙叫：「喂，快替我割斷繩子。」

「我要看看你的手。」比亞一邊說一邊比手勢，要尼耶背轉身。見到比亞手裡亮閃閃，一把刀握在手上，尼耶放心了，腳和屁股蹬蹬蹭蹭，換過方向，把反綁的手朝著比亞。

摸索著用刀，比亞咒罵尼耶：「禿卡，笨傢伙，不會跟阿貝人拼命嗎？」刀子來回割鋸，纏結的樹藤一層層斷開。好多次刀鋒劃過皮膚，冰冷尖銳的觸碰驚得尼耶哇哇嘖嘖，「小心，別割到我！」

綁死的繩索漸漸鬆脫，尼耶握拳轉動手腕，被比亞捶一下：「找死啊，再動一下，刀子就割到你。」

好機會，也伯抬身、屈膝、拔腿，一步、兩步，人飛撲過去從側面撞開尼耶。「喂，推我做什麼？」反應不及的尼耶氣惱大叫，回頭就罵：「切魯！」

跟在也伯之後的比羅，衝上前抓住比亞的手，先搶下刀子再用力拉，想把比亞揪上來。

聽見尼耶口罵粗話還魯莽搶去刀子，比亞大發脾氣，粗壯手臂反手抓住人就往下拖。比羅忘了這個人手勁大，曾推得自己一屁股跌倒，此時匆忙衝過來腳沒站穩，倒栽蔥跌撞進地道裡，慘叫幾聲：「喔」「哇」「啊嗚」。

這叫聲聽起來怪怪的，比亞愣一下，尼耶又再罵：「禿卡！」「放開我。」可是聲音還在地面上，被拖下地道的不是尼耶，那是誰？

「什麼人？」比亞警覺的蹲下來搜索，循著叫聲方向很快找到比羅，話不多說掐住脖子就咬牙使勁，霧濛濛的黃色眼珠又大又凸。比羅張口喘氣，昏迷前下意識抗拒，握著比亞鐵鉗一樣的手臂，他心裡大喊：「鬆開！」「把手放開！」「放……」求生意念全貫注到雙手，掌心一片灼熱。

「哇噢！」比亞痛得怪叫出聲，感覺皮肉火辣焦燙，雙腳亂踏手還是緊掐住比羅。

「放手！」也伯掰開比亞手指，把這個尖頭人推壓到地上。

「切魯！」「布尬！」雙手被反折，比亞死命掙扎，力氣大得也伯幾乎抓不住。扭腰轉身，用頭頂、用腳踢，比亞最後擺脫也伯的壓制，「禿卡！」他握起拳頭揮去。也伯早閃在一邊，勾住比亞腳踝用力抓扯，「彭」一聲悶響，比亞的肩頭重重撞到地，沒了動作。地道裡安靜下來。

也伯先扶起比羅。

「我沒事。」比羅啞著聲音說話，脖子會痛但沒大傷害，「我去找繩子來。」

想不到烏莫人這麼強悍！駝背瘦小的尼耶聽不到聲音，但仍然狡詐陰險，需要小心提防；比亞儘管看不見，力氣卻大得驚人，阿貝族沒幾人能贏過他。也伯綑綁比亞時特別費心，繩索上加了姆姆教給的咒語：「刀子割不斷！」

嗄，這就是咒語嗎？比羅抓抓頭笑起來。

地道裡的囚犯

地道深處，也伯推著比亞走在前面，比羅押住尼耶跟隨在後。兩個烏莫人狡猾又不合作，比亞走得很慢，尼耶常停住腳不往前跳，故意拖延時間，也伯乾脆撕下比亞的褲管，把他兩耳堵住，又撕下尼耶衣襬矇住他眼睛，讓兩人都不能聽不能看，沒法子搞花樣。

比羅邊走邊在壁上刻記號。來到這裡一條粗大樹根把地道分成左右兩條，也伯拿下比亞耳朵的布塊，問他要走哪一條，比亞呸呸罵人：「笨蛋，布尬！」就是不回話。重新塞住比亞耳朵，解開尼耶矇眼布條，指著兩條路比手勢問方向，尼耶陰陰的眼光射出鮮豔的黃，朝右邊歪歪頭。也伯直接就把尼耶往右邊那條路口推，看到自己要做領隊走前面，尼耶停住腳不肯動，改往另一條路抬下巴。

矇住尼耶眼睛後，也伯決定走左邊。進去後地道加寬卻變矮了，要趴伏地上爬行，感覺地勢也向上升高。手腳被綁的比亞破口大罵：「切魯！渾蛋駝背。」整個地道裡嗡嗡響，都是他的聲音。

前進的速度相當慢，也伯需要提防比亞偷襲，這個烏莫人會用尖頭撞、張口咬，兇悍極了。比羅做記號時發現頭頂上有根草塞在角落小縫，拉出看，竟然打了結，有人留訊息在這裡：「救命！」

草莖還有些彈性，折下大概一兩天了，是野茼蒿，打結的手法卻很陌生，也伯皺眉頭。烏莫人不必留訊息，族裡米亞和馬里檢查地底通道，也不可能比自己還早遇上烏莫人，會是巡邏隊的人被抓了嗎？

「唷哩」「唷哩」，也伯往地道前方喊，黑暗中有「喀喀」「卡卡」的聲音，越往前聲音越清楚，是從身子底下傳出來。也伯貼地聽，地道下氣流嘶嘶聲很強烈，不但另有空間而且有很多會動的物體，那些喀卡怪聲外，還有水流滴落的兜兜兜回響。

「誰在底下？」也伯問。身旁比亞突然安分下來，似乎察覺到什麼訊息。尼耶把臉頰側轉靠著牆，這個動作引起比羅懷疑，跟著貼耳到牆上。耳朵裡沒有特別聲響，皮膚接觸卻發現有一道細溝槽，他插入手指頭試著挖挖摳摳，竟沒半點土屑雜物，以為是扇門，但扳不開也推不動。比羅才要招呼也伯來查看，尖頭人比亞猛然翻身朝上，踢落一堆塵土，也伯出手要抓那雙腳，比亞已經向後翻，雙手在地上一撐，硬是翻到也伯前方擋住通道。

「禿卡！」比亞掄起被綁的雙手往牆壁摸索。也伯眼光飛快掃過牆上，同時撲前抓人。比羅見到尖頭比亞的動作，趕忙出聲警告：「牆上有溝槽。」

混亂中，也伯被比亞用力推開，撞上後面過來的比羅，兩人跌在一塊兒。緊跟著，比亞退入黑暗裡沒了動靜，再看尼耶，竟然也消失不見，兩個烏莫人在他們身前身後同時逃掉了。

四面打量，也伯發現這裡寬敞高大，站起來頭頂上還有很大空間，不是剛才那條狹小地道。

「我們怎麼會在這裡？」比羅跟著站起身，這是另一條通道嗎？

「唷哩。」微弱招呼聲從前面傳來，一團模糊影子看不出是蹲或縮著。比羅先回應：「唷哩，比羅。」也伯想辨識聲音，卻想不出是誰，「唷哩。」他簡單回答。

人影稍稍動一下，聲音提高了：「唷哩，杜吉。」「真的是你嗎？那個好心的比羅？」

「杜吉？」聲音有點熟，也伯聽出是杜吉沒錯。

太意外了，比羅曾勸說流淚頹喪的杜吉回阿貝森林，還把樟樹柯拉的祝福——兩顆樟樹果子送給杜吉，想不到會在這種情況下再碰面。

「你怎麼了？」走近前看，杜吉蜷坐在地上，手腳沒有被綁卻挺不起腰桿。比羅伸手要扶他，杜吉忙搖頭：「別碰我，我身上有冰毒，可能會傳染。」聲音微微發抖，嘴巴鼻子呼出來的氣涼颼颼，跟尼耶的症狀很像。

「你被麻蛀蜥咬了嗎？」也伯蹲下來：「我是也伯。你的身體有什麼狀況？」

也伯？阿貝族長？杜吉睜大眼定睛看，嘴角微微翹，啊，他連笑都很吃力。

「我會冷，沒力氣。他們先抓一隻怪蟲咬我的腳，讓我血液凝住，失去溫度，等我快變成冰了，再給我吃一種果子，體溫又慢慢回復。」從被抓進來這裡，已經被咬了四次，一次比一次恢復的慢。「我覺得身體快撐不住了。」吃下果子後就想睡覺，每次睡醒都希望自己已經死去，不必再受這種折磨。「……醒來沒多久，他們就抓著蟲再來咬我……」說到這裡，杜吉直哆嗦。

比羅使勁按摩杜吉的腳。手掌心灼熱眼眶也溼熱，「別怕，我們不會讓烏莫人再傷害你。」他晶亮的眼珠帶著溫暖。「按摩後你就沒事了。等你站起來，我要抱抱你。」比羅衝著杜吉笑嘻嘻，他的笑容真誠開朗，感染了杜吉，覺得熱力在全身流動，挺起腰張開嘴「呵呵」「哈哈」笑出來：「好心的比羅，謝謝你。」

「你睡醒多久了？」也伯已經把四周檢查過，這是一個大空間，看不到門或出入口，烏莫人從哪裡進出呢？

舉手指向右邊，「那裡」，杜吉感到手臂不再沉重，手掌可以用力伸握了，他深深呼吸，吐出長長一口氣。「我醒來很久了，你們跌下來時我以為是那些人，不過他們都從那邊走過來，而且點著火把。」通常有兩個人，一個駝背，一個尖頭，眼珠子都黃得很可怕。

「布尬！」「切魯！」

突然聽到比亞咒罵聲，比羅停下按摩抬起頭。

「笨蛋阿貝人，呸！」

是尼耶的聲音，竟然從杜吉口中說出來，比羅嚇得停住手。「你……你是比亞……還是尼耶？」再看仔細，說話的人眼珠黑烏發亮，喔唷，「杜吉，你學的真像！」

「咦，你們見過那兩個人了？」杜吉忙道歉：「對不起，我只是想讓你們知道那兩個人的口氣。」

「那是烏莫人。我們就是追著駝背尼耶來的。你還知道些什麼嗎？」也伯的詢問打開了杜吉的話匣子，滔滔不絕說了一堆：

自從比羅送我祝福後，我就決心回阿貝森林。順著大河的流向慢慢走，野地裡常聽到奇怪叫聲，找了幾天只發現是在地底下，我於是跟著叫聲走，漸漸離開河岸，最後竟迷路了，在蘆葦和五節芒草堆裡打轉走不出去。

那片草原也很怪，沒有小蟲、鳥雀和小動物，連老鼠都找不到。好不容易聽到有人說話，我老遠就招呼，是個黑黝黝壯漢，帽子壓得很低，遮去半個臉，說是眼睛痛，怕光。我向他問路，這個人先帶著我走出蘆葦芒草叢，又指點我沿草原邊緣向西直走。

誰知道，他突然從背後偷襲把我打昏。等到有知覺時，人已經在地道被拖著走，之後那個莫滋把我丟在這裡……

「莫滋？」比羅和也伯同時出聲，真有一個黃眼烏莫人叫莫滋！

「偷襲我的人叫莫滋。」杜吉想起來搖頭苦笑：「他動作敏捷力氣又大，我打不過他。」

確定還有一個莫滋，而且不好對付，也伯腦子迅速思考下一步。

比羅的手炙熱無比。杜吉的腳趾頭正冒出白色冰冷的煙霧，左右腳各兩個趾頭，「從這裡咬的嗎？」看杜吉點頭，比羅細心再按摩腳掌，直到不再有白色冰霧飄出來。「好了。」

杜吉迫不及待站起身，踏腳踢腿彎腰轉體，肌肉骨頭關節都配合動作，靈活有勁，啊，他一把抓握比羅胳臂：「謝謝你，謝謝。」

給杜吉一個緊緊擁抱，比羅的笑容像陽光：「真高興你站起來。」

「杜吉，歡迎你回阿貝。」也伯雙手拍胸「唷哩」「唷哩」連踏兩步後，一手握住杜吉肩膀，一手搭在他胸口，炯炯目光注視杜吉的眼，誠懇說出這個遊子最渴望的歡迎詞：「阿貝森林需要你。」

挺起胸口，杜吉清澈雙眼迎著注視，無聲笑容傳達了感激和祝福，這個時刻，多話的杜吉反而說不出任何言語。

水牢

闖入烏莫人的地道後，也伯和比羅巧遇被囚禁的杜吉，解除杜吉身上的冰毒，三個阿貝人設法要找出更多烏莫族的秘密。

「要先找出陷阱的開關。」比羅先前摸到牆壁上細溝槽應該就是開關，比亞消失前也是在牆上摸，可惜不知道怎麼操作。

站在尼耶、比亞出入的右邊角落，也伯果真摸到牆上有溝槽，在溝槽附近牆上按按碰碰，有兩個稍稍鼓起的地方很可疑，他先朝右上方那一處壓，似乎聽到「卡」一聲卻沒什麼反應，用勁再壓，右邊牆壁有了聲響，「卡卡卡」裂開一條縫，透出閃爍火光。

小心往裡看，三人同時打冷顫。那是又一個房間，門邊插著火把，已經快燒完了，室內地上全是怪蟲麻蚌蜥，數量多到互相爬疊推擠，嗤嗤喀喀像在磨牙又像在低吼，有不少肚子鼓脹滴出黏液，腥臭味聞了想吐。「趴」「趴」，兩隻麻蚌蜥掉落在他們腳前，三個人慌忙退後，也伯趕快去按開關要關門，仍有一隻麻蚌蜥追出來。

「走開走開！」比羅急著伸手推擋，那雙手掌霎時紅通通，黑暗裡像兩塊燒紅的柴火揮來揮去，把麻蚽蜥嚇退回到門後房間內。「卡卡卡」門關上後，他們不約而同喘口氣。

這整個房間的麻蚽蜥若放進阿貝森林，想見得到阿貝人會有多棘手，何況牠們有不少都正要產卵，啃咬樹皮的破壞力更是難估計。也伯明白自己得盡快脫身回到阿貝森林，告知族人並討論對付的方法。

杜吉看著比羅那雙紅通通像柴火的手掌連連眨眼，原來比羅的手掌能發光發熱，難怪被他按摩後，麻蚽蜥的毒性就化成白煙霧消解掉了。

也伯伸手再按左邊開關，一片門無聲無息滑開，露出一條通道。剛要跨出腳，地道裡響起腳步聲，也伯機警的閃身關門，指指先前倒臥的地方，示意杜吉繼續假裝昏睡，他和比羅一左一右緊貼牆。

腳步聲停下，門開了，「尼耶？」「比亞？」那個人不進來，只在門外喊。杜吉手腳蜷縮靠牆側臥，臉朝著門，手臂僵直擱在臉上，沒動。

「比亞？」「尼耶？」提高聲音再喊，那個人似乎準備離開去找人。杜吉大著膽子學尼耶說話：「笨蛋，呸。」

「尼耶？」聽到聲音，那個人驚訝的走進來：「你在哪裡？比亞呢？」把握機會，也伯用力撲前推倒那個人，比羅先把門關上再來幫著抓人。

「是誰？」突然被攻擊，那個人猛烈反抗，手一撐腰一挺，硬生生把壓在身上的也伯翻倒在地。比羅抓他的腳卻被踢開去，幸好杜吉適時扶了他一把才沒撞到牆。

「唉！」杜吉拉起比羅搖頭嘮叨，年輕人沒打架經驗，不會打人也經不起打。

回頭來看，也伯跟那人還在互相扭打摔角。「莫滋！」聽到聲音看清楚臉孔，杜吉、比羅先後認出這個人。

杜吉繞到背後，彎曲手肘跳起來朝莫滋後腦重重一記：「這一下還給你。」他把莫滋偷襲的手法學一遍。

孔武有力的莫滋腳一軟手一鬆，整個人趴掛在也伯身上。

「怎麼處理他？」杜吉問。

沒有繩子，只能把莫滋衣褲撕下來綁人，手腳綁住，眼睛住耳朵塞緊，不給看也不給聽，這樣至少能把他困住一段時間。

杜吉隨手扯下莫滋脖子掛的一個圓牌，「做道具很管用。」杜吉說。

開門出去，也伯朝莫滋來的方向走。安靜通道裡偶爾聽見狂吼，和「沙沙」的東西拖行聲，正是也伯和布耶一行人探查邊界時聽見的古怪聲響。

認清聲音方向，他們彎入岔道另一邊的房間。「嘻呀……」「哈哈哈……」陰森森冷笑從半掩的房門衝出。

「讓我來。」杜吉做手勢。小心把門先推開些，確定門後沒躲著人，再把門完全打開，房裡的景象立刻清楚看見。

空空無物的房間，壁爐裡火燒得很旺，一個壯漢兩眼直瞪火光，沒有任何表情的挺站在牆邊，是波阿，尼耶說他是呆子，這模樣更像個沒有生命的塑像！

地上坐著就是阿大了。長辮子早已解開，披頭散髮蓋著頭臉肩膀，又哭又叫，一會兒捶地一會兒抓頭髮，又兩手撐地繞圈遊走。他的下半身癱了，雙腿在地上拖行，狼狽吃力喊：「走啊，走快點。」

三個人慢慢退出門外。雖然已聽尼耶說過阿大瘋了，但他猙獰凶惡的表情，還是讓人有被攻擊的威脅。

地道裡髒亂不堪，泥土、碎石礫加上粗粗細細隨意竄長的樹根，腳底踩起來凹凸絆扎，橫斜垂掛的根鬚有些粗到會勾吊脖子，不時要矮身鑽爬或抬腿跨越。很多小動物的毛皮屍骨散落各處，招來蟲蛆螞蟻，空氣比麻蛀蜥腥臭味更難忍受。

比羅走在最前面，發覺地上有水，他停住腳。地道積水並不奇怪，「ㄅㄧㄛㄅㄌㄧㄅㄅㄧㄅㄌㄨㄛ」，蹲在水邊，比羅輕聲朝水面說話。

黑暗中水聲波兜波兜，似乎在回應比羅。詫異的聽著，也伯和杜吉看出比羅是在跟水交談，雖然不知道說了些什麼，但是比羅有時點頭有時驚訝，水聲有時輕細有時悶濁，仍可以感覺出情緒有變化。

「波些波些。」比羅站起身向水鞠躬。看他這麼做，也伯、杜吉也跟著鞠躬。阿貝人跟天地萬物友好，水也是阿貝人的朋友。

「烏莫人用咒語鎖住這些水，做成水牢，它們很想回地上去。」比羅把水提供的消息一條一條說出來。

「渡過這些水，那裡有開關可以通向地面。水很深，他們可以幫忙抬一個人過去。」

「烏莫人驅趕土撥鼠為他們挖這條地道。」

「夜空飛奧蝙蝠，地底爬痲蛀蜥，是烏莫人養的怪物。」

「奧蝙蝠」，這又是什麼怪物？也伯想到被咬掉花苞果實的樹木，它們說的怪東西是這個嗎？

指著水，杜吉問：「知道要怎樣解開咒語嗎？」這些水也許能幫忙趕走烏莫人，至少，「別讓它們被烏莫人利用了。」揮著圓牌，杜吉又激動補上一句：「像痲蛀蜥！」

是有道理，但……比羅剛開口，水又兜兜快速跳躍。什麼事？比羅蹲下來傾聽，兜兜聲密集連串，好像人興奮或緊張，劈哩啪啦說話。「啊」了一聲，「波窩波師波師波刊！」比羅站起身來。

「水說這種圓牌有烏莫人的咒語，丟入水中就可以命令水做任何事。」比羅這話把杜吉嚇一跳，仔細翻看那塊牌，有一面凸起幾個點，另一面畫一個人朝地上吐口水，這塊木頭牌子竟然是咒語！

「有辦法解開嗎？」也伯接過牌子檢查。畫中吐口水的人，應該就是當初發毒誓的烏莫，那幾個點摸起來粗糙扎手，是幾個小圖案。這咒語是要唸出聲，或是要比手勢、做動作呢？

「看守水牢的兩個烏莫人也有這圓牌，得要三塊牌子同時燒掉才行。」比羅抓抓頭，這有困難，「我沒答應，只能說我試試看。」

「或者，我們應該分開進行。」杜吉明白比羅的意思，唯一的方法就是也伯先回阿貝森林，帶領族人盡快作好防禦應敵的準備，「我和比羅繼續查探地道，設法再拿到另外兩塊牌子。」

這樣的建議出乎也伯意料，「不行！」他把頭搖了再搖，要他留下族人面對危險，自己卻先離開？「我不能這麼做。」身為族長，保護每個族人是他的責任。

「沒錯，所以你要趕快離開這裡回阿貝森林。」杜吉冷靜分析：阿貝森林和族人都不知道烏莫人的恐怖武器和陰險計畫，他們更迫切需要保護。比羅和杜吉留在這裡可以作內應，把烏莫人的動靜設法傳回去，何況比羅不怕麻蛀蜥又能和水交談，杜吉會模仿、善應變、能打架，怕什麼？

這些話頭頭是道，說得也伯無法辯駁。看也伯不再堅持，杜吉話頭一轉：「你一個人能安全回到阿貝森林嗎？」他故意這麼問也伯，半是關心半是激將。

微微笑，也伯向杜吉比羅點頭：「謝謝你們，請盡快回阿貝森林來。」

勇闖地道

在烏莫地道裡探查遇見一灘水，比羅跟水交談，知道烏莫人用咒語拘禁它們做成一座水牢，唯有燒掉烏莫人的令牌，才能解除咒語的魔力。

「請幫助我們。」「我們不想留在這裡。」水聲滴滴兜兜，爭著訴苦請求。

幫助所有生命是阿貝人的信念，可是要怎麼拿到令牌好讓水得到自由呢？

才剛商量出個結果，也伯瞥見前面漆黑中兩個黃色光點，他警覺的抓起比羅雙手反扣，「布尬！」「找死啊！」口中粗魯罵著。

「咦，怎麼……」比羅莫名奇妙，也伯幹麼裝腔作勢啊？

機警停步、刻意躲到也伯後面，老經驗的杜吉才蹲下來，前頭已經有人說話：「誰？」「阿貝人為什麼在這裡？」聽聲音竟然有兩個人，第二人尤其嚴厲。

「哼，禿卡。」也伯一逕罵著，作勢推一下比羅肩頭。

「阿貝人闖進來了，你們不知道嗎？」也伯低著頭，提高聲調凶巴巴斥罵那兩人：「你們剛才跑去哪裡？」

比羅恍然大悟，立刻扭動身體像掙扎要逃跑：「放開我。」一邊喊一邊抬腳亂踢。

「咗，該死，你的同伴呢？還有幾個？切魯！」也伯盡量垂眼低頭，不讓眼睛被看到。

「天神懲罰你們！」比羅故意大動作扭踢，掩護背後也伯，趁機會罵烏莫人：「不愛森林的人，阿貝不歡迎你們。」「我的族人跑掉了，你們抓不到的。」「滾出森林，阿貝族命令你們滾出去。」

「禿卡！」「切魯！」也伯氣呼呼罵兩個烏莫人：「還不去追？你們把敵人放走了，搞什麼鬼？」

兩個烏莫人互相看，聲音變小了：「沒有人跑過去啊。」「我沒有聽到水聲，這裡都是水，人過不去……」

比羅隨口說：「水是阿貝人的朋友，哈哈，阿貝人才不會欺負水。」他試著抬腳往前去踢那兩個人，逼得他們往後退往旁邊閃，水聲「潑拉」「潑拉」響。

「笨蛋，還不去找！」也伯一邊揿按比羅的腳，一邊大聲吼：「叫麻蛀蜥咬你……」

聽到「麻蛀蜥」三個字，兩個警衛慌忙移動腳步，踩著水「潑拉」「潑拉」幾聲，人往上一翻，不見了。

也伯放開比羅，嘴巴繼續罵人：「什麼東西？」「找死啊！」順便揮手敲兩下，牆壁「蓬蓬」震響，比羅故意跳腳喊：「放開！」「喔！」「啊！」「哇！」又大聲喘息，心中祈禱那兩個烏莫人跑遠一點。

確定暫時沒問題了，杜吉走過來，「趁現在快走吧。」他提醒也伯。

不管是離開或留下，彼此都面臨危險，也伯由衷感謝杜吉和比羅。「多保重，快快回來。」踏地三下，也伯照比羅的說明仰臉躺入水中，「ㄅㄧㄛㄅㄌㄧ……」比羅跟水說了幾句，只見也伯靜靜漂浮，很快被水推入前方黑暗裡，杜吉耳朵貼著牆，一會兒後，「叩叩」聲傳進耳朵：「平安，再見。」

「他出去了。」低聲說完，杜吉突然推推比羅，小聲催促：「有人來了！」「快裝昏倒。」

啊，比羅剛聽懂意思，頭頂上已經跳下一條人影：「被騙了，可惡混蛋……」

杜吉撳低比羅的頭，接口跟著喊：「混蛋，快來幫忙。」一邊彎身搬動比羅。

那守衛愣一下，「喂，我以為被騙了。」

「布尬，混蛋，不來幫忙嗎？我真的去抓麻蛀蜥來。」杜吉閉著眼雙手一陣揮舞，比羅軟塌塌的身體拖起來很吃力，不用假裝就已經夠杜吉手忙腳亂喘噓噓了。

不甘不願站過來，那人還要囉唆，杜吉搶先發令：「你抬他的身體，我抬腳。」

「什麼東西！兩隻腳真會踢，差點把我踢瞎了。」「呸，禿卡，看我怎麼修理這兩隻腳！」他哩哩嘮嘮說了一長串，那人根本沒有開口接腔的機會，只能被動的聽杜吉指示，傻傻抬起比羅胳臂。

哇，好重。姿勢還沒調整好，杜吉又緊催著：「走走走，快走啊。」又是推又是拉，弄得那個守衛踉踉蹌蹌，腳步不穩。

捏捏比羅腳踝作暗號，杜吉把人往前猛力一推，比羅猛地抓住守衛往下拽，那雙發熱的手掌嚇得守衛以為是刀子割切皮肉，杜吉「混蛋」「混蛋」假意罵著，抓起地上泥土趕過來朝守衛臉上扔撒。

泥沙進了眼睛痛得守衛哀哀叫，瞎摸著看不見，只聽到杜吉喊：「可惡，還想跑。」腳步聲在他身邊亂響，身上被撞被摸，「喂，做什麼？」伸手想擋卻被猛的撞退幾步，頭結結實實碰到硬土塊，昏了。

總算解決一個，杜吉上前搜烏莫人身上的牌子。「這裡出了什麼事？」背後冷不防冒出嚴厲的聲音，糟糕，另外那個守衛也來啦。

比羅撲上來從背後抓住杜吉，瘋狂大喊：「滾開，烏莫人，我跟你拼了。」杜吉假裝掙扎扭動，順勢取下守衛脖子掛的圓牌，嘴巴沒閑著：「呸，切魯，找死的笨蛋。」他凶狠粗暴的口氣像要把人吃下肚：「你還有多少人？叫他們都出來，禿卡！」

兩個人抓扯翻滾，故意往水邊靠近，第二個守衛看得不耐煩，「喂，你真丟烏莫人的臉，走開，讓我來。」一手推開杜吉，一手揪住比羅的頭髮就往自己膝蓋砸。

這個人出手狠抬腳又快，比羅逃不脫他的毒招，一頭撞去，淒厲慘叫後守衛摔開比羅。只見比羅軟了身子跌坐倒地，雙手掩著臉痛苦蜷縮，全身不停抽搐。杜吉再顧不得偽裝，跳起身用盡力量朝守衛後腦重拳敲下。

「你……怎……麼……」守衛痛得回頭罵，迎面又一個重拳捶砸過來，他話沒講完也倒了。

想都沒想，杜吉又朝那守衛補上一腳，扯掉他脖子的圓牌。背起比羅，杜吉回頭往阿大、波阿的房間就跑。

地道裡障礙多，背著人要蹲爬跨抬都很困難，杜吉一腳高一腳低走得辛苦，再怎麼小心，仍有好幾次被樹根勾絆碰撞到。

比羅低低呻吟著，昏昏沉沉只覺得體內有熱氣往頭上衝，像要把腦袋頭殼鑿開一個洞。「放我下來……」「放我下來……」他需要安靜休息睡一覺，「別跑了，讓我下來。」真的，別再跑了……垂下手臂，比羅從杜吉背上緩緩滑落，不再呻吟。

杜吉停住腳，很快打量周圍，地道對側靠牆有一

處較平坦，正好被橫斜伸出的粗大樹根遮住。把比羅拖到這小塊地上讓他平躺後，杜吉難過的輕撫比羅臉龐。那流血的鼻子，鼻尖撞歪了；總是熱誠微笑的嘴，兩片唇腫脹；右臉頰凹陷，右眼也流血，整張臉變了形。再回想烏莫守衛的動作，杜吉忍著淚哽咽輕喊：「比羅，比羅。」你怎樣了？好心的比羅，你要好起來，陪我一起回阿貝森林，不要讓我孤單面對族人悲傷的眼神啊！

雙手貼胸，杜吉虔誠為比羅祝福：「天神奧瑪，請祢照看比羅，讓他好起來，重新微笑、重新奔跑，為阿貝森林奉獻。請祢，天神奧瑪，照看這個勇敢的比羅，讓他趕快好起來。」

在外流浪許多年，杜吉始終獨自一人，心情低落時，他就專心跟天神說話，用自己的方式向天神奧瑪求助。現在，給他希望和友情的比羅受傷昏迷，心痛不捨的杜吉只能拜託天神了。

打起精神觀察這地道走勢，杜吉很快看出蹊蹺，樹根遮住的這小塊地沒有碎石砂礫，不僅稍稍凹曲，岔出主要通道，而且也較高。再看一眼後，杜吉很確定，樹根後應該有通道或是房間！伸手去摸，果然，這一面牆不是土塊而是另一條更大的樹根。就在兩條樹根交錯處，他的指尖摸到一個凹洞。杜吉把手掌伸進去，裡頭是空的，但洞口小，往左右都推不開，人怎麼進去呢？

還在傷腦筋，水牢那邊隱約有叫喊聲，糟糕，那兩個守衛醒來在追人了！杜吉情急跺腳猛推樹根，竟然凹洞裂出大開口來。看進去是一個黝黑空間，沒時間細想門是怎麼開的，也不管那裡面會是什麼狀況，杜吉抱起比羅躲進黑暗樹洞中。

解開令牌咒語

在烏莫地道和水牢守衛一番打鬥，取得令牌後，杜吉抱著受傷昏迷的比羅匆忙躲進樹洞中。聽見烏莫人的喊叫，杜吉心口狂跳，祈禱比羅別在這時候呻吟出聲。

樹洞口敞開，可以看見兩條人影停腳交談，就在杜吉藏身的樹洞前方。「噢，天神奧瑪，請保護我們。」杜吉心裡不斷唸著。千萬別讓那兩個人再向前走，千萬別轉頭往這邊看……

「巴以，看，這地上。」這話嚇出杜吉一身冷汗，地上有腳印嗎？

「看到沒？毛皮、骨頭，這些都是麻蛀蜥吸飽血和肉留下來的。」憤怒的聲音說：「還要叫麻蛀蜥咬我們，呸，何必幫波阿他們抓人。」

「啊，麻蛀蜥！」巴以似乎很畏懼，頓一下，巴以問：「沙夏，那，密令怎麼辦？」

「別管了，走吧。」人影移動，沙夏和巴以轉身走回去，「只要不讓人闖入水牢，誰會知道密令不見了？而且，也可能在打鬥時掉進水裡，不是嗎？」粗濁的聲音漸漸模糊。

直到完全聽不見聲響，杜吉才放心呼氣，感謝天神奧瑪！

定下心後，他把眼光投向身旁。四周摸一遍，手指頭碰到的全是樹根，糾纏盤結剛好做繩梯，巧妙極了。可是洞口開關在哪裡呢？杜吉試著抓幾條樹根想遮擋一下，不料樹根彈脫開，洞口神奇的閉攏留下小洞，只能讓手掌進出。原來掰動樹根就能使連結的樹藤開合，設計得真精巧！

原本，杜吉想把三塊令牌丟入瘋子阿大房裡的壁爐燒個精光，現在他改變心意了。如果這條通道能通向地面，那麼自己可以背著比羅趕快離開烏莫人的勢力範圍；萬一這通道又連接別的處所，那麼，比羅也不能在這裡休息太久，因為隨時會有烏莫人來到這兒。

「比羅。」他輕聲低喊，比羅稍稍挪動一下嘴唇，眼皮眨了眨。

「比羅，你在這裡休息一下，我先去探路。你等我，別擔心。」知道比羅神識清楚，杜吉附在比羅耳邊悄聲說完，用手按地三下，抓著樹根往上爬去。

黑暗空間裡，比羅靜靜躺著，體內的熱流都匯集到頭部，爭著要衝爆出來。他勉強抬起手抱住頭殼，「別擠破我的頭！」迷濛間只有這個意念，但熱力貫穿腦殼跑進他手中，喔不對，是他手中的灼熱和體內氣流會合了。頭、臉、手、身體、腳，全身慢慢發熱，熱力在體內流動，好像水流過大地。

昏沉中，比羅看見邦卡大河，看見阿卡邦灣，看見湖，看見魔洞山的瀑布。清清楚楚感覺水珠滑過皮膚，水流漫過身上，清涼舒暢，不再昏沉，不再皮肉疼痛。躺著的比羅似夢似醒，水的透心冷冽解除腦袋昏沉悶脹。呼吸慢慢輕，輕到沒有氣息在鼻孔進出，他的鼻子挺直、嘴唇消腫、臉頰飽滿，受傷的臉已回復原來模樣。

「水晶兒！」不知哪裡發出呼喊，比羅聽到這樣的聲音：「水晶兒，該到水晶森林繼續你的工作了！」是河水的說話嗎？又好像奧蒙皮書的神蹟，一團金光在他體內爆開，白熾光亮之後他浮懸在寂靜虛空裡。

他飄浮著，沒有任何念頭，鬆垂了頭頸、軀幹、四肢，在空無中隨意變換形狀，直到成為一滴水！

他應該就是那滴水，但比羅發現自己正看著水滴。「喝下它。」一個聲音在心裡催促，比羅張開口含住水滴，清涼滑進喉嚨、腸胃、血管、毛孔，全身通透著活力。金亮耀眼的光從身上發散出來，接上了聖鳥的金光和奧蒙皮書的神光，白熾炫目得回射向比羅，他看見大地、河流、森林、樹木、飛鳥、走獸；他是風、是雨、是露水，拂觸過每一樣事物。失去形體的比羅照亮了每一處黑暗，隨他心念所到，全都光亮鮮明。

安詳平和的氣氛裡，隱約有悠揚歌聲，聖鳥的呼喚從虛無中傳出來，漣漪般擴散震盪。喜悅的情緒盈動，比羅融入天地化成聖鳥的歌：「歐——嘿荷」，輕靈昂亢的聲音迴響在光亮中。聽到這歌聲，比羅倏地醒來，睜開眼，神識一點一點回轉腦海裡。平和喜悅還在，活力靈巧也在，卻明顯有些什麼不一樣了！困惑的坐起身，摸摸頭臉、身軀、四肢，隨口問：「杜吉？」

「比羅！」驚喜聲音從頭頂傳來，杜吉攀著樹根三兩步跳下來。「你醒了？好一點沒？我找到出口了，我們現在就出去。」一連串話還沒說完，杜吉就蹲跪身子要扶比羅，雙手一抬，比羅身體離了地。咦，那身子輕飄飄沒重量，像抬空氣！

吃驚的不只是杜吉。比羅在這個瞬間看見自己往上飄，幸虧杜吉穩穩抓住他胳臂，讓他懸空直立。

喔，「杜吉，你在變魔術嗎？」比羅輕快的話語稍稍安慰了杜吉。這個喜歡模仿的好人仔細盯著比羅瞧了又瞧，確定自己再怎麼練習也學不來比羅的樣子。

「你完全好了？」杜吉話裡充滿疑惑：「你怎麼做到的？」

比羅先前歪斜瘀腫的眉眼鼻唇和臉頰，已經回復原本潔淨端正，那慧黠的眼珠炯炯有神，全身泛著淡淡光暈，尤其臉龐上寧靜純真的神情，牢牢吸引杜吉的眼光，久久無法移開。

「你不放我下來嗎？」迎著杜吉的注視，比羅從容輕鬆問完，身體立刻落下，腳踏著地。杜吉絲毫感受也沒有，彷彿雙手本就空的，可是他拳握的手指並未張開。

眼睛眨了又眨，杜吉摸著比羅，觸手是溫暖柔軟的感覺，肌肉筋骨都有彈性，但為什麼比羅輕得沒有重量？全身還會發亮！柔和朦朧的光並不刺眼，卻覺得比羅看上去虛幻不真實。

「我們現在該做什麼？」比羅這問題把怔愣失神的杜吉拉回現實。

從身上掏出三塊刻畫了咒語圖案的圓牌，杜吉說：「附近只有阿大的房裡有火，可是烏莫人一定正在搜查，最好是先出去再燒了它們，免得增添麻煩。」杜吉指著頭頂：「我們走吧。」

喔，三塊牌子都到手了嗎？

接過杜吉手中三塊圓牌，比羅搖搖頭，「我們暫時還不能離開。」

刻了咒語誓言的牌子帶有魔力，拿著它們到處走，恐怕還是會驚動烏莫人；而且解除咒語禁令後，水牢的水若任由它們到處溢流也不妥當。

比羅神情中有一種篤定和智慧，讓杜吉跟著冷靜輕鬆下來，「也好，我們還需要多打聽些烏莫人的計畫和秘密。」

只不過，比羅這一身亮光在黑暗地道裡太顯眼了。「你能藏起來嗎？」杜吉開玩笑問，誰知比羅果真從他眼前消失。噢，「比羅！比羅！」杜吉大驚失色：「別躲了，出來吧。」「比羅，你在哪兒？」

一團火焰突然亮在他鼻尖，燒出腐爛惡臭的味道，嗆得杜吉想嘔吐。陣陣黑煙不時遮住光，火舌努力伸展，衝出黑煙包覆。是什麼燒起來了？樹根嗎？還是……比羅？

「比羅？」隨著杜吉呼喚，一個淡淡光暈的人形出現了，是比羅，火焰從他手掌竄長，黑煙也從他手掌冒出。明滅閃爍的火舌像在說話，黑煙又把聲音飄遠、衝散。杜吉確定聽到了煙裡有怒罵和哭泣，像來自夢境那樣悠悠忽忽、不真實的喃喃聲響。

煙，逐漸減少、變薄，紅紅火焰變成白熾亮光，杜吉看清楚是那三塊牌子，如太陽照耀下的水面，在比羅手掌裡流晃。

「ㄅㄅㄧㄝㄅㄏㄨㄤ……」輕聲跟水說了一大串話，比羅重新露出笑容：「波啃波哩波些波些。」

話聲停止後，一切回復原樣。沒有火焰，沒有黑煙，比羅渾身透著光，三塊令牌在他手上。

「它們有魔力！一隻手抓住我，要把我拉進去。」「我請天神幫忙，讓光燄趕走那邪惡發臭的煙。」烏莫的詛咒應該解除了，「水爭著要脫離，我請求大家暫時留在原地，免得驚動烏莫人。」

簡短解釋完剛才的情況，比羅把令牌遞給杜吉。

木牌兩面摸起來光滑平整，原先凸起扎手的圖案沒有了。

「感謝奧瑪！」杜吉和比羅同時說。哈，有默契，杜吉高興得擁著比羅，能有一起拼鬥的朋友真好。

回阿貝森林

烏莫地道的樹洞中，比羅和杜吉擺脫咒語的魔力，順利燒化了令牌。兩個好朋友為此歡呼擁抱，但是，杜吉抱了個空。比羅變成一團人形的光，漸漸模糊了臉孔，沒有柔軟溫暖的肢體軀幹，杜吉在那光暈裡看到自己的手，比羅不在了！

似乎有些明白，杜吉眼眶熱熱濕濕，哽咽的低喚：「比羅！」噢，好心的比羅，你是因為救我才消失；天神奧瑪，你把比羅帶走了……

說不出話的杜吉擦去淚水，努力看清楚那一團光暈，現在，它只剩下淡淡白白的霧氣。

「別讓我孤單面對悲傷……」「陪我回阿貝森林！」杜吉咬著嘴唇、仰起頭，忍住淚水忍住哭泣，但他忍不住心中巨大的悲傷。

「杜吉，聽我說。」淡白霧氣裡比羅的聲音傳出來：「我有另外的任務，水晶森林等著我去工作。」一樣開朗聲調、熟悉的口音，好像人就在旁邊，躲在霧裡沒有現身。

杜吉冷靜下來，牢記著比羅的每一句話：「把波阿和阿大帶回阿貝森林去。動作要快，回阿貝森林去。告訴姆姆、老爹和也伯，水晶兒去工作了。」

「回阿貝森林去。」「回阿貝森林……」白霧縮小再縮小，杜吉的心跟著揪結，伸出手想捧住那棉花球般的白霧。來不及了，霧氣完全淡化消散，只在他右手心裡留下一顆滾動的水珠，像那天好心的比羅送他樟樹果實。「祝福」！是的，這是比羅留給杜吉的祝福。

「唷哩，謝謝。」杜吉彎腰鞠躬，虔誠的吞下那顆水珠，如同地底動物喝下春神賜予生命活泉。「好心的比羅，我會照你的話去作，感謝你。」默默在心裡說完，杜吉低頭沉靜片刻。

比羅的要求很特別，雖然不明白用意，但杜吉仍舊來到阿大房裡，用那三塊木牌先把阿大打昏，再揹起人來。波阿可以自己走，可是要有人帶領，杜吉在房裡發現一把刀子，割斷阿大長長頭髮搓成繩索繫在波阿手上。背上揹一個，手中牽一個，杜吉喘著氣沒空再悲傷，比羅說得對，動作要快，萬一阿大醒來就難做事了。

這個樹洞通道若直直往上不進入其他岔出的洞口，最後會來到地面，出口在幾棵榕樹條垂的氣根之間，很巧妙的設計。抓著樹根爬，邊要注意背上阿大不滑脫，還要頂頂波阿，催促他往上，杜吉全部精神體力都放在這件事。

半推半拉，把兩個烏莫人從樹洞通道帶出地面，杜吉幾乎要癱趴了。空氣涼爽，太陽剛露臉，確定阿貝森林的方向後，杜吉振奮精神繼續趕路。

聞著草香，吮著葉尖上的露珠，甘甜的汁液潤澤了杜吉的唇舌、喉頭，思緒跟著暈染開來。和也伯在水牢分開多久了，一天、兩天或更久些？遠遠看見楠樹歐拉高高樹頂，杜吉停住腳。阿貝森林這麼多年都在心裡；曾經用歐拉賜給的一截樹材做成木笛；不管流浪到哪裡，目光總是找著歐拉身影……長久來的思念一幕一幕閃過腦海。

「歐拉！」他輕輕呼喚，一邊掏摸口袋，找出自己貼身藏放多時沒動用的木笛。杜吉苦笑，離家流浪，什麼成就也沒有，如今恐怕連木笛都也吹得生澀喑啞、技巧退步了。

低頭倚靠在樹幹，杜吉面容凝重咬著嘴唇，再度想起勸他回家的好朋友比羅。冷硬的木笛碰觸到臉頰，杜吉忽然想起，忘了把比羅的木笛帶回來交給也伯！木笛是阿貝人重要的信物，跟著主人不離身，也要隨主人逝去一起埋入土中或燒毀。比羅變成光神奇消失後，他的木笛呢，會不會留在樹洞裡？若是被烏莫人拿去胡亂使用就糟了。

「回去找！」他收起木笛邁開大步。

幾乎是同時，後腦勺淒厲怪吼嚇得杜吉頭皮發麻，頭髮被揪扯向後拉，一隻手冷不防抓住杜吉脖子用力扭轉。瘋子阿大醒了，野獸般怪叫，強有力的雙臂硬攀，整個身體糾纏在杜吉背上，怎麼也甩不下來。

掰不開阿大緊扣的手臂，杜吉被勒得又嗆又咳，腳步踉蹌撞倒波阿，三個人跌在一塊兒。這一摔讓阿大鬆了手，杜吉趕忙滾到旁邊，還沒喘過氣，阿大又伸手來抓，黃眼珠兇狠狠瞪住杜吉。

混亂裡杜吉朝阿大一陣拳打腳踢，等到拳揮空了腳踢空了，他虛脫的張望，進入眼裡的是兩個黑眼珠。

「比羅？」

「唷哩，布耶。你還好嗎？杜吉。」

裁縫布耶嗎？那個瘋子呢？「你怎麼在這裡？」杜吉坐起身，呆呆看著布耶。咦，還有別人，「魯旺。」「波里。」矮胖的魯旺，眉毛特別濃黑的波里，正把阿大抬上擔架。「唷哩，唷哩。」「歡迎你回來。」兩人邊忙邊笑嘻嘻打招呼。「杜吉，好久不見啦。」波阿後面又閃出一個人來，兔子一樣的大門牙。「羅浪！」認出這些人，杜吉高興得笑：「你們怎麼來了？」

「呵呵，這裡鬧得小納可都驚醒了，不來看看行嗎？」

「哇，這個人叫得全阿貝森林都起雞皮疙瘩，他怎麼了？」

「走吧，回阿貝森林去，也伯和族人都在等著。」

幾個人搶著說，杜吉聽得心頭熱熱的，眼裡也熱熱的，搖搖頭，告訴大家：「這兩個人也伯認得，是比羅要我把他們帶回阿貝森林。」指著擔架上的阿大，他問：「有繩子嗎？這個傢伙要綁緊，他瘋了，蠻力嚇人，千萬小心。」

「比羅呢？」看魯旺跟波里跑去採樹藤，布耶隨口問。

「比羅要我轉告也伯、姆姆和老爹，水晶兒去工作了。」杜吉鄭重拜託布耶：「這話麻煩你跟也伯說。」

什麼意思？布耶瞪著杜吉：「你不跟我們一起回去嗎？」

「我……」杜吉望著來時的草原，「我要回去，找比羅……」

「不行！」大聲打斷杜吉的話，布耶板起臉：「也伯說，不管誰見到你或比羅，都要立刻送你們回森林，不能讓你們再去冒險。」

「可是比羅已經……」

「回去再談。歐哈兒、哈吉都回來了，很多事情要做，你想溜開不管嗎？」布耶說得杜吉心裡叫苦，還想開口：「可是，木笛還在那裡……」

「先回去見了族人再說。」緊緊挽住杜吉的手，布耶安慰他：「別擔心比羅，天神會保佑他。」

低下頭跟著，杜吉忍住淚水，回家的心情為什麼這麼沉重！啊，比羅，為什麼要讓我獨自面對大家的悲傷……

趕路的步伐因為空氣中的煙燻味停住，側耳聽，沒有動靜，但空氣裡若有若無的燒炙味令人不安。魯旺和波里放下擔架，很快向兩旁草原搜尋，羅浪爬往最靠近的桉樹頂梢瞭望。目力能看到的範圍都沒有異狀，不見鳥兒昆蟲驚嚇亂飛，草原很平靜，看不到草叢草堆搖晃仆倒，也看不到任何黑灰或淡白煙氣。

布耶趴下身，耳朵貼地聽了一會兒，起身後兩道眉毛揪在一塊兒：「那頭地底下有古怪。」他指的方向正是烏莫人藏身處所。

杜吉想到自己探查時的發現，急得催促大家：「快走，快回去，我得跟也伯報告……」不用他多說，魯旺、波里抬起擔架，羅浪牽起波阿、布耶、杜吉殿後，五個阿貝人放腳飛奔，一陣疾風亂捲，衝進森林邊緣的灌木密叢。

灌木叢下一對竹雞被驚得拍翅竄逃，在阿貝人跑過之後吱喳抱怨：喔，會被嚇死！阿貝人這一兩天怎麼變得莽莽撞撞呢？

昨天清早，這對竹雞從窩裡走出來找食物，一隻大老鷹尖聲嗥叫撲掠下來，巨大翅膀颳起強風，把牠們嚇回窩裡。老鷹的利爪抓著個籃子，放下籃子後沒停留就離開。籃子裡走出兩個阿貝人，戴帽子的那個居然還蹲下來說：「對不起，嚇到你們。」竹雞看著他們走進森林，不明白阿貝人怎麼敢讓老鷹抓著飛上天。

今天這群人又像颳風一樣，橫衝直撞，沒個道理的硬踩跨過牠們正在抱蛋的窩，搞得竹雞心神不寧，覺得應該搬家，換個更安全的地方做窩。

離開烏莫地道回阿貝森林後，也伯立刻召集族人，把黃眼小矮人烏莫族的作為，連同麻蛀蜥、水牢等探查發現說清楚。顧慮烏莫人可能從地道侵襲，他要所有阿貝人都遷移到地面上，地底的家封牢，地道裡的動物也被通知盡量離開。

阻止麻蛀蜥怪蟲的方法是火把，但在森林中用火得要小心，大夥兒商量出辦法：挖壕溝。如果烏莫人和怪蟲由地面來，壕溝可以困住他們，用火把阻擋也較好控制。巡邏警戒的範圍集中到阿貝森林東、北兩面，地上地底都要全天察巡，但人員要三個一起不能落單；婦女孩童都去挖壕溝，大人們要隨身帶火石，隨時用木笛保持聯絡，通報自己的位置和動靜。

森林裡的樹木遭到麻蛀蜥蟲卵的啃蝕，有些樹木已經嚴重受傷，即使斷枝或環切培芽都沒有起色。卡里還沒找出對付的方法，大家只能盡力挑除蟲卵。

古沙父子抓到一隻怪蟲，腳爪有蹼膜翅膀有吸盤，嘴像蘆葦麥稈尖又長，全身黑色像蛾又像蝙蝠，應該就是「奧蝙蝠」。牠在夜裡騷擾樹木，戳折花穗花莖，讓樹木不能順利開花結果。少了果實，阿貝族今年冬季的食物只能靠豆麥收成，大家都得節省糧食準備挨餓了。

樹木的情況令人擔憂，族人的傷病也不好處理。

密瓦抓奧蝙蝠時，左手臂被怪蟲的腳蹼貼黏住，扯開之後就麻癢難受。姆姆試過各種方法和藥物都治不好，以為是像麻蛀蜥那種冰毒，用火烤反而更糟糕，皮膚起了花斑，從肘內凹處擴散開，雖然癢，可是皮膚一碰到東西就痛，密瓦難受得睡不好，沒了笑容。

小納可連續幾天沒吃沒喝，只是咿呀哼哭，原本胖嘟嘟的臉蛋尖成三角形，眼睛失去亮點，呆滯不靈動。斯妮、米亞都不清楚原因，姆姆說娃兒沒發燒沒脹氣沒腹瀉，全身按摩過後能睡一下，但餵了食物很快就吐出來。

抱著納可的姆姆、雙手背在腰後的老爹，焦急等著。他們早已傳訊給歐哈兒。也伯一方面惦記留在烏莫地道的比羅和杜吉，一方面煩憂密瓦和納可的健康，更是盼著歐哈兒出現。

「娃兒怎麼了？」見到姆姆和老爹，歐哈兒笑呵呵先開口，再伸手抱過小納可，輕輕揉捏小孩手心，搓搓小腳丫，跟著把手掌貼在娃兒胸口，眼睛盯著納可的眼珠兒。

累壞的米亞、斯妮相擁著，緊張關注歐哈兒的每個表情和動作，希望看出點訊息，但歐哈兒始終笑瞇瞇，眉頭舒展、神情安詳。默默站在旁邊的老哈注意到，歐哈兒修長手指頭正巧妙按壓著娃兒胸骨肌肉間的幾個點上。

納可不再哼唉咿呀哭，嗝出一聲長長的悶氣後，閉上眼睡了。

「乖乖睡喔，可愛的娃兒，睡醒了就可以跟我笑呵呵囉。」歐哈兒抱著納可輕輕拍輕輕搖，一邊慈祥的跟納可說話，好像哼搖籃曲，只有老哈知道，歐哈兒修長手指已飛快輕巧的把娃兒全身重要部位檢查過一遍。

躺在歐哈兒胳臂彎裡，納可睡得安穩香甜，居然還微微笑，米亞、斯妮放心又感動，不斷朝歐哈兒鞠躬：「唷哩，謝謝。」

「娃兒沒事了，身體裡面有一點小小打結，解開就好了，以後會長得健康強壯喔。」歐哈兒笑吟吟安慰這對父母，卻沒打算把孩子交給他們。仔細看，歐哈兒的手還不斷在按壓揉捏，「等娃兒醒來就會餓得討食物了，哈吉，先調一份我們的甜漿給娃兒喝吧。」

氣氛一下子輕鬆了。老爹舉起煙桿敲敲腰背：「歐哈兒，真怕你沒收到訊息……」姆姆的眉頭鬆開來：「唔，你來得真快呀。」

老哈悄悄吁口氣。跟隨歐哈兒許多年，他知道小娃兒脫離死亡威脅了。幼嫩身軀裡的器官沒完全發育成熟，隨時都會有狀況，用對方法及時搶救很重要。還好這一趟請老鷹阿皮幫忙載送，若再慢個一日半天，可能歐哈兒也不得不搖頭！

榕樹下搭起大帳篷，老爹、也伯把工作集中到這裡處理。姆姆的搖椅搬來了，葉卷書收在箱子裡，族人在帳篷下來來去去，報告事情聽取訊息。抓到的怪蟲麻蛀蜥和卵在這裡，由做實驗的卡里看守著。

受傷的密瓦被老爹強迫在帳篷下休息，密瓦還是不時溜出去爬樹採果實。「我能跑能跳又沒故障，只是手會癢，不動一動更難過。」說什麼密瓦都不承認自己受傷需要休息。「被一隻蟲拍到手就受傷，太衰弱啦。」他跟兄弟利斯發牢騷。

歐哈兒走進帳篷時，密瓦正爬到楠樹歐拉身上，隔著葉叢看著一隻老鷹飛遠。爬樹讓他確定自己的手沒問題，只是會癢會痛罷了。

聽說歐哈兒回到阿貝森林，許多人放下工作來歡迎，孩子們沒見過歐哈兒，望著笑呵呵的慈祥老人都看呆了。帳篷外圍滿人，獨獨不見男主角，「密瓦呢？」老爹揮著煙桿要大家幫忙找。

看到麻蛀蜥和奧蝙蝠這兩隻怪蟲，歐哈兒停下按摩推揉，把懷中娃兒小心交給斯妮，「暫時不能睡搖籃，辛苦一下吧，讓娃兒貼著胸口睡，母親的心跳也能幫助按摩唷。」說完親切摸摸斯妮、拍拍米亞，歐哈兒轉來研究奇怪的新物種。

邊聽著卡里和也伯說明，歐哈兒眼光精爍，平靜專注的察看。「我要花點時間。」

想了一下，歐哈兒問也伯：「有人被咬過嗎？」被麻蛀蜥咬過的杜吉，人還在烏莫地道裡；被奧蝙蝠貼上身的是密瓦。

堅持自己沒受傷沒毛病的密瓦，看到左手肘花斑皮膚下挑出來的一大堆紅蟲時，渾身打顫，差點沒昏死，這比哈吉拿刀劃開皮膚的驚嚇更震撼！

「年輕人，告訴我這是怎麼發生的？」歐哈兒拉起密瓦左手端詳好一陣。哈吉已經把傷口清理乾淨，擦抹皮杉果葉末，但歐哈兒的手指還在傷口周圍仔細觸摸。

幾天來折騰密瓦的癢和痛都解除了。人前他硬撐著裝沒什麼，其實躲在樹上一個人掉眼淚；那鑽透骨子裡刺心的癢，不時讓他抽筋、跳腳，沒片刻能安穩呼吸、思想，那種苦太難受啦。

被歐哈兒纖柔的手指撫摸，密瓦感到心情安定輕鬆。先是像冬雪覆蓋那樣的冰涼，讓密瓦覺得舒服；慢慢又察知一種溫暖，緩緩透過傷口皮膚傳遍胳臂。雖然歐哈兒的手壓在傷口上，仍清楚感受到溫暖，些許疼痛也沒有。

一直到密瓦說完，歐哈兒才停下手指觸摸，笑呵呵點頭：「年輕人，去睡一覺，等你醒來，手就完全好了。」喔，沒錯，密瓦已經呵欠連連快睜不開眼皮啦。也伯扶著密瓦躺進吊床時，發現他傷口的皮膚已經長合，花色斑紋褪淡許多。

「哈吉，謝謝你，做得很好。」歐哈兒看著老哈，眼光清亮滿臉笑容：「乾淨俐落，很不錯。」

收拾藥箱的老哈彎彎腰，感謝歐哈兒的指導和稱讚，順便問：「這些蟲體要帶回去嗎？」蠕動的紅蟲細細短短，乍看像粉撲合歡的花蕊，跟兩隻怪蟲和卵一樣需要詳細研究，但這裡太熱鬧了，不適合歐哈兒和哈吉工作；若要把這些東西都帶回大森林，勢必要小心盛裝包捆，哈吉得弄清楚好預作準備。

「哈吉，我們先聽聽故事吧，一定很精采。」歐哈兒答非所問：「故事裡會有很多訊息，仔細聽，別錯過什麼線索。」

要聽誰說故事呢？歐哈兒先找了姆姆老爹。於是，老爹告訴歐哈兒：比羅召喚葉卷書，成為解開繩結的第二種認證；葉卷書指示水晶兒舉「伊亞雷旺」宣誓，又要水晶兒唸出奧蒙皮書內容。老爹沙啞的聲音很平靜，眼神卻透著思念：「比羅就是水晶兒。」

老爹很仔細的把奧蒙皮書內容和神蹟說了一遍。「生命，要互相創造；尊重生命，才能化解詛咒、消弭仇恨。奧瑪。」攤開在歐哈兒手上的樹皮已看不見任何文字、光點，天神的意旨被牢記在阿貝人信念中。

聽到這一段文字，歐哈兒若有所悟的閉眼沉思。

納伯亞回來了

為密瓦治療時，歐哈兒聽他說了捉奧蝙蝠的事。至於麻蛀蜥的事情則要問也伯。

歐哈兒不只專心聆聽，對重要的細節更會打斷說話，向也伯再詢問、確認。「不停的奔跑嗎？」「全身冰冷凍僵，連呼氣都是冰冷的嗎？」「一直跑沒問題，不跑了立刻僵硬成冰！」「按摩到傷口冒出煙氣，人就好了！」「杜吉吃下果子就不冷了，人也跟著睡去？」「怪蟲怕火！」

聽著也伯敘述，有好幾次，他犀利眼神看向哈吉，似乎在問：「聽清楚了嗎？」「是的，都記住了。」哈吉微微點頭，憑著默契無聲的回答歐哈兒。

工作桌上，裝盛蟲卵的空殼吸引歐哈兒的眼光，哈吉對一支抓蟲鉤子有興趣，卡里和德吉分別說明了用途，話題很快就轉到發現「大麻煩」的那個早上。

「我猜，是抓傷密瓦的怪蟲貼在樹皮上產下卵。」卡里大膽推論：「卵孵出來的就是那些紅蟲，長大了就變成麻蛀蜥。」

「能給我幾隻紅蟲作實驗嗎？」微笑聽完卡里的要求後沉思片刻，歐哈兒離開工作桌：「來吧，年輕人，我們應該先去看看巴拉的狀況。」

走往榕樹巴拉的路上，突然聽到樹鵲跟在頭頂「礫礫礫礫」大聲怪笑。停住腳步，哈吉找到那隻樹鵲，眼睛定定望住牠，樹鵲跳過枝條，轉頭和哈吉對視。一陣子後，樹鵲飛起，在空中畫出兩個弧後安靜進入左邊樹林。

「牠說，」哈吉看著樹鵲隱沒的方向，「我們最好先去看看梭拉。」咦，他用眼睛和樹鵲交談嗎？德吉覺得不可思議，卡里眼光裡滿是驚訝和佩服。

斜向繞過幾棵臘腸樹，卡里和德吉帶領走入地道，很快找到松樹梭拉。只見它樹根佈滿白點，搖晃顫抖，哈吉注意到它所站立的地道土石鬆動了。「水！」「我喝不到水！」梭拉聲音微弱。

情況危急，歐哈兒迅速剝除那些白點。哈吉帶著兩個年輕人立刻折返地面，梭拉主幹要牢牢支撐，卡里找了剛交班回來的諾瓦、吉旺去幫忙；梭拉根部要灌救，哈吉調好營養劑，德吉提著水袋，兩人又進入地道。

歐哈兒回帳篷研究那些可疑的白點，正好看見老爹和也伯離開的背影。「納伯亞回來了。」姆姆簡單說。

嗯，納伯亞和哈吉，因為誤會離開阿貝森林，不再見面的這兩個人，居然都回來了！歐哈兒望著姆姆微笑點點頭，這是奧瑪的旨意，「好朋友總會再見面。」他說。

邦卡河邊，也伯和老爹見到的納伯亞，一身綠苔、長眉長鬚、抱腳扛背坐在草叢裡，如同石塊。從前英挺俐落的樣子被時間磨損了，腰彎了，背駝了，脖子縮得不見了；外表邋遢凌亂，臉上也沒有表情，找不到昔日親切開朗的笑容。

「唷哩，也伯。」搶先開口，也伯用招呼藏住震驚的心情。納伯亞改變得太多啦。

「唷哩。」對族長也伯的招呼，納伯亞隨口回應，略略抬眼看一下老爹，「魯東，你現在叫什麼？」瞬間的對視，大家都看到納伯亞清亮銳利的眼神，聲音蒼老卻依然渾厚，只是，沒有熱情。

「納伯亞，歡迎回來。現在的我改叫做老爹啦。」笑哈哈拍打納伯亞肩頭，老爹魯東搖頭：「你說話沒進步，還是沒頭沒腦。」

「邦卡鬧情緒。他問比羅的情況。」納伯亞動也不動，望著河水自顧說他的。

「回森林說吧，事情很多。比羅已經完成綠信差任務，但又回到他離開邦卡的那處河灘，烏莫人在那裡活動；比羅還沒回來。」也伯精簡扼要回答。

「我留在這裡。森林照顧好。回去吧。」有點冷漠，不搭理人，納伯亞閉上嘴也闔起眼。老爹心裡嘆氣，沒有勉強納伯亞。

很多事情只能順其自然，生活在森林中，阿貝族人對這道理再明白不過了。也伯、老爹回到帳篷時，歐哈兒的工作剛有初步發現。

從梭拉根部採取的白點，剖開後是一灘水，卡里有點失望。他本以為會見到紅蟲，但挑散了白點後並沒有任何東西。

工作桌旁，哈吉仔細看。水都被吸附在這些白點裡，難怪梭拉喝不到水；雖然緊急搶救，往它身體灌輸水和營養劑，也要等一天才能確定有沒有效果。哈吉皺眉頭，白點裡除了水，還有什麼呢？這些水應該知道，「可惜沒人能跟水說話。」他自言自語。

「有」，歐哈兒看著哈吉：「納伯亞回來了，在邦卡岸邊。」

接觸到歐哈兒眼光，哈吉不自覺移開視線，連眨好幾次眼，終於，他勉強自己看向歐哈兒。比他年長，對他如師亦友的歐哈兒，熟悉親切的眼神裡有許多了解和鼓勵，哈吉定定望著歐哈兒炯炯晶澈的眼珠，讀著那裏頭的訊息：「依循你內心的聲音！」

哈吉自問：在我內心有什麼聲音呢？像回應他的問題，腦海瞬間閃過奧蒙皮書的神諭：「生命要互相創造。」失神發愣了片刻，哈吉慢慢站起身：「我去找他。」

「祝好運。」一向洞察人心的歐哈兒點點頭，什麼也沒多說。

哈吉的腳步如同鯁在喉嚨的話語，吞吞吐吐。來到阿卡邦灣，淺灘上，河水輕拍著一塊石頭，濺出幾顆水珠。走靠近些，哈吉聽到聲音，石頭正和水說話。

「ㄅㄏㄨㄟㄅㄚㄅㄅㄟㄅㄙㄅㄅㄌㄧㄅ」石頭說著水的語言，但，那是渾厚蒼老的人聲：「ㄅㄌㄧㄡㄅㄗㄞㄅㄓㄜㄅㄌㄧ……」

河水突然止歇，像趴著休息般，風吹不出任何波紋，阿卡邦灣安靜下來，風裡飛過不斷的喃喃呼喊：「回阿貝森林」「回阿貝森林」……

這清亮嗓音是比羅的，他在哪裡？

石頭驀地轉動，向著哈吉。綠苔鬚眉的納伯亞站起身，冷冽眼光看到哈吉臉上，再迎上哈吉的注視。

咦，這眼神……

這是誰？眼神多麼熟悉！

是他嗎？

錯不了，是他！

老朋友，你不生氣了嗎？

你怎麼變這模樣？

唉，都這麼多年了……

我該說什麼？

沉默對望許久。納伯亞認出褐斑底下的哈吉臉孔，冷峻眼神一點一點收起；看著外表改變太多的納伯亞，哈吉從不相信的打量，到確定後的震驚，目光裡多了困窘和關心。「納伯亞」，喊出這名字後，哈吉呆了一下，不知接著要說什麼。

任由哈吉看著，納伯亞沒有閃躲也不逃避，眼裡亮亮光點，像河水的波光流動。

哎哎，哈吉發現，納伯亞的眼裡有著不在乎，甚至，還有點捉弄、戲謔的感覺，「還是那個樣子！」哈吉想。

「你見到的不是你見到的。」納伯亞先開口，是說他自己的外表嗎？還是個性？被說中想法的哈吉忍不住微笑，沒錯，納伯亞就是這種調調。

「聽到剛才風裡的聲音嗎？」納伯亞問：「那不是河說話，會是誰？」

「那是比羅。」哈吉四面看看：「他回來了嗎？」

「恐怕還沒。」納伯亞走出水灘，「那個小夥子，對什麼都好奇，問我是河水還是石頭，問我會吹木笛嗎？囉囉嗦嗦又笑嘻嘻的，邦卡一路跟他聊天，還送他回來；被邦卡當作好朋友了。」

可不是嗎？種樹的時候問東問西，爬魔洞山跟丟好幾次，比羅真的是年輕又毛躁，可是那燦爛開朗的笑容多麼難得啊。聽著納伯亞哩哩嘮嘮說唸一大串，哈吉不斷點頭，更止不住笑，那的確是個可愛討喜的年輕人，邦卡當然會喜歡比羅勝過你納伯亞！

注視著哈吉的笑臉，納伯亞攤攤手：「好吧，我承認那小子很不錯，至少，他把事情都完成了。」

直到這時站在一起，哈吉才看仔細，納伯亞背脊挺直了，脖子伸長了，兩個人在水裡的倒影一樣高。

「走吧，有件事非你不可。」

納伯亞沒有隨著哈吉邁步，他蹲下來，低聲跟邦卡說話，手輕輕拍地三下，「ㄅㄨㄛㄅㄏㄨㄟㄅㄗㄞㄅㄌㄞ」，細心安撫河水。

看邦卡平靜無波，納伯亞站起來，跟著哈吉走入森林，來到帳篷。

緊急應變

從松樹梭拉樹根剝下的可疑白點都已剖開，裡面全是液體，被集中在一個盆子裡。歐哈兒和卡里測試過，那的確是水，沒有毒性。

和這些水談話，納伯亞花了不少時間。「ㄅㄧㄛㄅㄌㄧㄅㄋㄧㄅㄏㄠ」，問了十遍都沒回應，納伯亞以為這不是活的水，想離開時，盆子水面出現波紋，飄出雜亂不明的聲響。納伯亞耐心聽，總算把阿貝人想知道的事問出個大概。

「我們被神秘的力量限制行動，來到樹根後就吸附在樹皮上，我們猜，那是咒語，只有咒語能限制水的行動，不能變成冰也無法化成水氣。一定是咒語解除了，我們才能出來自由活動。」說到最後，盆子裡的水珠兜兜跳躍，情緒很亢奮。

納伯亞輕輕哼，一種特別的旋律從他嘴唇吹向水，慢慢的，盆子的水安靜了。

咒語？歐哈兒趕快來找那些包著水的白膜，可惜全不見了。如果早一點，或許能看出咒語的內容，但歐哈兒只想著是蟲蟻毒物，錯失機會。

也伯很快想到還在烏莫地道裡的比羅和杜吉，會是他們解除咒語嗎，如果這樣，他們應該很快會回到阿貝森林，除非……

「他們離開了。」哈吉接口，在阿卡邦灣聽到比羅請風帶回來的訊息，也許受了傷，可能有烏莫人追趕，但他們一定是「回阿貝森林」。

每一班巡守警戒的阿貝人都得到這樣的指示：注意草原，隨時準備接應杜吉或比羅。

當魯旺、波里抬著擔架衝進帳篷時，馬里也大步跑過來，帳篷裡一下子被各種狀況帶入混亂緊張。

兩個黃眼烏莫人引起騷動，偏偏阿大在這時候醒來，刺耳淒厲的斥罵哀嚎，驚懾了阿貝人心神，也蓋住其他人的說話聲。斯妮慌忙摀住納可耳朵，親著孩子臉頰安撫，連安詳自若的歐哈兒都皺起眉頭，迅速拿起一盆水往阿大臉上潑，再朝他頭頂、頸後又按又拍，「安靜！」一聲命令，阿大閉嘴不動了。

「地道裡有焦味，米亞和密瓦正在查來源，要先疏散嗎？」馬里趁這瞬間趕快報告，也伯還沒作反應，布耶已經又開口：「烏莫人那邊有狀況，草原上有煙燻味，沒見到火光、煙霧或其他動靜，是地底下！」

看著大家凝重臉色和期待眼光，也伯飛快整理腦中的判斷，必須馬上做出最妥當適切的處置。

「好，通知大家疏散，注意木笛的訊息。」

「卡里剛才去檢查梭拉的情況，要他立刻回帳篷來。」

「要密瓦和米亞離開地道。」

「所有維護地道的人去水道口就位，等我的通知再灌水。」

「布耶，辛苦你們，請繼續監視草原動靜，別放過任何警訊，記得留意風向。」

還要有人去看守壕溝！

「我找娜娃、德妮一塊兒去。」斯妮把納可交給姆姆，跟在馬里和布耶他們幾個後頭離開。

帳篷裡剩下老爹、姆姆、也伯、歐哈兒、哈吉、納伯亞、兩個烏莫人，喔，還有杜吉。

「這是杜吉，他被麻蛀蜥咬過。」也伯向歐哈兒、哈吉、納伯亞介紹：「比羅的好朋友。」

杜吉向大家鞠躬，抬頭時，瞥見工作桌旁的黑色奧蝙蝠，他驚疑的指著說：「烏莫人有一個密室養這東西，我看到五隻。」腦子裡有很多影像，他先說在烏莫地道探查的結果：

至少有十個烏莫人，除了水牢，他們還拘禁土撥鼠。有一個密室放了許多火把，另一個密室堆滿紅色果實。

「他們餵我吃的那種果子。」杜吉從口袋裡掏出兩顆鮮紅香甜、有蜂蜜味道的圓圓果實，也伯接過來交給歐哈兒。

「跌跤果！」納伯亞脫口喊出，歐哈兒點點頭，沒錯，葉卷書提到跌跤果可以治凍瘡、冰毒，可以祛寒，原來如此。

「請再說下去。」也伯問：「知道烏莫人的計畫嗎？」

「是的。」杜吉說：「他們打算用火驅趕麻蛀蜥，從地底通道進入阿貝森林，讓麻蛀蜥產卵在樹木的根，啃蝕所有樹木。路線不清楚，但他們為了要不要立刻行動在爭吵。」

「你被發現了？」老爹突然打岔，指著阿大和波阿：「這兩個人追趕你？」

啊，這該怎麼回答呢？「是……」「不是…」杜吉忙解釋：「比羅要我把他們帶回阿貝森林。」

「比羅？」也伯以為聽錯了：「比羅是怎麼說的？」

眨眨眼，杜吉模仿比羅口音，把比羅的話重新說一遍：「杜吉，聽我說。」「我有另外的任務，水晶森林等著我去工作。」

聽到清亮圓潤的嗓音、開朗熱情的腔調，大家不自覺轉頭張望，想尋找那張年輕的笑臉。

杜吉一五一十重現比羅的說話：「把波阿和阿大帶回阿貝森林去，動作要快。」

「告訴姆姆、老爹和也伯，水晶兒去工作了。」「回阿貝森林去。」

「水晶兒去工作了！」吁口氣，也伯低頭閉起眼。那麼，天神奧瑪准許烏莫人回阿貝了嗎？比羅呢？

抓下煙桿，老爹轉過身踱步。

姆姆沙啞嗓音緩慢又蒼老：「發生什麼事了？」

「比羅被水牢守衛打傷，」杜吉心情沉重的敘述：「我搶到令牌，背著比羅躲進地道裡的樹洞。比羅重傷昏迷，我放下比羅先去探察出路，回樹洞時，比羅醒了，整個人好好的，全身發光，溫暖、肌肉結實，但抱起來卻沒有重量。我提議先離開地道，比羅說還不能離開。他拿著三塊令牌，突然消失不見，之後，黑煙和火焰同時出現，比羅變成一團人形光暈，等黑煙、火焰都消失後，令牌詛咒解除了，可是，比羅留下那些話也跟著不見……」

「很對不起！」杜吉心痛又愧疚，如果自己不提議要也伯先回來，事情會不一樣！如果自己能反應快一點，比羅不會傷得那麼重！如果自己不把那三塊令牌拿給比羅，烏莫人的詛咒也不會奪去比羅生命！

「我要回去，把比羅的木笛找回來。」捏緊拳頭，杜吉轉身要走。

攔住杜吉，也伯嘆氣：「阿貝人失去比羅了，你能做的，就是幫助他守護阿貝森林。」這樣的結果，他們早已明白，但杜吉還不知道天神旨意和奧蒙皮書的事情。

樹葉沙沙響，風吹拂著，低聲說：「比羅只是離開！」

「杜吉」，姆姆的話平靜沉緩：「比羅只是離開，離開阿貝森林，天神要他去另一個森林，有更重要的任務，比羅告訴你了。」

只是離開嗎？杜吉搖頭。「比羅死了，不能把他的木笛留在烏莫人那裡，我要去找回來。」杜吉大聲說。

姆姆搖手：「我們失去比羅，但不是你想的那樣。」滿臉皺紋下，姆姆眼光燿耀閃動，望著懷裡抱的小納可：「生命，用各種方式存在，我們要做的，只是尊重各式各樣生命。把比羅放在你心中，他就活著。用你的故事把比羅留在阿貝族吧。」

瞧著姆姆懷裡酣睡的嬰兒，杜吉失神發愣，「是嗎，用我的扮演，說比羅的故事，讓阿貝下一代知道好心的比羅！」他無意識的揮手趕走一群草虻。

「也伯！」納伯亞突然大聲說：「烏莫人已經行動了！」他站起身朝桃花心木林跑：「我去看邦卡。」

也伯迅速跑向壕溝，一邊指著烏莫人喊：「歐哈兒、哈吉，這兩個人交給你們。」「杜吉，幫忙他們。」也伯身影被樹叢遮住，只聽到聲音。

有什麼動靜嗎？感覺不到異樣的杜吉左右張望。

「我去水道口。」老爹腳步匆匆。

姆姆已經取出背袋，把納可綁在懷中。她站到帳篷外，雙手圈嘴朝空中吹出呼喚：

「孩子們，快來。孩子們，快來。」

杜吉這時聽見耳裡有木笛的訊息：「煙」「東北草原」「火光」。

哎呀，失火了！「我也……」

「等一下！」聲音不大，歐哈兒親切冷靜的適時叫住杜吉：「這裡需要你。」

姆姆的皮膚皺褶裡感覺到氣流的走勢。這個季節，風總是由阿卡邦灣吹向森林，但此時，姆姆發現西邊的空氣正朝森林草原流動。「感謝奧瑪！」姆姆雙手貼胸口，虔誠向天神感謝。

觸動陷阱讓兩個阿貝人跌進麻蛀蜥密室後，瞎子比亞跟聾子尼耶摸索解開手腳的捆綁。比亞咬牙切齒，哼，該死尼耶，把敵人引進家裡，笨透了。

看比亞嫌惡憤怒的表情，尼耶猜那是咒罵自己。「等著吧，你少罵人，小心腳底下！」尼耶陰陰的神色比亞看不到，沒說出口的話比亞當然也不知道。

兩個人走往紅地屋。不管是誰的錯，敵人侵入的事一定會被負責行動的莫滋、禿雷、哥度發現，殘酷的他們會怎樣處罰失職的兩人呢？丟進水牢？餵麻蛀蜥？還是讓奧蝙蝠插一針，癢到全身爛掉？不管哪一種方式都很痛苦，也都免不了慘死。

比亞腳步慢下來，他可不想死。尼耶捉摸到比亞的心思，故意問：「我們不知道發生什麼事，對不對？」

「什麼事也沒有。」比亞啐一聲，尼耶說得對，當做不知道，讓禿雷他們去應付吧。點點頭，他要尼耶折回去：「去麻蛀蜥密室瞧瞧。」

尼耶故意大聲說：「阿貝人應該醒了。」這話把比亞嚇得臉色一沉，負責看守通道出入口的他，現在聽到「阿貝人」三個字就緊張。

「快走快走！」比亞催促尼耶。

兩人先掉轉頭到火把室取了火把，再七折八彎，經過幾個岔口走到麻蛀蜥密室口。一路上尼耶沒出聲卻嘴角上揚，眼裡既得意又輕蔑，哼，凶狠的比亞也會被我捉弄。

黑暗的密室角落躺了個人。尼耶戴手套，打開另一道門，腥臭氣味衝鼻，麻蛀蜥「喀喀」「卡卡」叫，比亞靠著火把嚇住幾隻最近的麻蛀蜥，怪蟲縮捲身子不動也不叫了。

「手往後一點。」尼耶朝裡頭張望，臭味難聞，層疊的醜陋怪蟲裡沒見到有人，應該是被吃光，連皮毛都不剩了。帶著厚厚皮手套，尼耶稍稍撥開幾隻麻蛀蜥，粗略瞄幾眼：「沒有，什麼也沒有。」

「衣服呢？壞蛋身上的衣服呢？」比亞拍拍尼耶又摸摸他衣服，尼耶不耐煩的隨意看看，「也沒有。」

「走吧走吧，外頭還一個傢伙要對付。」尼耶抱起一隻麻蛀蜥，兩人退出來關上門。

角落那人扭翻身體，唔唔啊啊掙扎著。

走近前去，尼耶才看出那不是阿貝人，咦，「莫滋？」怎麼手腳被綁、眼耳被矇，關在這密室裡！

感覺有人靠近，剛恢復知覺的莫滋立刻抬腳踢過去。

「哎喲！」被莫滋踢倒，尼耶手中的麻蛀蜥掉落地，比亞聽著聲音揮動火把，要嚇退怪蟲也要躲開莫滋，好幾次燙得尼耶和莫滋慘叫連連，直到扯去矇眼的布條，看清是自己手下，莫滋才停止攻擊。

面對莫滋厲聲詢問，尼耶、比亞硬著頭皮堅持「不知道」，不知道有阿貝人進入，不知道阿貝人在哪裡，不知道阿貝人如何跑掉；巡邏時根本沒發現什麼敵人，出入口沒有狀況。即使他們被帶進紅地屋，接受禿雷、哥度隔離審訊，也問不出什麼。

「阿貝人中了冰毒，應該很衰弱，可是他卻勇猛靈活，像沒事的人！」莫滋陰沉的瞪著尼耶、比亞，兇殘眼光不斷在兩個人臉上來回停駐。「那兩個阿貝人不可能突然出現，地道很長，密室那麼多又有開關，一定有人幫助他們。」

尼耶被瞪得心裡忐忑慌張，只好安慰自己：「別理會莫滋，他是在嚇唬人。」黃眼珠不敢亂轉，卻一忽兒鮮豔亮黃一忽兒褪淡暗黃。

比亞聽見莫茲的說話，心中不停叫苦。阿貝壞蛋沒掉進麻蛀蜥密室，反而跑到犯人室；本以為他們被毒蟲吃掉了就沒問題，誰知道竟然活蹦亂跳，還打昏莫滋。笨尼耶，惹來這個大麻煩。

莫滋要求立刻行動，「既然阿貝人發現我們，再等下去他們的防備會更周密，我們成功的機會就更低。」

沒和阿貝人交手過的禿雷和哥度另有想法：「等到秋天，他們開始搬進地底下居住，從地道裡攻擊更容易得手。」還有一個好處是，進入冬天，樹木的病態不容易被看出來，等天氣溫暖，發現樹木大量死亡，阿貝人要救也來不及啦。

越說越得意，哥度拍胸脯叫莫滋別急：「讓那些傢伙摸不透我們的計畫，等他們鬆懈了再說。」

「至少」，莫滋仍有疑慮：「我們要提防他們再來破壞。」

那當然，特別是尼耶、比亞也該教訓處罰。

「查完地道再來處理這兩個。」禿雷隨手一揮，不知碰觸什麼開關，這兩個人就被網子兜住，吊掛在屋頂。

三個人先查看奧蝙蝠室。黑色怪蟲被他們「烏賴」「烏賴」的叫喚，在暗黝室內拍翅膀「噗噗」回答，聲音很正常。退出來後，他們再去火把室，各人拿支火把來到毒藥室，一箱箱鮮紅甜果看起來也沒短少，哥度特別搬開其中一箱，底下的烏賴毒液光滑完好，「沒有事。」

北邊紅地屋這一區沒問題，南邊主要有三道密室，他們各負責管理一組人。哥度往西，土牢和土撥鼠只有皮支一人看守，皮支正在挑出病懨懨、牙齒斷缺的老鼠。「出來，就是你。」皮支撮起尖嘴，對著挑中的老鼠吹氣，那隻瘸腿老鼠渾身顫抖一陣後就僵硬不動，被皮支拎起來丟進旁邊箱子，那裡面已經有十幾隻老鼠。

「喂，這些還不夠。」哥度瞪大眼罵人：「叫牠們再去找。」凶惡口氣把皮支嚇成土撥鼠一般，不敢亂動。

水牢的守衛不在房裡。「沙夏？」「巴以？」莫滋大聲喊，地板下有聲音，兩個人在水牢邊。莫滋跳下地板查問：「你們做什麼？」

「兩個阿貝人闖進來，被我們打跑了，可是令牌掉進水裡，我們在找……」巴以和沙夏站得筆直，莫滋的陰狠他們都領教過，這次會怎樣教訓人呢？

「兩個？人呢？在哪裡？」莫滋急著追問：「怎不抓起來？」

「他們跑向波阿那邊。」沙夏隨口撒謊：「一隻麻蛀蜥追他們。」

「把令牌找出來！」莫滋沉下臉，抄近路趕往麻蛀蜥室。他身上的密令也不見了，可能是打鬥時掉落在那裡。

管理麻蛀蜥室的禿雷從東邊繞過來，正好和莫滋碰頭。

「你怎麼來這裡？」禿雷話裡有些不痛快。莫滋遭到阿貝人偷襲打昏，責怪禿雷的人手尼耶和比亞有疏忽，可是莫滋到麻蛀蜥室做什麼卻沒個交代。

站在密室門口，禿雷突然覺得不對勁。

「沙夏跟巴以在水牢攔下兩個阿貝人，阿貝人被一隻麻蛀蜥追趕，跑向這邊來。」莫滋不想提找密令的事，推說要抓阿貝人。

忍著不高興，禿雷冷哼兩聲開了密室門。一進去，莫滋立刻放低火把仔細往地面瞧。這舉動惹火禿雷，心裡大罵：「什麼傢伙，來我地盤耍威風！」幾乎要一腳踹倒莫滋。

啊唷，火光照到禿雷舉起正要踢出的腳，赫然看到一隻麻蛀蜥從腳邊縮身後退，若非火把嚇退毒蟲，他恐怕被咬了。

「該死的尼耶，該死的比亞，居然讓麻蛀蜥到處爬！」禿雷憤怒咆哮，折返紅地屋，遺失令牌的莫滋跟在後頭，也緊繃著臉回到這裡。

「四個都丟去餵麻蛀蜥！」禿雷的眼珠鮮黃濃亮，聲音吼得尼耶都覺到臉皮刺痛。比亞急忙辯解：「是莫滋在裡面偷襲我們，才讓麻蛀蜥跑掉。我們根本沒機會把蟲再關回去。」比亞又哭又叫，還用了「偷襲」這種字眼，把莫滋說成入侵者了。

「不，關到水牢去。」莫滋攔住禿雷。麻蛀蜥越餓行動力越強，暫時先不要餵食。執行刑罰的哥度押著尼耶、比亞來到水牢交給沙夏處理，又帶了巴以來到阿大房間。門推開，壁爐火燃著，房間裡沒人。

「阿大和波阿不見了。」他告訴禿雷和莫滋：「地上只有一些頭髮、一把刀子。」

聽到這件事，禿雷想起剛才自己感到不對勁，原來是麻蛀蜥室通道裡一片安靜，沒聽到阿大野獸怪叫聲，難道他們那時候就不在房裡？

「立刻行動，不能再等了。」莫滋跳起來，激動的揮拳。

火神的熱舞

懷著陰謀的烏莫人，察覺地道被入侵，兩名手下阿大和波阿失蹤，在莫滋的堅持下決定立刻行動。

他們取出火把，關閉所有密室門，只打開往西邊的通道口。「用火把在後面趕，麻蚳蜥會往前爬，不用害怕。」哥度點燃火把交給皮支。

沙夏和巴以也從莫滋手上接過火把，「別拖拖拉拉，在火把燒完前就把冰蟲趕過去。小心，麻蚳蜥會在黑暗中喀嗤喀嗤咬碎你的骨頭！」莫滋恐嚇的言詞跟他興奮發亮的黃眼珠一樣令人害怕。

禿雷負責開啟麻蚳蜥室。腥臭味隨著麻蚳蜥的竄爬推擠飄散開，皮支捏住鼻子，沙夏、巴以不斷咳嗆，手上火把揮來揮去，想燒光臭味。

飢餓的麻蚳蜥到處找食物，樹根縫裡的蚯蚓、落葉草根裡的蟲蛹都被翻挖出來，地面牆壁處處可見牠們鑽埋在土層、樹根。

幾個人舉著火把有時高有時低，逼迫毒蟲前進。毒蟲移動速度比預期的慢，火把光焰逐漸減弱，哥度皺起眉頭，火把威力不如想像中那麼神效，這樣匆促行動只怕會搞砸整個計畫。

「找東西點火！」莫滋大喊，順手點燃地道的枯葉樹根，霎時火光大起，麻蛀蜥被燒燙得快速爬向前面黑暗地道中。

哥度嚇一跳，「你瘋了！」邊吼邊阻止，可是沙夏、巴以也跟著做，火勢立刻順著盤結交錯的樹根在迷宮網路般的地道擴展，麻蛀蜥驚慌亂逃，在他們眼前很快散去。

「哈哈哈」，狂笑中，莫滋的黃眼珠被火光照映得像金黃的太陽。「成功了，看到沒，就這樣。」他指著前方得意又興奮的喊：「阿貝森林完蛋了，阿貝人去死吧！」好像麻蛀蜥已經抱住一個個阿貝人親吻吸吮，好像樹木正在一棵棵傾倒枯死，莫滋竟然拉起沙夏、巴以跳起舞來。

哥度瞪著火光。真的成功了嗎？有一度他也笑起來，準備跟著跳舞，可是焦味和濃煙飄進鼻子，不對，「火燒過來了！」哥度大喊，丟下火把轉身就跑，「莫滋，失火了，快叫水來滅火。」

莫滋和沙夏、巴以也慌了，朝沒有火光的地道另一頭拼命跑。莫滋躲進一條小路向上爬，巴以跟在沙夏後頭闖入土牢，土撥鼠看到門開了，吱吱嘰嘰亂叫亂竄，一下子溜得精光。

禿雷從另一層地道要趕往西邊開啟烏莫門，聞到煙味時禿雷還想：進展順利，他們很快就到了。誰知道焦臭和濃煙越來越重，警覺這是起火燃燒，禿雷折返查看，在一處岔口遇見哥度。

「該死的莫滋！」哥度一邊罵一邊說明情況：「地道都是煙，空氣很快會燒光，我們得先出去。」

為什麼不先滅火？「你們已經走過水牢了嗎？」禿雷問。

莫滋這組人只要用密令指揮水流去灌救，火勢應該很容易就控制住。「那傢伙在搞什麼？」禿雷破口大罵：「隨便點火又不趕快救火！」

紛亂緊張顧著逃命，沒有人想到尼耶和比亞困在水牢最深處。聞見煙味，聽到「失火了」，水跟著劇烈湧動，沖進地道不知流向哪裡，比亞拼命喘咳，比手畫腳要尼耶趕快帶路離開地底。「出去！出去！」他緊張的張大嘴型，希望尼耶能看懂。

可是，往哪個方向走是安全的呢？

尼耶和比亞困在濃煙中走不出去。痛苦倒下時，耳聾的尼耶聽見有人跟水說話：「請把他們抬出去，謝謝。」瞎眼的比亞看見一個發光的人體，在自己和尼耶旁邊走動，死亡前的幻覺嗎？涼涼的水流過他們身上，身體浮起來了……幻覺裡兩個人沒了意識。

土撥鼠很快鑽出地道；麻蛀蜥兇性大發，穿破土層爬進草原；濃煙和火勢也被新鮮空氣吸引，跟著竄出地面。

草原遭殃了！

雜草灌木嗶剝響，昆蟲驚飛竄跳，火神舔舐地道出口的地上物：「嗨，大家好。」它快樂招呼落葉，乾枯落葉立刻著火，旋舞到空中。

「來吧，跟著我跳舞；來吧。」火神豪爽大喊，探身向前，「轟」地一聲，火光撲擁而上，草叢被熱情的攬入火神懷裡，「放開我，放開我！」驚惶失措的灌木拼命哀求。

鳥雀噗噗拍翅。「喂，回來。」火神伸長舌頭往空中飄捲，「飛得太笨重啦，重來重來。」火神哈哈大笑，毒舌指向一隻麻雀，這可憐傢伙嚇掉一半魂，努力揮動疼痛的翅膀。

在歐拉樹上瞭望的吉旺不停為麻雀加油：「別放棄呀，快飛！」空中踉蹌的小傢伙，奧瑪保佑你！

風努力穩住身子。應該一鼓作氣把火神推擋回去才是，但鳥雀們就逃不出魔掌了。「小心啊，快走。」風也無法幫助麻雀，高溫正影響氣流，隨便轉向吹都會使火勢擴大。

「你要跟我玩嗎？」火神高高興興在風面前扮鬼臉：「咱們去那座樹林玩捉迷藏吧。」又高大又茂密的樹木，躲在裡面會很有趣唷。

「回去吧，到這裡為止。」風輕推，擋住火神。

「不，我才剛開始，別管我。」火焰弱了一下又增強，轉往旁邊飛跑，草原迅速立起一道火牆，一叢叢灌木和野草都被火神踩過。

「大火，向南；風，向東。」聽見吉旺吹出的訊息，姆姆帶著孩童開始往西邊高地移動；而在層疊枝葉遮掩下，密瓦、米亞、利斯、古沙、馬里和老爹守候在樹腳邊，等著應變。

草原和森林的交界處，也伯帶著族人奮力拔除雜草、藤蔓，砍倒灌木，清理出一段空地。「還要再寬。」也伯大喊。隔離草原和森林的空曠地帶越寬，火神入侵阿貝森林的機會就可降低。工作中，每個人渾身熱，越往東推進就越察覺溫度升高。

握住一大把野茼蒿準備拔起，卡里瞥見前面草堆裡一隻蟲，「麻蚱蜥！」他跳開來大喊，野茼蒿順手扔去，麻蚱蜥鑽入泥土裡不見了。

也伯大吃一驚，烏莫人竟然趕著毒蟲由地面來攻擊！

「退後，小心毒蟲。」也伯要大家準備火把應變，趁著風向正好，他點燃了剛才清除的草蔓樹木，煙霧升起，火苗漸漸壯大，反向燒往烏莫人地道這頭。

火神跳起他獨門舞蹈，配著嗶剝清脆節奏，一忽兒拉長手臂往兩旁伸展，一忽而拔高身軀向空中跳躍，熱焰擁抱每一件事物，深情吻下。當光亮火舌貼上身，所有生命都

銷融，再沒有任何動作聲響。

「走吧，夥伴，到那頭逛逛。」迎向阿貝人點燃的火牆，火神越發亢奮，朝麻蛀蜥尾巴哈氣，怪蟲沒命竄逃。

風猶豫著，要跟隨往北嗎？那會有更多無辜生命被吞噬；若把火勢向南推移，這些怪蟲留存下來一樣會危害動植物。看風拿不定主意，火神狂嘯揮手，大片灰燼火花漫天舞弄。

高空裡熱氣烘燻，有火星飄捲飛向阿貝森林。監視火場的吉旺再次發出木笛訊息：「火勢朝北，風向不定。」

留一半人手警戒，也伯帶其他族人往北邊壕溝來。「別讓毒蟲爬進壕溝裡。」站在邊緣，大家緊張瞪視每一寸地面，不知道哪裡會突然鑽出一隻張著尖細利牙的醜惡毒蟲！巴納好像聽到打鼓聲咚咚響，驚疑的左右瞧，發現是自己的心跳聲。

最先看到麻蛀蜥的是歐茉，她驚叫一聲：「在那裡！」順她手指望去，壕溝對面整群怪蟲正試探著要轉頭，但後面的高溫逼牠們慌忙再往前，爬進壕溝。

也伯率先丟下火把，準準打中帶頭的怪蟲。「點火！」沉著有力的聲音穩住阿貝人的心，合力將火把乾草扔進溝裡，立刻，一條長長火龍竄升，麻蛀蜥紛紛回頭要爬出去，可是緊跟牠們的火神也現身招呼：「去吧，寶貝，學我跳舞吧。」

烈焰包圍下，著了火瘋狂逃命的怪蟲有些鑽進土裡，有些跳躍攀附溝沿，阿貝小矮人揮動火把，嚇阻怪蟲不讓牠們得逞。

一隻麻蚌蜥被同伴甩到壕溝這頭，德妮顧不得危險，直接抬腳掃去，那傢伙騰空飛起被火神接個正著。

「哈哈，好玩吧。」火神朝阿貝人狂笑。

大火過後

守護森林的阿貝族人發現，草原大火逐漸向北、向東延燒，壕溝雖然擋下麻蛀蜥，卻擋不了火勢，森林大火已經無法避免，族長也伯必須做最壞的打算。

「有水！」「地道冒水！」羅浪和波里接連大喊。仔細看，果然有大量水從各處樹根、地道口冒出來，「小心，站穩啦。」剛喊著，歐茉已經被水沖倒，還好魯旺及時揪住她的髮辮，也伯趕過來，一同把人從壕溝邊緣拉上來。

大水湍急，小矮人們趕忙爬上樹。水朝南漫流，恰好撲滅延燒過來的火苗，暫時被困在樹上，小矮人們稍微緩和一下情緒。

掏木笛就口，也伯吹出訊息：「北邊有水。」「留意水道口。」

負責瞭望的吉旺看不見北方地面上的水，他看到的是南面邦卡河撲湧上岸，往草原罩蓋，白白的水氣一陣陣，黑黑濃煙也隨後一陣陣，就在這樣一陣白霧一陣黑煙，持續交替約一頓飯後，火光熄滅了。「邦卡滅火。」吉旺吹起木笛。

「森林淹水。」清晰的笛音一聽就知道，這是法特傳的訊息，他跟卡里、諾瓦、巴納等好幾個壯丁守在東面。

大火的威脅雖然解除，但怪蟲麻蛀蜥有可能跟著水流漂進森林或地道，夜色就要降臨，黑暗中的偷襲更難提防。

「留在樹上，天亮後再行動。」也伯的訊息傳進每個小矮人耳裡。

阿貝人習慣夜裡行動，但陽光是他們的精神支柱。那均勻撒布的光和熱，公平無私的分享，讓所有生命都得到希望，阿貝人崇拜光明，奧瑪正是光明之神。每一個天亮日出，阿貝人都在心中默念奧瑪之名。

「感謝奧瑪！阿貝人也伯向奧瑪致敬。」說出自己的名字，虔敬卑微的向太陽鞠躬，也伯帶領族人開始災後整理。

積水已經在夜裡退去，從納伯亞傳來的木笛訊息，阿貝人明白，這次是邦卡河幫了大忙。在納伯亞和比羅的安撫請託下，邦卡從地面和地道同時出動，火勢才能撲滅，完成任務後，水又迅速流回河道。

「難怪地道沒有積水。」老爹和古沙、馬里恍然大悟。他們守在水道口監視，怎麼也想不透為什麼地道會突然冒出大水。利斯、密瓦反應快，及時爬上樹，沒沾到半點水。米亞、古沙和馬里擔心水道被沖垮，人半泡在水中，還好水退得快，不然，「我們也要爬到樹上了。」馬里大聲笑。老爹也沒事，只是煙桿進水，他抽起煙總覺得嗆，「還要再曬一曬。」

不少人救火時受了傷，燒燙起泡、摩擦破皮或碰撞扭閃的，幸好有歐哈兒和哈吉為大家治療。能貼近看著歐哈兒，讓神醫長長手指撫按，聽他慈祥說話，所有傷者都忘了疼痛。歐茉甚至偷偷慶幸自己右腳踝扭傷，才可以真切看清楚歐哈兒那清亮澄澈的眼睛。「比嬰兒還要靈動潔淨！」她心裡讚嘆。

姆姆和孩子們也回到森林。女孩兒們髮辮有點亂，男孩們多是一身塵土。在西邊高地上，他們看見火光濃煙，擔心得一夜沒睡好，只有小小孩恩特、伊恩，還有嬰兒納可，聽著姆姆哼吟樹木之歌，很快酣睡在環抱他們的臂彎裡。

莎兒摟著恩特，貝兒抱著伊恩，東可和巴勇負責吊床的張掛跟收拾，又把曼娃、克吉和瑞滋一一抱上吊床。夜裡，姆姆查看時聽到抽噎聲，瑞滋想家想媽媽，曼娃少了小布毯也睡不著。「天亮就可以回去了。」姆姆把納可交給巴勇抱著，空出雙手摟擁兩個小女娃：「好孩子，想著媽媽，想著毯子，到夢裡去，阿貝森林帶你回到媽媽身邊，阿貝森林掛起毯子等你。」姆姆的話逗笑了小女娃，偎著姆姆安心合上眼。

孩子們回到阿貝森林，歐哈兒再一次檢查小納可的狀況。小嬰兒醒了，吮著手指頭，歐哈兒笑瞇瞇看他，納可竟然呵呵呀呀笑出聲，雙手揮舞兩腳踢動，這麼天真高興的表情，連哈吉都看得笑開嘴。歐哈兒雙手在納可身上細細按撫，小嬰兒兩眼直望進歐哈兒眼裡，已經會抓握的小手拉著歐哈兒長鬍子，不客氣的揪緊，塞進嘴裡。嘿，小夥子，這可太過分啦！歐哈兒哈哈大笑：「沒問題了，只要讓他吃飽睡飽，這娃兒會長得強壯健康，而且，手腳特別靈活。」

姆姆沙啞聲嗓稍稍亮高了些：「你有特別的配方填飽他嗎？比如說，鬍子？」喔，哈吉剛好遞來一小糰粉塊，納可轉來抓粉塊，歐哈兒輕輕把鬍子收回來，「這是我新調的磨牙餅，比我的鬍子好吃多啦。」

看納可津津有味啃粉塊，姆姆笑皺了眼瞼，卻跟著一個長長呵欠。歐哈兒警覺的扶住姆姆：「你需要睡一會兒。」

才一坐進搖椅，姆姆立刻癱軟萎頓，皺縮的皮膚垮垂，像搭披在椅上的一張被單。「她沒事吧？」老爹匆匆趕來，接過納可。

歐哈兒仔細盯著姆姆皮膚上的皺褶，那些如河流波紋般的皮膚全都靜滯，沒有一絲動作，連呼吸時候的輕微起伏也看不見。

「睡一覺就好了。」歐哈兒吁口氣，收起笑容：「她可能要睡很久。太古亞旺。」

「太古亞旺」，樹木休眠，阿貝人沉睡，這期間，天地會審視這些休眠沉睡的生命，協助修補調整，讓他們再現生機活力。姆姆年老了，但奧瑪要她留在阿貝族裡陪伴大家，用她的智慧呵護族人；老爹點點頭：「感謝奧瑪！」阿貝人尊敬姆姆，更愛姆姆的慈祥。

積水退後，壕溝和地道都要重新檢查，貯放的糧食也要打開晾曬整理。婦女和孩子們的身影在樹林間穿梭，也伯率領族裡壯漢清除草原，把殘留的零星火點完全撲滅。

草原上焦臭味仍未散去，不時見到被燒成黑塊的動物屍體，阿貝人口中不停唸：「唷哩呀，唷哩呀。」為踩跨過屍體致歉。

樹洞出口的榕樹意外完好，在焦土上特別醒目，遠遠就見到了。杜吉興奮的指著：「那裡，沒錯，我從那裡爬出來。」

隨處都有淡淡煙縷飄起，他們小心撥開還高溫炙燙的焦燼，將藏在底下的殘火推散，拍打到確定不會再冒煙起火才離開。

一堆黑灰木頭下，他們翻出一具屍體，完全陌生的身形，阿貝壯漢們心頭砰砰跳，為這不幸的人誠心祝禱：「唷哩喔哇，唷哩喔哇，回到安睡的家吧，唷哩喔哇。」烏莫人引起這一場大火，他們人呢？都像這樣遇到不幸，或是還躲在哪裡準備又一次偷襲？

也伯察覺腳下泥土有動靜，機警推開杜吉、法特，「小心！」低頭看，一隻怪蟲麻蚱蜥正從土裡探出身。也伯拿起木棒猛力敲，怪蟲挨了打，縮入土裡。大家徒手去挖，波里覺得手指尖被咬，「哇」的吼叫抽回右手，怪蟲也被拉甩出土，幾棍子後怪蟲不再動。也伯催促波里：「快，跑回去，越快越好，身子發熱可以剋制冰毒。找歐哈兒，他會有法子治療。」「羅浪，陪他回去。」

波里覺得右手掌冰涼僵硬，人跟著打顫發冷，羅浪拉著他跨步，第一步就差點跌跤。「小心，小心！」幾步後才可以正常抬腳，漸漸加快腳勁，波里這才舒服些，發現活動手掌能改善僵麻的情況，他索性邊跑邊拍掌。

回到森林裡的工作帳篷，哈吉早等著啦，吊床已經掛好，一顆紅亮香甜的圓果先讓波里吃下，再扶著他睡進吊床。「睡一覺，醒來就好了。」歐哈兒的聲音親切爽朗，波里舉起拍紅的右掌：「我的手！」歐哈兒握住他的手：「是的，我要看看你的傷口。」就這麼兩三句話時間，波里已經睡著了。

雖然也伯傳來的木笛訊息已經大略說明，歐哈兒還是耐心聽羅浪的敘述；這個人很需要藉說話緩和情緒。

「喔，沒見過那樣兒的蟲！咬住手指頭不放。」「動作很快，一下子就鑽不見了，果然是大麻煩。」「太邪惡啦！這種東西！波里才被咬，立刻就喊冷，手腳發硬。」羅浪邊嚷邊比劃，激動得好像他也被咬。

說服烏莫人

阿貝族清理火災後的草原，帶回兩個烏莫人尼耶和比亞。這兩個人趴在榕樹下，被阿貝壯漢發現時仍昏迷不醒。

也伯請歐哈兒讓阿大、波阿、尼耶、比亞四個烏莫人恢復正常。阿貝人需要他們協助清查那些毒物怪蟲的下落。

歐哈兒可以解開葉卷書的魔力，至於要說服他們協助……「還得要靠他。」歐哈兒指指杜吉。

期待邪惡狠毒的烏莫人協助配合，困難重重，杜吉知道不能只靠口舌。

先將四個烏莫人身上五花大綁，讓他們昏昏沉睡，之後，歐哈兒靈巧的在四個人頭上點點按按一陣子，跟著解開綑綁的繩索。「等他們自然睡醒就好了。」歐哈兒告訴杜吉、也伯和阿貝壯漢。

「唷哩，謝謝，請先休息，接下來還要請你幫忙。」杜吉恭敬的鞠躬，感激歐哈兒肯協助。

哈吉陪同歐哈兒先離開，也伯帶著族人也躲到樹林中。「杜吉，小心照顧自己；我們就在附近，希望你能成功。」話雖如此，也伯仍不免擔心，打算把四個人綁住手腳。

「不用不用，得讓他們完全相信我才好。」杜吉已經穿上灰色長袍，戴起鬍子，仔仔細細把臉頰、脖子、手掌的皮膚抹上色。當阿貝壯漢踏地三下離開時，「唷哩，祝福你們。」他改用歐哈兒的聲音送行。

在這山洞石邊的空地上，杜吉望著睡躺在地的烏莫人，忍不住想起地道裡比羅發光的身形。「比羅，幫我！」即將要做的事情不是打架戰鬥，他需要技巧和運氣，最好有神蹟出現。

一點也沒錯。

對尖頭比亞和駝背尼耶來說，醒來後的世界充滿光線、色彩、形狀和聲音，恢復視力和聽力正是個神蹟！波阿又變得孔武有力，阿大雖然披頭散髮卻冷靜陰沉，不再發瘋亂叫，一切都不一樣了。

尼耶、比亞畏懼的看著眼前笑呵呵白鬍子老人，「歐哈兒！」

「你是魔鬼！」「你會邪惡的詛咒！」看歐哈兒笑瞇著眼慢慢走過來，比亞和尼耶驚慌的退後：「別過來！」「你不要碰我！」

「尼耶、比亞，做什麼？」阿大陰沉著臉：「你們居然怕一個阿貝老頭子！呸。」

聽見斥責，比亞定下神，尼耶還是怕：「他會魔法，他讓我變聾子，又讓我聽見聲音，他，他……」

「胡說。」阿大不耐煩的打斷尼耶：「波阿，把這老頭子抓起來。」

「唔」，歐哈兒坐到阿大面前，直直盯著阿大的眼睛：「你為什麼要抓我？」

「阿貝人該死！烏莫發了毒誓，要把阿貝人趕出森林，毀掉所有樹木。」阿大瞪住歐哈兒，惡狠狠說話，眼裡鮮豔黃光閃動不停。

歐哈兒搖搖頭：「唔，年輕人，你脾氣真不好。難道你一點也不感謝，如果不是阿貝人，你們都已經被大火燒死了。」

「什麼大火？」阿大愣一下。

「草原燒了一日夜，火是從地底下冒上來的，他們兩位應該清楚事情經過。」歐哈兒平靜的語氣緩和了阿大的臉色。

騙人！阿大連聲冷笑：「全是鬼話。呸，你想做什麼？要烏莫人饒過阿貝森林嗎？休想！」他凌厲眼神掃過尼耶和比亞，「你們說，發生什麼事了？」冷冷聲調嚇得這兩人支支吾吾說不出話。

「是……地道失火了……」比亞吞吞吐吐，尼耶更慌到發抖：「莫滋、禿雷和哥度，把我們關在水牢，後來聞到有煙味，水牢的水突然就空了，地道裡都是煙……」

阿大皺起眉頭瞪著眼，無法聯想這其中的情節，「為什麼要把你們關在水牢？」阿大冷靜下來，挑重點問。

「莫滋抓到一個阿貝人，關在密室。」

「我和尼耶負責看管冰蟲和犯人。」

「阿貝人跑了，莫滋被關在密室裡，禿雷打算把我們丟去餵麻蛀蜥。」

「莫滋說先把我們關進水牢。」

尼耶、比亞輪流述說，杜吉假扮的歐哈兒沒作聲，注意捉摸阿大的表情。顯然，阿大並不滿意剛才聽到的內容。

「為什麼只有你在這裡？其他的阿貝人呢？」阿大凶狠眼光突然瞪向歐哈兒。

「火場需要清理。」杜吉沒有直接回答問題，卻換上嚴肅神態：「你們願意幫忙嗎？帶阿貝人進入地道，看看有沒有需要救助的人或動物。」

「當然，當然。」阿大連連點頭，冷不防往前撲向杜吉，將他壓倒在地。「我們當然要帶你回烏莫地道，把你關到麻蛀蜥房間去。」陰陰冷笑的阿大坐在歐哈兒身上，得意的計畫：「該死的阿貝人，來救你們的歐哈兒吧，來陪你們的神醫吧，麻蛀蜥會熱情接待你們，哈哈……」

「波阿，過來背我。」「比亞、尼耶，把他捆好，抬回去。」狂笑聲裡，阿大爬到壯漢波阿背上，「把他的手和腳綁在一起，別讓他出聲。」

杜吉站起身，看著比亞和尼耶說：「天神奧瑪不允許你們這麼做。」好心的比羅，把你的光展現給這些烏莫人看！天神奧瑪，請把光投射下來！假扮歐哈兒的杜吉在心中虔誠祈禱呼喚，巧妙的移動位置，站在無遮蔭的空地好讓陽光照射到身上。

突然間，杜吉不見了，他站的位置一片光亮，人呢？

比亞轉頭四處找，尼耶驚慌失色。「在那邊！」幾棵大樹外，歐哈兒白鬚飄垂，眼光精爍，笑呵呵看著他們。

「快去抓啊。」阿大急得吼人，比亞、尼耶你看我我看你，腳底下沒動。「波阿，過去。」壯漢應聲背著阿大就跑，可是歐哈兒又消失了。

「禿卡！切魯！」憤怒的阿大朝比亞、尼耶咒罵。

「那是魔鬼，他會魔法！」比亞被罵得提高聲調辯解。尼耶喃喃自語：「他是天神，天神才會發光，魔鬼只有黑暗。」

「呸，膽小鬼，應該丟去餵麻蛀蝂。」阿大還要咆哮，卻看見歐哈兒就垂手站在尼耶後面。

「不行，這樣太殘忍了。」杜吉牽起尼耶的手，另一手又去握比亞：「天神奧瑪不允許這種事情發生。」

尖頭比亞、駝背尼耶被這麼牽握，確定那是人的軀體，大夢初醒般，反手把杜吉抓住。「布尬！」「呸，笨蛋阿貝人。」

押著杜吉打算離開，不料，幾棵大樹外走出一個白鬍子老人，神情嚴肅看著他們：「烏莫人，你們還不悔改嗎？」咦，他也是歐哈兒！

瞪視手中抓住的歐哈兒，再看看前方那個歐哈兒，容貌一樣，聲音相同，衣著打扮絲毫不差，居然同時出現兩個歐哈兒？不可能！人不可能變出兩個，天神才可能……

比亞悄悄鬆開手，尼耶更嚇得退到波阿身邊，殘瘸的阿大伸手要抓歐哈兒，老人退後兩步，在陽光下、阿大眼前憑空消失。

「烏莫人，向奧瑪懺悔吧，別再傷害森林了！」前方大樹旁的歐哈兒依舊莊重勸說。

「你作夢。」阿大捶著波阿要過去抓人。

「仇恨只會讓你們受到傷害。」旁邊突然傳出歐哈兒的聲音，杜吉又出現了，炯炯有神的望著阿大：「放棄仇恨吧，過新的生活。」

緊盯住一遠一近兩個歐哈兒，阿大怎麼看都找不出破綻，驚疑寫滿臉上：「你……你們，是一個人還是兩個人？」

兩個歐哈兒同時間開口：「這是天神奧瑪的神蹟。」一模一樣的說話，連雙手貼胸的動作也相同，還有稍稍踏前半步的右腳……阿大迷惑了，「神蹟？」

烏莫族不曾見過神蹟，每當災難降臨，烏莫人呼天喊地、承受痛苦時，從來沒有天神來賜福、指點或安慰，烏莫人只有自認倒楣，咒罵那緊跟不捨的噩運！

「如果有神蹟，為什麼不來照顧烏莫人？」阿大猛地出聲怒喊，重重一拳打到杜吉頭上。

遠處大樹旁的歐哈兒即刻消失不見，杜吉頭昏眼花連退兩步，蒼白著臉，身體微微搖晃。撐住啊，別搞砸了，杜吉提醒自己。

深吸一口氣穩住腳步，杜吉忍著頭痛努力瞪住阿大：「相信奧瑪！天神會照顧相信祂的人。」

天神奧瑪，好心比羅，請照顧這些烏莫人，讓他們相信神蹟吧！

感謝奧瑪

躲在樹林中，阿貝人古沙、波里和魯旺仍然認為，勸說烏莫人的舉動是不可能的任務。看見假冒歐哈兒的杜吉被阿大揮拳攻擊，布耶差點抬腿衝出來，法特趕快攔住他。

也伯心口糾結，懷疑自己是不是做錯決定了。「奧瑪，請保佑阿貝！」「請保佑杜吉！」忍住情緒和衝動，阿貝人雙手貼胸，虔誠祈求。

好像呼應大家的祈禱，山洞石空地前，空氣突然像水一樣湧動，細細光點一顆一顆出現，匯聚成一圈光，越來越多，呈現一個發光的人形！假扮歐哈兒的杜吉驚喜叫喚：「比羅！」

是他！「就是他。」比亞記得這個發光的人體，在水牢昏倒時，這個光曾要水把他和尼耶抬出去。

發光的人擁抱杜吉，有股力量竄入杜吉身體，頭痛解除了。噢，「感謝奧瑪！」杜吉忘情的喊出來。好心的比羅，好朋友，感謝你來幫忙！

發光的人體放開杜吉，停立在四個烏莫人前面，阿大無法置信的呆望這團光，尼耶、比亞不由自主軟了雙腳，跪趴在地上。光團伸出手摸撫尼耶的駝背，又去揉按比亞的尖頭。阿大看著光團忽大忽小，有時伸得長長有時收得短短，心中奇異的知覺這是在撫摸按壓，彷彿那光就正罩在他身上。

剛有這念頭，阿大就發現自己被光包圍了，看不到波阿，只有金亮的光。麻木已久的腳覺得清涼，像水流在動，在他大腿筋肉血液裡流動，有點刺刺麻麻，但很舒服。下意識的挺腰蹬腳，居然碰觸到什麼，一股反彈的力量從腳底傳到大腿、腰部、背脊，嘿，他的腳有知覺，能夠動了！

慢慢的屈膝、跪坐、蹲伏，阿大心口狂跳，這就是神蹟嗎？如果真有天神，那麼，回復我強健的雙腿，讓我站起來！「來吧，天神，顯現神蹟，證明給我看……」

以為接下來會有什麼變化，不料，什麼事也沒發生，光團意外的散化，只一個眨眼就不見任何光點。這個天神，不理會阿大的呼喊，不回應他的期待，沒有任何安慰指示就離開了。

烏莫人果真得不到天神照顧！阿大悽楚苦笑，轉眼看其他人，隨即發現自己錯了。身前的比亞頭頂平坦，尖頭被削平一塊，下巴縮短、修圓，耳垂、鼻頭也圓弧平順，再不能說他是「尖頭」比亞啦。

尼耶背上的那座「山」也被移走了，背脊直挺，整個人神清氣爽。「感謝奧瑪！」阿大看他時，這個人正雙手貼胸虔誠祝禱。

剛才那團神奇的光，撫摸過尼耶的背，按揉過比亞的頭，現在他們都回復正常模樣。除了天神奧瑪，凡人不可能改變這種事實；凡人也不可能有那樣清涼舒適的光，天神才會發光。阿大看看自己的腳掌，摸撫膝蓋、擰掐大腿，皮肉可以清楚感覺力道，感覺手掌的溫度，感覺痛，這雙腿也好了嗎？

「相信奧瑪！天神會照顧相信祂的人。」杜吉再一次這麼說。

阿大緩緩抬高屁股，按抓膝蓋，挺直上身，大腿有些顫抖，但腳掌穩穩撐著。他站了一會兒，腿骨筋肉一分一寸找回力量，意識也一點一滴迴轉。

不錯，祂聽見我心裡呼喊，知道我的痛苦，並且解除邪惡詛咒；天神奧瑪，感謝祢的神蹟，是的，我相信天神奧瑪，感謝奧瑪……

「感謝奧瑪！」阿大喃喃唸著，提腳、邁前、停住，再換腳、邁步、休息。一步又一步，越走越穩健，直到有人喊他：「阿大，你已經走得我眼花，還不休息嗎？」

咦，這是腦筋遲鈍的波阿說出來的話！輕鬆微笑、眼裡有光、表情生動，波阿不再是癡呆愚笨的傻大個了。

看著三個同伴，阿大很快做出決定：噩運解除了，這是神蹟，我們親眼見到而且受天神照顧，「感謝奧瑪！我們，」不，「我，烏莫人阿大，從此不再傷害森林。」聽到阿大這麼說，波阿毫不遲疑跟著開口：「波阿也是。」「我也是。」「還有我。」比亞、尼耶大聲喊出來：「感謝奧瑪，偉大天神。」「感謝奧瑪，感謝阿貝人。」

「唷哩，唷哩。」歡迎的歌聲響起，也伯帶著阿貝壯漢走過來。他們也見到了神蹟：見到杜吉描述的人形光團，那是比羅，向天神指環發誓要保護森林的水晶兒；見到被神蹟感化的烏莫人，從最初咒罵天神時的桀驁凶狠，到現在大聲感謝奧瑪的謙卑恭敬。

帶著笑容，阿貝壯漢把他們圍在圓圈中，踏步、轉身、翹屁股、扭三下，再回轉身看著烏莫人：「唷哩、唷哩……」宏亮熱情的歌聲節奏輕快，尼耶學著唱，比亞笨拙的踏步，波阿張大嘴看呆了，忍不住跟著扭屁股，卻撞到剛恢復站立的阿大。阿大重心不穩，腳步踉蹌，一雙手及時伸過來扶住他：「小心。」

「唷哩，也伯，阿貝族長，歡迎來到阿貝森林。」適時放開手，也伯向站定後的阿大自我介紹。

除了說「謝謝」，阿大不知道該再說些什麼。烏莫人沒有歡樂歌唱，也不會友善禮貌，最常說的話是責罵和命令、辯解，完全不適合阿貝人。他直率的開口：「我們願意帶阿貝人進入地道。」歐哈兒這樣要求過，的確，地道裡的麻蛀蜥和奧蝙蝠會危害森林，必須把毒蟲處理掉，「我們不想再傷害樹木。」

話，簡單明白，也伯看著阿大眼睛，那眼珠依然黃色，卻是柔和的鵝黃，不再鮮豔嚇人。

鞠躬道謝，也伯坦承求助：「是，我們需要幫忙，不但要了解毒蟲的習性，也要得到解藥，並且找出所有的毒蟲。」

「年輕人」，歐哈兒招招手，笑容親切聲音爽朗：「我想聽聽你們的故事。」語氣慈祥和善，卻有難以抗拒的魅力。

近距離看清楚歐哈兒，阿大連連眨眼。這白鬍子老人神色安詳、眼光晶亮，黑眼珠裡閃耀著光，笑呵呵的臉上滿是開朗樂觀，全身上下散發一種神祕的力量，讓人心裡安靜，不再慌亂或躁動。

歐哈兒看看波阿、比亞、尼耶，最後看向阿大，「年輕人，你們曾經遭遇不幸，究竟發生什麼事？」

被歐哈兒注視的那一瞬間，阿大很確定，這個歐哈兒和之前那個歐哈兒不一樣！「這雙眼睛會看穿腦子。」阿大告訴自己。

比亞和尼耶輪流說出他們的遭遇：

是的，我們在山裡出了意外。烏莫人傳說，那座山是天神奧瑪的寶鏡，白天黑夜都閃現五顏六色的光，太陽下對著山看，眼睛會瞎掉。誰也別想動天神的東西。

烏莫人分別從不同路徑接近阿貝森林。阿大是烏莫領袖，為了想要最早到達，維持領袖地位，阿大決定穿過那座山。機警聰明的阿大走在最前面，強壯有力的波阿墊後，儘管大家拉著手低頭小心走，仍然在一個詭異的洞裡走散了。

我們困在洞裡，被一股看不見的力量推擠，滾落懸崖，驚慌大叫後突然清醒，四個人已經在山下，尼耶摔成駝背，比亞撞成尖頭；阿大最慘，腰部以下沒知覺，腿腳癱軟不能動；波阿很幸運，整個人好好的沒受傷，但我們很快就發現，他變傻了，沒表情也不會動腦筋，只會照我們說的話做事。

雖然很多事情還是靠阿大做決定，可是他沒法再當烏莫領袖，改由莫滋、禿雷、哥度三人共同管事。

說到這裡，尼耶停下來看著歐哈兒。「阿大說，你的神奇藥方能夠回復我們原來模樣。」

「當然不是。」歐哈兒微笑：「魔洞山的神力受到天神奧瑪的祝福；讓你們復原的，也是奧瑪。」

像陽光照亮，也像涼風吹拂，四個烏莫人聽著歐哈兒說話，忘了過去的痛苦和仇恨。有清新的空氣在他們周圍，阿大深深吸口氣，聞出淡淡香味，是樹木的味道。看著青翠綠葉搖曳出閃亮光點，聽著林木間啁啾鳥叫，啊，從來不知道森林是如此美麗，充滿著生命。

「感謝奧瑪！」阿大發自內心禮讚天神，奧瑪神蹟讓這四個烏莫人精神振奮，眼光裡跳躍著希望。

搜索烏莫地道

草原上焦黑荒廢，對比阿貝森林的青蔥翠綠，烏莫人阿大頭一次感覺森林充滿生機，和善美麗。進入地道前，他們先查看阿貝人發現的屍體。

尼耶、比亞和阿大都認不出來是誰，波阿卻很肯定的說：「是沙夏，他隨時都捏著拳頭。」

看守水牢的沙夏嗎？他有咒語，可以命令水做任何事，怎麼還跑出地道被火燒死？阿大皺起眉頭。

草原的景觀完全改變，四個烏莫人一時間竟找不到地道的出入口。「從榕樹那裡下去吧。」杜吉帶路進入樹洞。

見到杜吉，尼耶大吃一驚：「你，你，你……」這個阿貝人是怎麼逃出那間密室的？

「唷哩，杜吉，我們已經見過面。」看尼耶驚慌神色，杜吉鞠躬，沒多說什麼。尼耶的不安可以了解，但杜吉想到地道內自己和比羅的遭遇，心裡有更多感慨。

顯然，烏莫人不曉得有樹洞通道，遇到岔出的洞口，尼耶和比亞也弄不清會通往哪裡。「這不是土撥鼠挖的。」比亞抓著樹根邊爬邊說。

走出樹洞，烏莫人很快認出位置，一頭通往阿大房間和麻蛀蜥室，另一頭通往水牢和其他房間。

房間空蕩蕩，沒發現人，麻蛀蜥室敞開，怪蟲都被趕出來，但瀰漫在空氣裡的噁心腥味令大家顫慄。離開前，尼耶把牆上凹槽裡的皮手套帶著。

阿貝壯漢們對水牢感到驚奇，看似寬寬大大的池子，其實連通到每個房間的地下。「可以裝很多水。」阿大簡單說。

擔心遇到麻蛀蜥攻擊，大家亮著眼，情緒緊繃，手裡木棍握出汗來。從底層順著通道岔口往上搜找，漸漸看出大火燒灼、大水沖流的痕跡，到處焦黑泥濘，有些地方坍塌不通，只好折返。阿貝人茲瓦腳下被什麼東西絆倒，「哇」的大吼，一具屍體臉朝下橫在路中，把茲瓦嚇得說不出話。

是管理土撥鼠的尖嘴皮支。看著屍體，烏莫人比亞安靜不作聲。皮支跟他們處得不錯，比亞去他那裡拿取餵食麻蛀蜥的土撥鼠時，兩個人會互相嘲弄彼此的尖嘴。

阿大仔細找，挑出幾隻麻蛀蜥黑硬軀體，還拿棍子戳，確定牠們死了，肚子裡沒有卵。「一顆卵就能變出一群麻蛀蜥。」他說。聽起來有些誇張，但卡里和德吉默默點頭，他倆的確看過蟲卵分裂增多的情況。

也伯問阿大，總共有多少隻怪蟲？阿大苦笑，烏莫人都搞不清楚哩。「我們沒法子計數。」這是實話，缺乏食物、總是饑餓的麻蛀蜥，連烏莫人都不敢靠近，任由牠們在那密室裡繁衍。

再往上一層，阿大手指向前伸：「那邊。」所有人嚇一跳，看到什麼了？波阿問：「那是土牢，關土撥鼠，要去看嗎？」但阿大搖手：「皮支死了，土撥鼠沒人管，一定都跑了。」他又指一次前方，「那邊直走，是通往烏莫門的捷徑。」過了烏莫門就進入阿貝森林的範圍，阿貝族渾然不知敵人就在隔壁，檢查地道也沒察覺可疑，只能說是天神奧瑪的保佑，讓阿貝森林躲過可怕的侵襲。

也伯想了想，請法特、卡里、德吉和波阿去土牢查看；古沙父子、布耶、馬里、米亞和尼耶、比亞，負責清理這一層通道；也伯和阿大跟其他阿貝壯漢去檢查烏莫門。

尼耶仗著皮手套抓住一隻麻蛀蜥，利斯一棍敲破了牠的頭，這讓大家提心吊膽，覺得上下左右隨時會竄出一口利牙咬向自己。

土牢空了，只發現一隻箱子，關著二十多隻缺牙瘸腿的土撥鼠，居然都活著。法特原本要放牠們自由，聽說地道裡還出現麻蛀蜥，決定帶到安全地面才放出來。

烏莫門沒被動過，這道門關係重大，設計也複雜，阿大簡潔扼要解說開啟的手法和暗號，冷靜口吻透出一種權威。

繼續往上搜尋，火把室前躺著兩個人，阿大搶前一步去檢視臉孔，「哥度、禿雷。」人沒燒焦，但已經叫不醒，阿貝壯漢再度「唷哩喔哇，唷哩喔哇。」為這兩人哼吟祝禱。

打開火把室，裡頭沒有火把，阿大皺起眉頭，決定先查看左邊的房間。門一開，濃濃香甜的蜂蜜味道立刻鑽進鼻孔，引得魯旺、諾瓦嘸口水。

「我們的毒藥室。」阿大指著一箱箱紅色香甜果實說。杜吉很詫異，這不是解藥嗎？阿大搖頭，「我不是說它們。」他示意波阿搬開左邊第四箱果實，拿出底下另一箱東西。

箱子應該不重，波阿卻兩手端握，眼睛緊盯裡面東西，慢慢抬起輕輕放下。

卡里立刻看出興趣：「這就是奧蝙蝠的毒嗎？」密瓦一聽也擠上前來看，讓他手臂癢痛的紅蟲，竟然只是光滑透白的塊狀物。

「烏賴毒液」是奧蝙蝠的體液，這種蟲要交配時全身會滲出黏液，碰到的人會中毒發癢，烏莫人收集這種透明黏液，準備對付阿貝族。麻蚌蜥的冰毒和烏賴毒液，地上爬、天上飛，兩路進攻，阿貝族再怎麼神勇也躲不掉。

那將是一場大災難！納伯亞沒說錯，如果樹木被麻蛀蜥卵啃蝕，阿貝人中毒，森林也保不住了。也伯不敢再想下去。

跌跤果和烏賴毒液都得帶回阿貝森林。卡里負責那箱毒液，其他阿貝壯漢搬跌跤果，最難處理的是奧蝙蝠。「黑暗中活動力很強，要注意牠們的尖利長嘴和吸盤。」阿大開門前吩咐比亞、波阿：「跟著我，一人抓兩隻。」

站在打開的門口，阿大先喊：「烏賴」「烏賴」，聲調很奇怪，第一聲很輕，第二聲加了打舌花，像是暗號。黑墨墨房間裡立刻有「噗噗」聲響，阿大繼續喊，變成「舞辣」「舞辣」，舌花打得更明顯。隨著，三隻奧蝙蝠飛過來，垂下翅膀停在地上。比亞先抱起兩隻，讓牠們身體相擁、腳蹼相抵、翅膀罩在外頭，猛一看，以為比亞雙手抓了個黑色背包。波阿抱起另一隻，用怪蟲的翅膀包住牠的腳蹼，一手環抱怪蟲，一手握住牠的嘴。

只剩這三隻嗎？阿大踏進房中央仔細搜尋，確定再沒有奧蝙蝠才退出來。

剩下兩個房間，打開後空空如也。黑屋沒被破壞，但紅地屋被火燒毀了，陽光從一處開口照射下來，他們清楚見到燻黑的房間內部。

阿大眨眨眼，看著陽光射進來的地方。那是地道出口，從裡面被打開了，有人從這裡出去卻沒有關閉密門，顯然走得很緊急。奧蝙蝠原本有六隻，三隻不見了，能夠馴服奧蝙蝠的除了阿大、哥度、禿雷，還有莫滋，可是到目前都沒發現莫滋。另一個水牢守衛巴以可能跟莫滋在一起，但是，「他們為什麼不帶走四隻奧蝙蝠呢？」

「只帶走兩隻。」也伯告訴阿大，有一隻被古沙、密瓦抓到。「還有沒搜查到的地方嗎？」是的，毒藥室西邊一段地道還沒查看。也伯、杜吉、巴納、阿大、尼耶回轉身往西走。走不多遠，尼耶先看出前面轉彎處有東西，靠近些看，是一隻燒成焦黑的麻蛀蜥，阿大用棍子撥動，把牠肚皮朝上，哎呀，一個乾癟人頭露出來，大家嚇退一步。

「巴以！」尼耶聲音顫抖。麻蛀蜥吸乾巴以血肉，只留下一張人皮。看到同伴的遭遇，尼耶、阿大低頭垂眼悶不作聲，波阿、比亞知道結果後也茫然失神。

一行人從紅地屋出口爬上地面，在出口附近，法特把那箱土撥鼠放出來。雖然瘸腳缺牙，小傢伙們還是很快跑不見，「奧瑪保佑你們！」法特照阿貝族習慣，大聲祝福土撥鼠。

比亞、波阿手中的奧蝙蝠這時突然掙扎，轉動嘴喙不安的「嗚嗚」出聲。警覺到異狀，阿大蹲下來伸手小心翻挑，焦土下露出來的僵硬軀體讓他「噢」一聲。

「是莫滋嗎？」也伯問。

搖頭站起身，阿大張開手掌：「是奧蝙蝠。」幾個尖利爪趾在他手心。兩隻燒焦了的奧蝙蝠，翅膀蹼膜都看不出來，嘴喙也沒了，爪趾可能在掙扎抓撲時掉落。

阿貝人烏莫人又合作把草原整個再仔細搜查，還是沒有莫滋的蹤跡，他失蹤了！

重新開創未來

搜索烏莫地道帶回的奧蝙蝠、毒液、趺踜果，讓歐哈兒跟哈吉忙了好一陣子。歐哈兒先讓奧蝙蝠動也不動，再和哈吉仔細觀察牠們翅膀上的吸盤、爪趾間的蹼膜，測試、丈量並紀錄。卡里是稱職的助手，抱起奧蝙蝠幫著固定翅膀、爪趾，適時遞上樹葉。

阿貝壯漢們放好東西後各自去工作了，結束流浪日子的杜吉也得為自己找個住所和工作。「你不介意接續比羅的事業吧？」也伯似乎早已想好，目光炯炯望著杜吉。

這實在是貼心不過的安排了，杜吉鞠躬道謝。走出帳篷，陽光讓他想起初見比羅那一天，意外得到樟樹種子的祝福，杜吉摸摸身上，口袋裡有小小突起，它們還在。

阿大看向也伯，「你們的樹……」烏莫人計畫已經失敗，但施放出去的毒物並沒有銷毀，阿貝森林很有可能會逐漸出現枯死斷裂的樹木。

事實如此。彷彿秋天提前到來，阿貝森林的樹木，在蟬還嘶叫、雷雨還經常發生的仲夏，開始枯萎落葉。果實種子癟皺瑟縮，枝條莖幹腐蛀中空，白天夜晚不時傳出「啪」「蓬」斷裂觸地的聲響。

樹木們元氣大傷。望著景象蕭條的森林，除了對生病染蟲的樹木，盡可能修剪、截鋸，保護全株外，阿貝小矮人又種下更多健康的樹苗，那都是北山、哈吉挑選培育，種在各處坡地的苗木。烏莫人幫著挖土搬移，也學習種樹方法。

德妮、歐茉、娜娃特地走一趟北邊山腳，找到跌跤果樹，把所有跌跤果採集滿滿一大簍，帶回阿貝森林。吉旺從楠樹歐拉瞭望，瞧見她們抬著鮮紅果實走回來，以為要做果醬，口水流到腳上了。問歐茉什麼時候有好吃的，這紮辮子皮膚白皙、笑起來臉頰玫瑰紅的女人連連搖手，跌跤果可不是食物，「那些呀，一半釀酒，一半晒乾做藥，治冰毒的。」

阿大他們在北方森林裡誘捕到許多隻麻蛀蜥。歐哈兒特別提醒：「如果可以，請盡量活捉。」儘管是毒蟲，阿貝人仍要設法改變牠們習性，讓這些生命能融入森林世界。

哈吉和卡里試著餵麻蛀蜥吃下跌跤果，沒多久後，怪蟲全身散出寒氣，嘴巴噴冒白色煙霧，持續一段時間才安靜趴伏，變得懶洋洋沒有活力。

「我猜，牠們想睡覺了。」杜吉用自己吃跌跤果的經驗推想。比亞卻搖頭：「我們沒看過麻蛀蜥睡覺，這些東西總是爬來爬去。」

他說這話時，杜吉定定看著他，臉上寫滿詫異和懷疑。「你不是親眼見到過嗎？」比亞提醒杜吉。

是，我是親眼見到了。用力眨眼再看一次，杜吉跳起來：「你的眼珠是黑的！」這麼一喊，聽到的人都圍過來看，果然，比亞眼珠不是鮮黃色或紅黃、鵝黃什麼的，是黑烏烏，黑白分明的啦。

尼耶、波阿、阿大的眼珠也都變成黑亮亮的！四個烏莫人呆呆愣愣，不知道眼珠子由黃變黑是什麼預兆。

「烏莫族被消滅了嗎？」阿大直率問也伯。

搖頭，也伯另有解釋。「我相信，水晶兒比羅正在努力工作；天神奧瑪已經去除你們身上的印記，烏莫人可以擺脫天神的懲罰，重新開創自己的命運了。」

雖然不清楚什麼是「水晶兒」，但「重新開創命運」的說法讓尼耶眼睛一亮：「嘿，我們回去種樹吧。」波阿問也伯：「你是說挖泥土、澆水嗎？」比亞抓抓頭：「如果能種出一座森林就更了不起啦。」

阿大沒說話。回去後見到的族人，若還是黃眼珠，自己這四個人豈不是會被當成阿貝人對待？不管如何，重新開始是必要的！種樹是烏莫人重新開始的好途徑，阿大沉思的臉有了喜悅，肌肉線條鬆了，露出笑容點點頭：「是，我們也回去種樹。」

離開阿貝森林時，也伯送他們一籃桃花心木烏拉的果實，「唷哩，奧瑪保佑你們。」他誠摯祝福烏莫人，並且透過木笛，把訊息告訴森林中的族人。

歡送的臉孔隨處都有，「唷哩，歡迎再來。」阿貝人拿著自己採集的種子、樹苗，跑來送給他們。「唷哩，奧瑪保佑你們。」裁縫布耶送他們一人一個簍子，正好盛裝所有禮物。

「唷哩，慢慢走，快快回。」魯旺輕輕拍拍他們頭頂，像跟熟悉的親友送行。

「唷哩，感謝你。」阿大對大家彎腰，腔調生硬不自然，但聽得出誠意和友善，古沙舉起右手臂為他歡呼：「唷呀，唷呀。」

黑眼烏莫人在鳥兒鳴唱、蝴蝶飛舞的早晨走往西北方。選擇那裡開墾，因為迎接太陽升起時，他們可以面向阿貝森林，想念這一切神蹟；而看著黃昏夕陽的阿貝人，也會向他們傳送祝福。

小納可完全好了，成天笑聲不斷，在斯妮背上蹭踢、攀抓，動個不停，斯妮感覺那重量和力道，眼睛都笑瞇了。

夏季已到尾聲，歐哈兒要回大森林，繼續研究紅蟲、毒液、奧蝙蝠和麻蛀蜥；哈吉必須在秋天時回到小屯岩工作室，跟北山會合，一同研製冰毒解藥和培育樹種幼苗。

總是哼吟樹木之歌的姆姆仍熟睡，歐哈兒沉靜望著比自己年長的老人，伸手在姆姆頭上畫了菊花紋，輕輕彈指，菊花瓣增多變大，把姆姆包覆起來，「唷哩，唷哩。」歐哈兒鞠躬，向她告辭。

入秋之前，接連幾次午後大雨，地面溫度逐漸降低。每次雨停後，從阿貝森林向東望，草原上總浮現出一座翠綠森林，閃耀亮晶晶的光芒，夜幕低垂後更是明滅閃爍。阿貝人爬到樹上驚喜瞪視，不敢相信奧蒙皮書記載的水晶森林竟然真實出現在眼前！

感謝奧瑪，感謝水晶兒，神蹟顯示讓阿貝人更有信心面對未來缺糧的寒冬，快樂幸福的感覺盈沃心頭。

水晶森林過了一夜，在旭日東昇前就消失，但它出現一次，就有一棵大樹好轉，蒼翠蓬勃。

松樹梭拉經過歐哈兒、哈吉的搶救，環切培芽的新株剛種下地，主幹因根部嚴重受傷缺水，一直長不出新芽嫩枝。出現水晶森林後，負責照顧的諾瓦發現，梭拉主根上長出許多細根，樹幹也有膨凸芽點，情況開始好轉了。

榕樹巴拉最早被發現有麻蛀蜥蟲卵，卡里、德吉和比羅為它截去不少枝條，但巴拉陷入停頓，始終看不到新的枝葉。跟梭拉一樣，當水晶森林出現後，巴拉似乎睡醒開始活動了，枝條抽長、綠葉冒發，見到它長鬚飄動、葉片綠黝光亮的容貌，阿貝人笑咧嘴，手腳更加有勁，精神益發抖擻。喔，瞧吧，樹木正回復健康。

杜吉接續照顧比羅種的麥田，也看管茄苳樹洞比羅的家。老爹請納伯亞把比羅的提

籃和雞心豆鳥兒，送給大河邦卡：那是比羅親手做的，感謝邦卡送比羅回阿貝。「ㄅㄉㄞㄅㄊㄚㄅㄑㄩㄅㄔㄨㄙㄅㄌㄤ……」納伯亞告訴邦卡。

邦卡先溫柔吻著提籃，再高興拍打出水花，像當時托舉王蓮船和比羅一樣，興奮喊著：「衝浪去，好朋友，我們去衝浪！」提籃坐在邦卡手中一路推出波紋，繞過阿卡邦灣又折回來，水面上彷彿聽到比羅的笑聲：「唷哩，比羅。」「回阿貝森林。」

這爽朗宏亮的聲音，阿貝人處處都聽得見：樹梢、麥田、地道、河邊……比羅仍和大家生活在一起。

每到夜晚休息時刻，杜吉輪流去各處阿貝人聚集地，講述比羅的故事。藉著他的模仿，大家一同回憶綠信差刺激驚險的遭遇，交換他們對比羅的想念。從他頭上那一撮金髮，明亮清澈的眼睛，再說到他隨時都笑開著的臉，輕巧飛奔的步伐，樂觀熱誠的性情，任何點滴瑣碎的片段都讓阿貝人忍不住歡笑，也忍不住嗟嘆。

阿卡邦灣水邊的綠苔石頭已離開。脾氣古怪的納伯亞，孩子們偷偷叫他「綠苔石頭」；害怕又好奇的莎兒、東可，曾躲在桃花心木烏拉後面張望，想找到這傳奇的族老。

聽大人說，納伯亞一直坐在岸邊；納伯亞和水聊天的聲音，就像水在流動。兩個小孩沒看到人，只覺得阿卡邦灣比平時喧嘩，「回去吧，回阿貝森林……」阿卡邦灣裡水聲嘩嘩，莎兒東可聽了一會兒，彷彿聽到有人這麼說。

少年文庫　PG0402

新銳文創
INDEPEDENT & UNIQUE

阿貝森林

作　　者	林加春
插　　畫	鄧長泰
責任編輯	蔡曉雯
圖文排版	郭雅雯
封面設計	陳佩蓉
出版策劃	新銳文創
製作發行	秀威資訊科技股份有限公司 114 台北市內湖區瑞光路76巷65號1樓 電話：+886-2-2796-3638　傳真：+886-2-2796-1377 服務信箱：service@showwe.com.tw http://www.showwe.com.tw
郵政劃撥	19563868　戶名：秀威資訊科技股份有限公司
展售門市	國家書店【松江門市】 104 台北市中山區松江路209號1樓 電話：+886-2-2518-0207　傳真：+886-2-2518-0778
網路訂購	秀威網路書店：http://www.bodbooks.com.tw 國家網路書店：http://www.govbooks.com.tw
法律顧問	毛國樑　律師
圖書經銷	貿騰發賣股份有限公司 235 新北市中和區中正路880號14樓 電話：+886-2-8227-5988　傳真：+886-2-8227-5989
出版日期	2011年3月　初版
定　　價	350元

國家圖書館出版品預行編目

阿貝森林 / 林加春著. -- 初版. -- 臺北市 :新銳
文創, 2011.03
面； 公分. --(少年文庫 ; PG0402)

ISBN 978-986-86815-6-9（平裝）

859.6 100001289

讀者回函卡

感謝您購買本書，為提升服務品質，請填妥以下資料，將讀者回函卡直接寄回或傳真本公司，收到您的寶貴意見後，我們會收藏記錄及檢討，謝謝！

如您需要了解本公司最新出版書目、購書優惠或企劃活動，歡迎您上網查詢或下載相關資料：http:// www.showwe.com.tw

您購買的書名：________________________________

出生日期：________年________月________日

學歷：□高中（含）以下　□大專　□研究所（含）以上

職業：□製造業　□金融業　□資訊業　□軍警　□傳播業　□自由業

□服務業　□公務員　□教職　□學生　□家管　□其它_____

購書地點：□網路書店　□實體書店　□書展　□郵購　□贈閱　□其他

您從何得知本書的消息？

□網路書店　□實體書店　□網路搜尋　□電子報　□書訊　□雜誌

□傳播媒體　□親友推薦　□網站推薦　□部落格　□其他__________

您對本書的評價：（請填代號　1.非常滿意　2.滿意　3.尚可　4.再改進）

封面設計____　版面編排____　內容____　文／譯筆____　價格____

讀完書後您覺得：

□很有收穫　□有收穫　□收穫不多　□沒收穫

對我們的建議：________________________________

____

____

____

請貼
郵票

11466
台北市內湖區瑞光路 76 巷 65 號 1 樓

秀威資訊科技股份有限公司 收

BOD 數位出版事業部

....

（請沿線對折寄回，謝謝！）

姓　　名：＿＿＿＿＿＿＿＿＿＿　年齡：＿＿＿＿　性別：□女　□男

郵遞區號：□□□□□

地　　址：＿＿＿＿＿＿＿＿＿＿＿＿＿＿＿＿＿＿＿＿＿＿＿＿

聯絡電話：(日)＿＿＿＿＿＿＿＿＿＿＿＿(夜)＿＿＿＿＿＿＿＿＿＿＿＿

E-mail：＿＿＿＿＿＿＿＿＿＿＿＿＿＿＿＿＿＿＿＿＿＿＿＿